STEFAN KELLER

Kölner Kreuzigung

TAG DER KREUZIGUNG Hoch über der Stadt, auf einem alten Schutthügel des Zweiten Weltkriegs, steht ein roh gezimmertes Holzkreuz. Langsam steigt die Sonne über den Türmen des Kölner Doms empor. Doch der Mann am Kreuz sieht die Sonne nicht mehr. Er ist tot.

Privatdetektiv Marius Sandmann reagiert schockiert auf den Tod seines Chefs Gunther Brock. Offenbar hat der Mord mit ihrem neuen Fall zu tun, den sie kurz zuvor übernommen hatten: Die beiden Detektive sollten ein verschollenes Gemälde aus dem 15. Jahrhundert wiederfinden. Eine Kreuzigung, angeblich gemalt auf einem Stück vom Kreuz Jesu Christi. Gibt es eine Verbindung zum mysteriösen Doppelmord an einem Schauspielerpärchen? Marius recherchiert die Geschichte des Gemäldes und verfolgt Spuren, die bis in den Zweiten Weltkrieg reichen …

Stefan Keller, Jahrgang 1967, lebt und arbeitet als Autor, Dozent und Dramaturg in Köln. Nach einer Tätigkeit als Wirtschaftsjournalist und Theaterdramaturg schrieb er Hörspiele, Fernsehshows, Drehbücher, Bühnenstücke, Kurzgeschichten, Lyrik, Magazinbeiträge, Presse- und Werbetexte. Er lektoriert für Filmproduktionen und Fernsehsender und unterrichtet seit mehreren Jahren Schreiben als Lehrbeauftragter an der Universität zu Köln und am KOMED, dem Zentrum für Veranstaltungen im MediaPark Köln. Der Roman »Kölner Kreuzigung« ist sein Debüt als Krimiautor.

STEFAN KELLER

Kölner Kreuzigung

Kriminalroman

GMEINER *Original*

Personen und Handlung sind frei erfunden.
Ähnlichkeiten mit lebenden oder toten Personen
sind rein zufällig und nicht beabsichtigt.

Besuchen Sie uns im Internet:
www.gmeiner-verlag.de

Im Ehnried 5, 88605 Meßkirch
Telefon 07575/2095-0
info@gmeiner-verlag.de

1. Auflage 2010

Lektorat: Claudia Senghaas, Kirchardt
Herstellung/Korrekturen: Julia Franze / Sven Lang
Umschlaggestaltung: U.O.R.G. Lutz Eberle, Stuttgart
unter Verwendung eines Fotos von: Photo-Beagle / photocase.com
Druck: Fuldaer Verlagsanstalt, Fulda
Printed in Germany
ISBN 978-3-8392-1078-9

Bedenke, dass du sterblich bist …

PROLOG

Andächtig kniete der Maler Stephan Lochner vor der noch leeren kleinen Holztafel, in deren Mitte sich leicht rötlich schimmernd ein Holzkreuz abhob, das offenbar nachträglich in eine andere Holzplatte eingearbeitet worden war. Eine ungewöhnliche Prozedur für ein Gemälde, aber sein Auftraggeber hatte darauf bestanden. Vor allem hatte er darauf bestanden, genau dieses Holz zu verwenden. Holz, das er, ein reicher Kaufmann, von einer geschäftlichen Reise nach Mailand mitgebracht hatte.

Lochner hatte vorsichtig eine Aussparung in seinen Maluntergrund gearbeitet, seinen Einwand, dass die Gefahr drohe, das Kreuz falle aus dem Bild heraus, hatte der Auftraggeber beiseitegewischt. ›Sie sind der Meister, Sie machen das schon‹, hatte er erwidert und Lochner ein weiteres Goldstück in die Hand gedrückt. Dann hatte er vorsichtig die beiden Holzstücke, die der Kaufmann ihm anvertraut hatte, in die Aussparung gelegt. Nie zuvor hatte er Wertvolleres in Händen gehalten. Nie zuvor hatte er auf einem kostbareren Grund gemalt als auf einem Stück des Kreuzes Jesu Christi. Die Idee des Kaufmanns war es gewesen, das Kreuz im Bild aus dem Kreuz des Herrn zu gestalten. Leise sprach Lochner ein Gebet, ließ sich von dem Geplapper der Lehrlinge draußen nicht in seiner Konzentration stören. Noch bevor er mit dem Bespannen begonnen hatte, hatte er sie vor die Tür geschickt. Dies war eine Arbeit für den Meister und ausschließlich für den Meister.

Er hatte lange überlegt, ob er den Auftrag wirklich annehmen sollte. War dieser wirklich im Sinne des Herrn? Doch letztlich hatte er ihn aktzeptiert. Pries denn nicht die Kostbarkeit des Materials die Größe der Botschaft, und war nicht der Herr an diesem Kreuz gestorben, beerdigt worden und wieder auferstanden? Konnte es einen geeigneteren Untergrund für ein Gemälde über die Kreuzigung geben? Außerdem konnte er das Geld gut gebrauchen. Nach seinem Umzug in das neue Haus in unmittelbarer Nachbarschaft zu Rathaus und Gürzenich, zu Macht und Repräsentation der freien Reichsstadt Köln, standen noch einige Anschaffungen an.

Also erhob er sich aus seiner knienden Stellung, der Blick des Christen wandelte sich zum Blick des Künstlers. Er betrachtete das kleine Rechteck aus Holz vor ihm und zeichnete mit Kohle sanft die Konturen seines Werkes vor. Nur am Anfang, als er das Kohlestück aufsetzte, zitterte seine Hand leicht. Doch mit jedem Strich wurde er sicherer, der Respekt vor dem Stoff wich mehr und mehr dem Anspruch, mit seinem Werk diesem Stoff gerecht zu werden. Unsicherheit wich Sorgfalt. Er begutachtete die Proportionen, das alles beherrschende Kreuz in der Mitte, die zwei knienden Figuren rechts und links davon, ihre Körper etwas kleiner als die Darstellung Christi. Lochner überlegte, ob er einen Hintergrund im Stile der Niederländer auftragen sollte. Schon seit geraumer Zeit gingen ihm einige Gedanken durch den Kopf, Bilder und sogar kleine Geschichten, die sich im Hintergrund eines Gemäldes erzählen ließen. Wäre es nicht auch etwas Besonderes, das Kreuz des Bildes an seinem Ursprungsort zu zeigen und hinter ihm den Blick von Golgotha auf die heilige Stadt? Aber seinem Auftraggeber wäre das mit Sicherheit zu modern. Manchmal verzweifelte Lochner schier an der Biederkeit seiner Kunden. Auf seinen Reisen als Geselle hatte er Werke gesehen von solcher Ausdruckskraft und Schönheit, dass es ihm schier den Atem raubte. So viel konnte Malerei ausdrücken, wenn einer sein Handwerk beherrschte und aufgeschlossen war. Doch der Kunde bezahlte und er erfüllte seinen Auftrag. So war das und so würde es immer sein. Die Herrschaften wünschten den traditionellen Glanz des Goldgrundes. Nichts sollte vom zentralen Motiv des Gemäldes ablenken. Lochner tröstete sich mit dem Gedanken, dass kaum etwas dem Kreuz des Herrn würdiger sein könnte als Gold.

TEIL 1

KRIEGSBEUTE

1

Reglos lagen die beiden Körper Seite an Seite in ihrem großzügigen Bett. Kurz war er versucht, ihren Kopf auf seine Brust zu legen, aber er widerstand. Stattdessen betrachtete er eine Weile, wie sich das Blut auf den weißen Laken langsam verfärbte. Die Flecken wirkten viel dunkler, als er es sich in seiner Fantasie vorgestellt hatte. Überhaupt war alles anders, als er es erwartet hatte. Besser. Viel besser. Er saß auf einem Hocker am Fuß des Bettes und betrachtete mit einem fast schon künstlerischen Interesse die beiden Leichen im Doppelbett. Sie lagen einander zugewandt da, als wollten sie sich noch einmal voneinander verabschieden. Das aber war ihnen nicht mehr vergönnt gewesen. Er hatte es ihnen nicht mehr vergönnt. Mit zwei kurzen und konsequenten Bewegungen seines Fingers hatte er über ihr Leben und ihren Tod entschieden. Nun beugte er sich vor und blickte in das, was einmal ihre Gesichter waren. Von ihrer Schönheit war nichts mehr zu erkennen. Die Waffe, die Gewalt und der Tod hatten sie buchstäblich zerfetzt. Er fühlte sich gut. Leicht und mächtig, euphorisch und frei von Skrupeln oder Gewissensbissen. Alles war einfacher gewesen, als er gedacht hatte. Jetzt würde er seine Sachen zusammenpacken, mögliche Spuren verwischen und in sein Leben zurückkehren. Einfach so.

»Darum geht's!« Museumsdirektor Anton Malven schob den beiden Detektiven Marius Sandmann und Gunter Brock ein Foto über den Schreibtisch. Sein schwarzer Sakkoärmel verschmolz mit dem schwarzen Schreibtisch, sodass Sandmann an eine Pantomime dachte, eine Hand ohne Arm, die ein Foto vor sich herschob. Der Detektiv beugte sich nach vorne, schob die schwarze Brille zurecht und schaute auf einen neun mal neun Zentimeter großen, leicht vergilbten Fotoabzug. Das Bild zeigte ein Arbeitszimmer, ein fast schon antiker schwerer Schreibtisch mit einigen Schubfächern, die durch einen Berg von verpackten Geschenken in den unterschiedlichsten Farben verdeckt wurden. Zwischen den Geschenken konnte Marius einen alten Tischkalender erkennen, dessen Zeit sich von Hand einstellen ließ. Sein Großvater hatte so etwas Ähnliches besessen. Das Bild musste einige Jahrzehnte alt sein.

»Der Abzug muss irgendwann in den 70er-Jahren gemacht worden sein. Das Fotopapier gibt es heute nicht mehr, und wenn Sie zwischen den Paketen auf den halb verdeckten Tischkalender schauen, sehen Sie das Datum, an dem das Bild aufgenommen wurde: am 3. Januar 1970.« Direktor Malven reichte den beiden Männern eine würfelförmige Lupe, Brock nahm sie und das Bild vom Tisch und betrachtete die Vergrößerung, ohne eine Regung zu zeigen. Er musste es sich kurz vor die Nase halten, um die Jahreszahl auf dem Kalender lesen zu können. Dann legte er beides zurück auf den Schreibtisch.

»Da hat wohl jemand seine Weihnachtspost nicht geöffnet.«

Marius betrachtete das Datum nun seinerseits durch die Lupe. Aber er war genauso ratlos wie sein Chef.

»Was genau sollen wir tun?« Brock zeigte auf das Foto. »Möchten Sie, dass wir für Sie ein paar alte Weihnachtsgeschenke wiederfinden, oder was?« Die braunen Haare seines Schnauzers hoben sich leicht, als Brock das sagte.

Nein, Gunter Brock war nicht der Geduldigste und nicht der Diplomatischste, dachte Marius bei sich und hoffte, sein Chef würde sich im weiteren Verlauf des Gesprächs zurückhalten. Er schaute hinüber zu Malven, der leicht zurückgelehnt in seinem schwarzen Ledersessel saß und die Fingerkuppen seiner schlanken Hände vor dem schwarzen Hemd bedächtig aneinandertippte.

»Es geht um das Gemälde im Hintergrund.« Mit dem Zeigefinger deutete er auf ein kleines Bild an der Wand hinter dem Schreibtisch. Sandmann hatte sich auf den Vordergrund konzentriert, als er das Foto angeschaut hatte. Jetzt nahm er es erneut in die Hand und betrachtete es eingehender. Um das Gemälde, das in der Mitte über dem Schreibtisch hing, genauer sehen zu können, griff er nach der Lupe. Er ärgerte sich über sich selbst. Als Privatdetektiv und als – freilich gescheiterter – Kunsthistoriker hätte er genauer hinsehen müssen, auch wenn das Bild auf den ersten Blick unscheinbar wirkte, ein Gemälde von geschätzten 20 mal 25 Zentimetern in einem schlichten schwarzen Holzrahmen, das auf einem Goldgrund die Kreuzigung Christi zeigte. Der Körper setzte sich in seinem fast makellosen Weiß stark von dem Schwarz des Kreuzes ab. Deutlich hervorgehobene und vergrößerte Blutflecken an Stirn, Händen und Füßen sowie über dem Herzen leuchteten selbst auf diesem verblassten alten Farbfoto in einem kräftigen Rot. Rechts und links des Kreuzes knieten ein Mann und eine Frau in spätmittelalterlicher Tracht. Die Frau trug eine Art Umhang, sie hatte die Hände gefaltet, in denen sie eine Blume hielt. Marius identifizierte sie als Lilie. Der Mann auf der anderen Seite des Kreuzes trug das dunkle Gewand eines Kaufmanns mit einem prächtigen Pelzkragen, aber ohne Kopfbedeckung. Mit seinen gefalteten Händen umklammerte er einen Schlüssel.

»Die Kreuzigung Christi. An seiner Seite Maria mit der Lilie und Petrus mit dem Schlüssel.«

Malven nickte anerkennend.

»Deswegen habe ich Sie und Ihre Detektei«, er zögerte kurz, bevor er das letzte Wort aussprach, »kontaktiert. Ich hatte bereits gehört, dass einer von Ihnen ein wenig kunstgeschichtliche Kenntnisse mitbringt. Auf wann datieren Sie das Werk?«

»Kölner Malerei, 15. Jahrhundert.«

»Sehr gut.« Malven lächelte zufrieden.

»Untypischerweise wissen wir sogar, wer das Bild gemalt hat. Maler der Spätgotik haben ihre Werke nicht signiert, müssen Sie wissen.« Er schaute Brock an, als er das sagte. »Wir analysieren also den Malstil und die Herstellungszeit und ziehen daraus Rückschlüsse auf den Künstler, dessen Namen wir dann oft genug auch gar nicht kennen. Deswegen hängen hier im Museum auch Bilder vom Meister des Sankt-Georg-Altars oder des Altars zu Sankt Michael. In diesem Fall aber wissen wir mit ziemlicher Sicherheit, wer das Bild gemalt hat.«

Brock starrte aus dem Fenster und blickte hinüber auf die alten Mauern des Kölner Gürzenich. Marius wusste, dass er dennoch zuhörte, halbwegs zumindest. Doch im Grunde verließ Brock sich darauf, dass Marius sich diesen Teil des Gesprächs merkte, und sie beide wussten das.

»Wer hat es gemalt?«, wollte Marius wissen.

»Stephan Lochner.« Dem Direktor huschte ein um Anerkennung buhlendes Grinsen über das Gesicht. Marius enttäuschte ihn nicht. Beeindruckt schnalzte er mit der Zunge und nahm das Bild erneut in die Hand.

»Einen renommierteren Maler gab es zu dieser Zeit in Köln nicht.«

»Nein, allerdings nicht. Und es gibt auch nicht so viele Werke, von denen wir sicher wissen, dass sie von ihm stammen.«

Marius betrachtete das Gemälde im Hintergrund ein weiteres Mal. Der Abzug war einfach zu klein, die Qualität zu schlecht, um irgendetwas sehen zu können, was darauf hindeuten könnte, dass Lochner tatsächlich Urheber dieser Kreuzigungsszene war.

»Woher wissen Sie, dass das ein Lochner ist?«

»Wir haben das Bild in unserem Bestandsarchiv. Es gehört uns.«

Brock schaute weiterhin aus dem Fenster, Marius jedoch wurde langsam hellhörig. »Was macht das Gemälde eines der berühmtesten Kölner Maler des späten Mittelalters in einem privaten Arbeitszimmer? Zumal, wenn es dem Wallraf-Richartz-Museum gehört?«

»Das würden wir auch gerne wissen«, erwiderte der Mann mit den kurz geschorenen weißen Haaren.

Brock wandte sich nun wieder dem Gespräch zu. »Sie möchten also, dass wir dieses Gemälde finden?« Malven nickte. »Darf man hier rauchen?« Brock griff in die Innentasche seiner farblos beigen Windjacke und zog eine verknitterte Schachtel Zigaretten heraus. Der Direktor schüttelte den Kopf.

»Wir sind ein Nichtraucherhaus. Tut mir leid.« Brocks Augen wirkten fast noch ein wenig kleiner und dunkler als sonst, aber er steckte die Packung wortlos wieder weg. Das war nicht selbstverständlich. Marius atmete erleichtert aus.

»Ich verstehe immer noch nicht, wieso sich dieses Gemälde in dem privaten Arbeitszimmer auf diesem Foto befindet, wenn es doch zum Bestand des Wallraf-Richartz gehört?«, fragte Brock. »Ist es Ihnen geklaut worden? Ihr Sicherheitssystem sah eigentlich gut aus. Auf den ersten Blick.«

»Wir wissen es nicht.« Aus den Augenwinkeln sah Marius, wie Brock genervt die Stirn runzelte. Nein, seine Geduld war wirklich endlich. Es war besser, einzugreifen.

»Erzählen Sie uns doch einfach, was es mit diesem Gemälde auf sich hat.« Marius lächelte Direktor Malven aufmunternd an.

»Die Kreuzigung, eine kleine, weniger bekannte Auftragsarbeit Lochners, wurde dem Museum Ende der 20er-Jahre vererbt. Es gibt immer wieder Kölner, die nach ihrem Tod den heimischen Museen das ein oder andere hinterlassen, müssen Sie wissen. Nicht immer ist so ein Schätzchen dabei wie damals. Dennoch verschwand das Bild erst einmal im Archiv, wurde also nie öffentlich ausgestellt. Vermutlich wusste damals niemand so richtig, was für einen Schatz man da erhalten hatte. Die Zuschreibung war zur damaligen Zeit durchaus strittig. Außerdem hatte das Museum in dieser Zeit einfach zu wenig Platz, um alles zu zeigen, was es besaß. Das Haus ...«

Brock fiel dem Direktor ins Wort: »Aber wie ist das Bild abhanden gekommen? So etwas beschließt ja nicht in einem staubigen Archivkeller, dass ihm langweilig ist, und spaziert dann zur Tür hinaus, um was von der Welt zu sehen.« Malven blickte Brock pikiert an.

»Sie machen sich keine Vorstellung von unseren Archivräumen. Das sind mitnichten staubige Keller. Unsere Kunstschätze ...«

»Was Herr Brock wissen möchte, ist, wie das Bild verschwinden konnte. Irgendwo müssen wir unsere Suche beginnen, und da sind Zeit und Umstände des Verschwindens nicht der schlechteste Anfang.«

»Ich verstehe.« Malven schwieg einen Augenblick. »Ehrlich gesagt: Auch das wissen wir nicht so genau.«

»Und trotzdem vererben die Leute Ihnen immer noch was?« Marius warf einen schnellen Seitenblick auf Brock, der höchst konzentriert an seinen Fingernägeln nestelte.

Der Direktor trank einen kurzen Schluck aus einem Wasserglas und fuhr fort: »Es muss irgendwann im Krieg, also im Zweiten Weltkrieg verschwunden sein. Einige Bilder sind in den Wirren dieser Zeit verschollen gegangen. Auch aus unserem Museum.«

»Sie meinen Beutekunst?«

»Damit wäre das Gemälde jetzt vermutlich irgendwo in den Vereinigten Staaten. Das, was Sie hier auf dem Foto sehen, ist aber definitiv ein deutsches Arbeitszimmer.« Marius nahm das Bild erneut vom Schreibtisch und betrachtete es zum dritten Mal an diesem Vormittag.

»Also hat jemand die Gelegenheit genutzt, um sich im Museum an ein paar Bildern zu bedienen?« In Gedanken spielte er mit dem Foto in seiner Hand, bemerkte Malvens missbilligenden Blick nicht.

»Bisher sind wir davon ausgegangen, dass manche Bilder einfach zerstört wurden.« Malven schaute auf das Foto in Marius' Hand. »Sie waren zum Teil ausgelagert, zum Teil hier. Über Jahre hatte keiner einen Überblick, welche Bilder wo gewesen waren während des Krieges. Vermutlich wusste man damals nicht einmal, wie viele Bilder überhaupt im Besitz des Museums waren. Hinzu kommen Leihgaben, die sich zeitweise nicht im Museum befanden.«

»Wissen Sie denn, wie viele Bilder Sie heute in Ihrem Museum haben?« Ein kurzes Grinsen huschte bei dieser Frage über Brocks Gesicht. Der Direktor des Museums überlegte und zuckte kurz darauf mit den Achseln. Marius übernahm das Gespräch.

»Ich versuche das einmal zusammenzufassen: Das Museum erhält Ende der 20er-Jahre ein Gemälde, das vermutlich von Stephan Lochner stammt, lagert es in seinem Archiv, aus dem es im Laufe des Zweiten Weltkrieges unbemerkt verschwindet.«

»Unbemerkt nicht. Bei einer ersten Bestandsaufnahme in den 50er-Jahren kam es mit auf die Liste der verschollenen Werke.«

»Aber gesucht haben Sie nicht danach?«

»Wir hatten keine Anhaltspunkte.«

»Bis heute.«

»Richtig.«

»Das Gemälde verschwindet also irgendwo in Privatbesitz …«

»… wo es friedlich und unbehelligt an einer Wand hängt …«, streute Brock ein.

»Und taucht nun auf diesem Foto aus den 70er-Jahren des

vorigen Jahrhunderts wieder auf. Woher haben Sie das Foto eigentlich?«, setzte Marius Sandmann seinen Satz fort.

»Das haben wir mehr per Zufall in einem Nachlass entdeckt.« Malvens Blick schoss kurz zu Brock hinüber, der jedoch schwieg. »Eher allerdings ein chaotischer Hausstand, keine Kunst. Aber immerhin mit einem gewissen Geldbetrag verknüpft.« Brock schnaubte. »Beim Sortieren dieses Hausstandes ist einer unserer Mitarbeiterinnen dieses Foto aufgefallen.« Marius nahm noch einmal die Lupe zur Hand. »Im kommenden Jahr planen wir eine große Ausstellung mit Kölner Kunst aus dieser Zeit. Wir wollen unsere eigenen Bestände einmal herausstellen und einiges andere dazuholen. Wenn wir im Rahmen dieser Ausstellung einen verschollenen Lochner präsentieren könnten, wäre das eine absolute Sensation.«

»Wenigstens müssen wir nicht die Stadt verlassen, um das Bild zu finden. Vermutlich zumindest.« Malven und Brock blickten Marius überrascht an, der das Foto durch die Lupe betrachtete.

»Wie kommen Sie darauf?« Marius reichte Malven Bild und Vergrößerungsglas.

»Der Zeitungsständer links neben dem Schreibtisch.«

»Was ist damit?«

»Es steckt eine Kölner Zeitung darin.«

2

Kommissarin Paula Wagner stand vor dem Bett des Schauspielerpaares und blickte auf die gesichtslosen Köpfe in den rot getränkten Laken.

»Auf ein Autogramm kannst du bei den beiden lange warten, Kleine.« Der Rechtsmediziner Dr. Volker Brandt ging an ihr vorbei und stellte seinen Koffer neben dem Bett ab. Seine grauen Augen unter den seltsam zarten Augenbrauen wirkten herablassend.

Paula Wagner überlegte, ob sie Brandt antworten sollte, unterließ es aber. Stattdessen wandte sie sich von den Leichen ab, nur um dem Blick ihres Chefs, Hauptkommissar Hannes Bergkamp, zu begegnen, der lang und schlacksig in der Tür stand und Brandts Satz sicherlich gehört hatte. Ihr schien es, als verdrehe er ein wenig die Augen. War sie hier und heute vielleicht das Dummchen vom Dienst?

Sie ging zu der japanisch anmutenden Schiebetür aus Holz und Milchglas, die das Schlafzimmer vom Rest der Wohnung trennte. Der Holzboden bebte leicht unter ihren Schritten. Bergkamp wich ihr wortlos aus. Sie wandte sich nach rechts und kam in eine für ihren Geschmack viel zu große Küche. Auf den edlen Holzablagen und in der blitzenden Spüle stapelten sich dreckiges Geschirr, benutzte Gläser und leere Flaschen. Nur halbherzig abgedeckte Platten eines kleinen Büfetts verströmten einen leichten Geruch gammeligen Fleischs, der sich mit dem Gestank einer nach einer Party nur schlecht gelüfteten Wohnung vermischte. Hier war gestern noch mächtig gefeiert worden. Im bis auf ein großes, rotes Ledersofa und einen absurd großen Flat-Screen-Fernseher fast leeren Wohnzimmer roch es nach Tabakrauch. Ansonsten wirkte der Raum sauber, sah man von einigen Glasrändern auf dem Sofatisch und einem weißen Sideboard ab. Sie betrachtete die spiegelglatte Oberfläche des Glastisches vor dem Sofa, ging in die Hocke, um die Fläche auf Augenhöhe zu begutachten. Die kleinen weißen Reste waren so kaum zu übersehen. Bergkamp war ihr in das Wohnzimmer gefolgt. Sie stand auf.

»Die haben ganz schön gefeiert hier.«

Bergkamp nickte. »Sieht so aus.«

»Müssen die Leute immer ihre Klischees bestätigen? Ich meine, was erwartet man von Schauspielern? Drogen, Partys, Drama. Und was haben wir hier? Kokain auf dem Glastisch, Partyreste in der Küche und ein totes Schauspielerpaar im Schlafzimmer.«

»Sind es denn überhaupt die Wohnungsinhaber im Bett? Ich konnte das gar nicht so richtig erkennen.«

»Doch das sind sie.« Der Rechtsmediziner Brandt stand nun in der offenen Tür des Wohnzimmers. »Christian Alberti und Julia Stolz. Da können wir sicher sein.« Die Forensiker in ihren weißen Plastiküberzügen zwängten sich an Brandt vorbei, der nur widerwillig Platz machte, als wollte er die Macht über die Tür und das, was sich hinter ihr verbarg, nicht hergeben.

Paula Wagner registrierte den Unterschied zwischen Bergkamp und Brandt nicht zum ersten Mal. Trotzdem ignorierte sie den Rechtsmediziner und ging zu einem bodentiefen Fenster, das auf eine mit Teakholz belegte Terrasse hinausführte. Dahinter öffnete sich ein Panorama über den Kölner Süden hinweg bis hinunter zu den Spitzen des Siebengebirges. Eine Traumwohnung.

»Wie viel verdienen eigentlich Darsteller einer Daily Soap? So eine Wohnung kostet doch ein Vermögen.«

»Wir sollten vielleicht erst einmal schauen, was wir hier an Spuren finden und uns dann den Vermögensverhältnissen der Opfer zuwenden«, antwortete ihr Chef. Mussten heute alle auf ihr herumreiten? Bergkamp allerdings war schon wieder woanders. »Habt ihr irgendwelche brauchbaren Spuren?« Einer der Forensiker blickte den Hauptkommissar an.

»Mehr als ihr brauchen könnt. Ganz im Ernst: Hier haben gestern Abend sicherlich 15 Leute gefeiert, und wenn der Mörder unter den Gästen war, sind diese ganzen Spuren einen Dreck wert.«

»Dann sollten wir uns mal um die Gästeliste kümmern, würde ich vorschlagen«, warf Paula Wagner ein. Schärfer als gedacht. Bergkamp zuckte kurz, Brandt grinste nur. Gemeinsam mit dem Hauptkommissar verließ Paula Wagner die Wohnung und überließ den Forensikern den Tatort.

Gebäude 155 der Universität zu Köln lag ein Stück hinter dem eigentlichen Universitätsgelände auf einem schmalen Grundstück zwischen den Straßen An Sankt Laurentius im Norden, Eckertstraße im Osten und Gyrhofstraße im Süden. Marius Sandmann betrat den gelb verklinkerten Eckbau mit einem leichten Widerwillen. Er hatte das Kunsthistorische Institut seit Jahren nicht mehr besucht, obwohl er hier alles in allem neun Semester studiert hatte, bis schließlich Brock mit seinem Angebot aufgetaucht war, in die Detektei mit einzusteigen. Marius, ohnehin kein enthusiastischer Student, hatte daraufhin sein Studium langsam einschlafen lassen

Als er das Gebäude betrat, fragte er sich, ob das damals die richtige Entscheidung gewesen war. Natürlich hatte er sich die Frage schon öfter gestellt, Brocks Honorare hielten ihn die meiste Zeit gerade so über Wasser, und an einem Tag wie heute, wo Gunter Brock ihn mit einem harmlosen und wahrscheinlich völlig sinnfreien Rechercheauftrag losschickte, drängte sich die Frage förmlich auf. ›Versuche du etwas mehr über dieses Bild herauszufinden, Marius‹, hatte Brock gesagt, als sie vor dem Wallraf standen und gemeinsam mit einer Gruppe italienischer Schüler die Ausgrabungen vor dem Museum betrachteten. Brock hatte sich durchaus interessiert gezeigt, als Marius ihm erklärt hatte, aus welchem Jahrhundert die freigelegten Fundamente in der Ausgrabungsstelle ungefähr stammten. Wenn man sich Köln heute mit seinen schmucklosen Bauten aus der Nachkriegszeit anschaute, konnte man schon einmal vergessen, wie alt diese Stadt war. Wahrscheinlich waren es genau diese Erklärungen, die Brock dazu gebracht hatten, ihn hierher zu schicken und sich selber den spannenderen Ansatzpunkt zu wählen. Brock wollte sich um das Foto und seine Herkunft kümmern, Marius sollte ein wenig Hintergrundinformationen liefern und vielleicht den ein oder anderen Ansatz beisteuern. Kurz: Er sollte das tun, was er hinter sich gelassen hatte, um Privatdetektiv zu werden.

Die weiß getünchte Eisentür schepperte nach wie vor, wenn sie hinter einem zufiel. Es war fast wie nach Hause zu kommen. Ein Zuhause, das einem nichts mehr bedeutete. In dem hellen Flur saß immer noch die gleiche Frau hinter dem Tresen der Aufsicht und musterte jeden Neuankömmling kritisch. Ihre senkrechte Stirnfalte schien mit den Jahren tiefer geworden zu sein. Marius nickte ihr nur kurz zu und packte seine Jacke und seine Tasche in eines der Schließfächer unter der Treppe. Dann betrat er, ohne dass ihn die Frau weiter beachtete, die Bibliotheksräume, deren grelles Neonlicht einen deutlichen Kontrast zu dem tristen, halbdunklen Grau draußen bildete. Dutzende raumhohe Bücherregale gruppierten sich zu kleinen Lesesälen. Marius war überrascht, wie gut er sich nach all den Jahren hier noch zurechtfand. Er sammelte ein paar Bände über Stephan Lochner zusammen und setzte sich an einen freien Platz. Schon auf dem Weg hierher hatte er versucht, sich an das zu erinnern, was er über Lochner gelernt hatte. Viel war über den Maler nicht bekannt. Marius hatte einmal gelesen, dass es über William Shakespeare, der knapp 150 Jahre nach Lochner gelebt hatte, nur sechs gesicherte Angaben gab, weswegen manche die Existenz des Dramatikers bestritten. Über Lochner gab es kaum mehr gesicherte Erkenntnisse. Geboren wurde der Maler irgendwann zwischen 1400 und 1410 am Bodensee, vermutlich in Meersburg, wo seine Eltern lebten. Mit seiner Frau hatte er zunächst zwei Jahre in Köln in der Großen Budengasse gelebt hatte, danach zogen sie in eine Doppelhaushälfte am Quartermarkt und von da aus in ein Haus in der Straße In der Höhle. Das Haus, erstmals erwähnt im 14. Jahrhundert, stand bis in die 1850er-Jahre, heute aber war die alte Gasse vollständig überbaut. 1447 wurde Lochner in das Bürgerbuch der Stadt Köln aufgenommen und von seiner Zunft in den Rat gewählt. Zu dieser Zeit war er demnach ein angesehener Bürger gewesen. Um in das Bürgerbuch überhaupt aufgenommen zu werden, musste er mindestens zehn Jahre in Köln gelebt haben, sodass er sich um 1437 hier niedergelassen haben könnte. 1451, während seiner zweiten Amtsperiode als Ratsherr starb Lochner. Über die Todesursache war nichts Genaueres bekannt. Vermutlich starb der Maler an der Pest, die in diesem Jahr in Köln wütete und die Hälfte der 40.000 Einwohner der Stadt dahinraffte.

Für Kunsthistoriker waren diese Daten von nicht geringer Bedeutung. Da die Künstler der Zeit ihre Werke nicht signierten, wie Malven Marius und Brock bereits erklärt hatte, ließ sich über derartige Daten ein zeitlicher Rahmen bilden, in dem ein Maler gearbeitet hatte. Das erleichterte die Zuschreibung, die allein über örtliche Herkunft, Alter des Bildes und stilistische Besonderheiten erfolgte, sofern sie sich feststellen ließen. Hinzu kamen Urkundenvermerke über Auftragsarbeiten. So wusste man zum Beispiel, dass Lochner 1442 ein Trompetenbanner, den Schmuck, Schilder und Stadtwappen für den Besuch König Friedrichs II. in Köln gemalt hatte, der die Stadt auf der Durchreise zu seiner Krönung in Aachen besuchte. Auch an der Herstellung des Baldachins, unter dem der König später einherging, war Lochner beteiligt gewesen. Sein Hauptwerk allerdings war, neben verschiedenen Altären, unter ihnen der Dreikönigsaltar in Köln, ein Gemälde im Besitz des Wallraf-Richartz-Museums, die ›Madonna im Rosenhang‹. Im Vergleich zu diesem Bild mit seinem fein ausgearbeiteten Hintergrund und seiner komplexen mittelalterlichen Symbolik fand Marius die Kreuzigung, sofern er sie durch die Lupe auf einem alten Foto überhaupt richtig erkennen konnte, sehr einfach gehalten, ein Frühwerk möglicherweise. Aber auf dieses Bild hatte er in dem Berg von Büchern, die er neben sich aufgestapelt hatte, bisher überhaupt keine Hinweise finden können. Vielleicht stimmte die Zuordnung des Gemäldes nicht und es handelte sich um keinen Lochner? Wenn Marius Museumsdirektor Malven richtig verstanden hatte, hatte seit 80 Jahren niemand mehr das Bild gesehen. Alles, was sie darüber wussten, wussten sie aus Dokumenten und vom Hörensagen. Lochners Bedeutung für die Kunstgeschichte lag vor allem darin, dass er quasi ein Übergangsmaler war zwischen der mystischen Beseeltheit des Mittelalters und dem aufkommenden Naturalismus der neuen Malerei. Seine Bildsprache war in weiten Teilen noch durch und durch mittelalterlich in ihrer Symbolik, Marius dachte an Lilie und Schlüssel auf dem Gemälde, dessen Foto ihnen Malven gezeigt hatte. Ihre Darstellung jedoch war von einem ausgeprägten Naturalismus bestimmt. Was Lochner malte, sah aus, als würde es wirklich existieren. Aus seiner Studienzeit erinnerte sich Marius daran, dass die Spezialisten für Malerei dieser Zeit immer schier aus dem Häuschen gerieten, wenn sich ein Maler darauf verstand, den Faltenwurf von Gewändern realistisch darzustellen. Programmierer von Computerspielen ging das heute ähnlich, wenn sie sich über die Darstellung von Wasser unterhielten. Jede Zeit hatte ihre kreativen Herausforderungen, dachte Marius bei sich.

Nur war er nicht auf der Suche nach kreativen Herausforderungen, sondern nach Informationen über das Kreuzigungsmotiv, auf das Malven sie angesetzt hatte. Er stand auf und ging zurück zu dem Regal mit den Lochner-Büchern. Zwei, drei kleinere Bändchen hatte er außer Acht gelassen. Schließlich hatte er sich auf die kunsthistorischen Standardwerke beschränkt. Nun nahm er sich ein paar kleinere Bücher über

Lochner aus dem Regal und blätterte in ihnen. Tatsächlich wurde er fündig. Zwei dieser unter Kunsthistorikern wenig beachteten Bücher erwähnten die Kreuzigung, kannten allerdings das Werk nicht aus eigener Anschauung, sondern lediglich aus anderen Büchern. Um bei der Wahrheit zu bleiben: Der zweite Band stützte sich bei seiner Beschreibung des Bildes auf das ältere Werk, ließ aber dessen Anmerkung, das Bild selbst nie gesehen zu haben, geflissentlich aus. Entsprechend vage waren die Aussagen. Beide Bücher zählten das Bild zu Lochners Werken, keiner hatte es jemals gesehen, da es sich in Privatbesitz befand, und keiner konnte etwas berichten, was über das wenige hinausging, das Malven ihnen bereits mitgeteilt hatte. Ein frustrierender Nachmittag für Marius. Das einzig Nützliche fand er im Anhang des älteren Buches, nämlich den Vermerk, dass das Gemälde wohl im Auftrag des Kölner Kaufmanns Gerhardt Hochkirchen gemalt worden sei. Bis es in den 20er-Jahren dem Wallraf-Richartz-Museum vererbt wurde, hatte sich das Bild vermutlich stets in Privatbesitz befunden und war nie öffentlich ausgestellt gewesen, was erklärte, warum das Bild in der kunsthistorischen Betrachtung keine Rolle spielte. Auch auf Auktionen war das Bild nie aufgetaucht. Es hatte demzufolge ausschließlich privat den Besitzer gewechselt. Der junge Detektiv vermutete, dass Brock von ihm eine Aufstellung der Besitzer des Gemäldes haben wollte, auch wenn Marius bezweifelte, dass es ihnen weiterhalf, wenn sie wussten, wem Stephan Lochners Kreuzigung zwischen 1450 und 1690 oder so gehört hatte.

Marius' Handy durchbrach schrill die Stille der Lesesäle. Köpfe fuhren erschrocken hoch und blickten ihn verstört oder zornig an. Mehrere Leute zischten leise. Marius wollte das Klingeln gerade wegdrücken, sah aber, dass es Brock war. Er nahm das Gespräch so leise wie möglich entgegen, erntete dennoch Missbilligung in den Lesesälen. Eilig und ohne die Bücher ins Regal zurückzustellen, rannte er hinaus, erst einmal vorbei an der Frau am Empfang, deren Stirnfalte sich tief eingrub, als sie Marius nachblickte. Draußen vor der weißgetünchten Eisentür blieb er unter dem Vordach stehen, denn es hatte angefangen zu regnen. »Was gibt's?«

»Nichts Besonderes«, antwortete Brock, schweigsam wie immer, wenn es um seine eigenen Recherchen ging, »ich wollte nur hören, was du über unser Gemälde herausgefunden hast.«

»Wenig«, antwortete Marius wahrheitsgemäß und gab Brock eine kurze Zusammenfassung über Lochner und sein Werk.

»Das hilft uns nicht wirklich weiter. Du solltest unbedingt herausfinden, wer das Bild in der Zwischenzeit alles besessen hat.«

»Glaubst du, das hilft uns weiter?«

»Es macht sich gut im Dossier.« Wütend trat Marius gegen die Wand, die Glastür schepperte, mehrere Studenten dahinter blickten ihn erschrocken an. »Alles O. K. bei dir?«

»Alles bestens.«

»Da hat es gerade gescheppert. Ich dachte, du hättest was kaputt gemacht.«

»Nein, nein, keine Sorge. Sag mir wenigstens, wer das Bild dem Museum vermacht hat. Es dürfte einfacher sein, sich von da aus vorzuarbeiten. Die Dokumentenlage war in den Jahrhunderten davor etwas mager.«

»Kein Problem, warte!« Marius hörte das Rascheln von Papier durch sein Telefon. »Hier ist es. Das war eine Agnes Hochkirchen, die dem Museum das Bild 1929 vermacht hat.« Marius traute seinen Ohren nicht.

»Wie war der Name? Hochkirchen?«

»Hochkirchen«, bestätigte Brock.

»Heilige Scheiße.«

3

Kommissarin Paula Wagner und Hauptkommissar Hannes Bergkamp saßen im Büro des verantwortlichen Staatsanwalts Thomas Stein. Stein stand an seinem Fenster im 14. Stock des Justizgebäudes an der Luxemburger Straße und blickte auf das kolossale Panorama der Stadt. Paula Wagner bewunderte den gut geschnittenen, eleganten blauen Anzug des Staatsanwaltes. Ihn selber schätzte sie weniger. In ihren Augen war er ein Aufschneider und Karrierist. Als sie beim Betreten des Büros aus dem Fenster geschaut hatte, hatte sie unwillkürlich die Aussicht hier mit der Aussicht der Wohnung von Christian Alberti und Julia Stolz verglichen. Der Staatsanwalt hatte eine größere Übersicht und den Dom im Blick, was in Köln für jedes Fenster ein gutes Argument war. Sie schaute auf ihren Chef, aber Hannes Bergkamps Gesicht war eine undurchdringliche Maske. Nachdem sie nun mehr als zwei Jahre zusammenarbeiteten, wusste Wagner, dass Bergkamp die Maske nur trug, wenn er etwas verbergen wollte. Das sagte ihr genug. Stein wandte sich von dem Panorama ab und seinen Untergebenen zu. »Wir haben also zwei ermordete Darsteller einer populären Fernsehserie erschossen in ihrem Bett, keinerlei Anhaltspunkte, keine Verdächtigen und spätestens in einer halben Stunde die Presse vor der Tür, der ich irgendetwas erzählen muss.« Bergkamp blieb seiner Maske treu.

»Wir haben die beiden Leichen erst vor ein paar Stunden gefunden. Insofern ist es nicht überraschend, dass wir noch weitgehend im Dunkeln tappen.«

Stein ignorierte den Einwand. »Wir brauchen schnelle Ergebnisse. Was haben wir bisher?«

»Am Vorabend fand in der Wohnung eine größere Feier statt. Wir versuchen, eine Liste aller anwesenden Personen zu bekommen. Falls der Täter einer der Gäste war, wird es schwierig. Denn die Wohnung ist voll mit Spuren. Wenn er nicht dabei ist, können wir wenigstens seine Spuren, DNA oder Fingerabdrücke in diesem Wust isolieren.«

»Und wenn uns das nicht gelingt?«

»Dann befragen wir die Nachbarn ein zweites Mal, ob sie irgendetwas Auffälliges bemerkt haben.«

»Und was erzähle ich der Presse?« Das erste Mal in diesem Gespräch klang Stein verzweifelt. Paula Wagner, die bisher geschwiegen hatte, antwortete, bevor Bergkamp etwas sagen konnte.

»Geben Sie ein knappes Statement heraus, dass die beiden Schauspieler tot aufgefunden wurden, die Polizei aber aus ermittlungstechnischen Gründen keine näheren Angaben machen könnte.« Stein blickte Wagner an und strich sich nervös durch den gegelten Haarschopf.

»Glauben Sie vielleicht, dass die sich damit zufrieden geben?«

»Die haben so viele andere Storys, die sie über das Paar erzählen können, dass sie sich damit erst einmal begnügen werden.«

»Zwei Stunden verschenkt, weil Staatsanwalt Stein Angst vor der Presse hat! Ich dachte, der Mann liebt die Medien?«, entfuhr es Paula Wagner wütend. Stein hatte sie angerufen, als sie gerade angefangen hatten, die Nachbarn im Haus zu befragen. Sie trat das Gaspedal von Hannes Bergkamps Dienstwagen durch, einem nicht mehr ganz neuen bordeauxroten Opel Vectra, um die gelbe Ampel mitzunehmen und unter dem Maritim Hotel hindurch auf die Rheinuferstraße abzubiegen, zurück zum Rheinauhafen, wo die Gerichtsmediziner vermutlich die beiden Leichen inzwischen abtransportiert hatten.

»Das war rot«, bemerkte Bergkamp, der vergeblich versuchte, Volker Brandt am Telefon zu erreichen. Paula Wagner drückte erneut aufs Gas. Bergkamp klammerte sich an den

Türgriff und schwieg. Fast wäre der 1,90 Meter große Hauptkommissar an die Wagendecke gestoßen, als Paula Wagner in die Parkhauseinfahrt unter dem Rheinauhafen einbog. »Wenn du uns umbringst, holen wir die Zeit auch nicht wieder auf«, versuchte Bergkamp ein letztes Mal auf Paula Wagners Fahrstil einzuwirken.

»Jeder weiß, dass die entscheidende Zeit einer Ermittlung die ersten Stunden sind und was macht dieser Schönling? Hält uns auf!« In einem schnittigen Bogen parkte Wagner den Vectra und stellte den Motor aus. »Zurück zu den Nachbarn! Wissen wir, bis wann die Party ging?«, wandte sie sich an den Hauptkommissar, der nicht schnell genug aus dem Wagen aussteigen konnte.

»Ich habe Brandt und die Kollegen vor Ort nicht erreicht. Ich denke, die Hausbewohner werden uns weiterhelfen können.« Sie nahmen den nächstgelegenen Treppenaufgang – Paula Wagner verließ sich darauf, dass sich Bergkamp die Nummer merkte – und kamen unter den neuen, nur zum Teil fertiggestellten Kranhäusern wieder hervor. Die Kommissarin bewunderte den Blick hinauf auf die gigantischen Glaswinkel und fragte sich, warum sie nicht einfach vornüber fielen und in den Rhein stürzten. Sie gingen die paar Meter zu den alten Speichergebäuden des sogenannten Siebengebirges, die nun zu schicken Wohnungen und Büros umgestaltet worden waren, und betraten den Eingang zum Treppenhaus, das sie bis nach oben zur Wohnung der Opfer führen würde.

So modern und kostspielig es war, hier zu wohnen, so wenig bekamen die Nachbarn offenbar voneinander mit, dachte Paula Wagner, nachdem sie eine Stunde lang ergebnislos durch den Flur gegangen waren. Niemand hatte etwas gesehen, niemand hatte etwas gehört. Selbst dass im Haus ein Mord geschehen war, hatten einige der Hausbewohner nicht mitbekommen. Es trampelten seit 9 Uhr morgens ja auch nur ein Dutzend Polizeibeamte und Mitarbeiter der Spurensicherung durch das Treppenhaus. Das konnte man schon einmal übersehen, dachte Paula Wagner ein wenig zynisch. Kurz darauf fuhr sie auf dem Weg ins Präsidium ein gutes Stück langsamer. Das Treppensteigen hatte sie ein wenig beruhigt.

Bergkamp nestelte erneut sein Handy hervor, diesmal hatte er mehr Glück. Paula Wagner lauschte seinem Teil des Gesprächs, während sie den Wagen leise fluchend durch den nachmittäglichen Berufsverkehr lenkte. »Können wir wenigstens die Tatzeit eingrenzen? 4 bis 5 Uhr morgens, na, das ist immerhin was. Und Einbruchsspuren habt ihr auch keine gefunden? Gestohlen wurde auch nichts? Soweit ihr das überblicken könnt? Ob das Mädchen missbraucht wurde, könnt ihr mir heute Nachmittag sagen?« Dass der Mann missbraucht worden sein könnte, schien weder Bergkamp noch dem Forensiker in den Sinn zu kommen, dachte Wagner. »Das hätte man deutlich gesehen.« Manchmal konnte Bergkamp ihre Gedanken lesen. Er wandte sich wieder seinem Mobiltelefon zu, während sie sich weiter auf den Straßenverkehr konzentrierte. »Gut, gut. Das reicht uns für den Anfang.« Bergkamp klappte sein Mobiltelefon zu. »Doktor Brandt geht von einer Tatzeit zwischen 4 und 5 Uhr aus. Gegen halb acht klingelte der Fahrer der Filmproduktionsfirma, und nachdem niemand geöffnet hatte, rief er in der Firma an, um zu fragen, was er tun sollte. Daraufhin erschien die Agentin Albertis um halb neun. Offenbar besitzt sie einen Zweitschlüssel zur Wohnung.«

»Interessant«, sagte Paula Wagner, dann beschimpfte sie lautstark den Fahrer eines vor ihr gemächlich dahinschleichenden VW Passats.

Auf dem Bildschirm vor ihm baute sich eine Abbildung von Stephan Lochners ›Christus am Kreuz‹ auf. Marius Sandmann hatte im Internet nach mehr Informationen über Lochners Kreuzigung gesucht, die die spärlichen Angaben, die er in der Uni gefunden hatte, ergänzen könnten. Deswegen saß er gerade in seinem Büro in der Detektei Brock. Genauer gesagt im Vorraum des Büros. Brock hatte ein kleines Zweizimmerbüro auf der Vogelsanger Straße in Ehrenfeld angemietet, mit einem kleinen abgeschlossenen Büro für sich, in dem er die alten Möbel des Vorgängers, einer Buchhaltung, einfach übernommen hatte. Marius fand immer, dass diese abgenutzten schlichten Möbel aus den 50er-Jahren des vorigen Jahrhunderts perfekt zu Brock passten. Dem älteren Detektiv selber war das vermutlich gar nicht bewusst, er hätte nicht einen Gedanken daran verschwendet. Der Vorraum diente als Küche, Aufenthaltsraum, Besprechungszimmer und eben auch als Marius' Arbeitsplatz.

Tatsächlich war Marius bei seinen Recherchen im Internet fündig geworden, und das Ergebnis begutachtete er nun aufmerksam. Im Germanischen Nationalmuseum in Nürnberg hing ein Gemälde Stephan Lochners mit dem Titel ›Christus am Kreuz‹. Aber könnte ein Bild, das im Kölner Wallraf-Richartz-Museum verschwand, so einfach in einem Nürnberger Museum auftauchen? Marius hatte weitergesucht und eine Abbildung des Nürnberger Bildes gefunden. Die verglich er mit der Fotografie, die Malven ihnen von der Kreuzigung mitgegeben hatte. Eine gewisse Ähnlichkeit ließ sich nicht leugnen. Dennoch hatte er kaum Zweifel, dass es sich um zwei verschiedene Gemälde handelte. Zur Sicherheit versuchte er Museumsdirektor Malven telefonisch zu erreichen, erhielt aber nur ein Besetztzeichen als Antwort. Auch wenn der Besuch der Universität wenig Ergebnisse gebracht hatte, war es vielleicht keine schlechte Idee, doch noch das ein oder andere Buch zu wälzen. Was sollte er auch sonst tun, so lange Brock die Laufarbeit selber erledigen wollte?

Doch bevor er das Büro verließ, gab er den Namen der Familie Hochkirchen in der Suchmaske ein. Der Name allein brachte 110.000 Ergebnisse. Also schränkte er die Suche auf

Köln ein und musste zu seiner Überraschung feststellen, dass der Name in Köln offenbar sehr verbreitet war. Die Begriffskombination Hochkirchen und Köln brachte immerhin stolze 88.000 Suchergebnisse. Neben einem kleinen Stadtteil im Stadtbezirk Rodenkirchen gab es verschiedene Firmen und Familien mit diesem Namen. Der Detektiv blätterte einige Seiten durch, die ihn jedoch nicht weiterbrachten. Er beschloss, sich zunächst um das Bild zu kümmern. Deshalb nahm er seine Lederjacke vom Haken und verließ das Büro.

Knapp fünf Minuten brauchte er zu Fuß zu seiner Wohnung, überquerte die Venloer Straße mit ihren türkischen Geschäften, vor denen wie immer Grüppchen von Männern beisammenstanden, und bog in die Stelmacher Straße, wo er über einer alten Kneipe ein Zweizimmerappartement bewohnte, das sich in seiner Einrichtung nur wenig vom Büro unterschied: alte zusammengesuchte Möbel, viel Papier, ein altes Laptop auf dem Resopalküchentisch, vor allem aber ein paar alte Bücher aus dem Studium in einem wackligen und überfüllten IKEA-Regal neben dem Kühlschrank. Marius zog einen großen Band über mittelalterliche Kunst hervor. Er erinnerte sich, dass dieses Buch in der Universität verpönt gewesen war. Zu wenig wissenschaftlich. Zu wenig ›history‹, zu viel ›story‹. Vielleicht gab es ja eine Story über Lochners Kreuzigung und den Kaufmann Hochkirchen?

Marius blätterte das Buch durch, bis er schließlich ein paar Seiten über Lochner fand. Tatsächlich hatte sich der Autor über Lochners Kreuzigung ausgelassen. In seiner ausschweifenden Art erklärte er das Bild, das kaum jemand jemals zu Gesicht bekommen hatte, weil es seit Jahrhunderten in Familienbesitz war, zu einer Art Mythos des Lochner'schen Werkes. Beim Lesen der blumigen Zeilen verstand Marius, warum das Bild in der wissenschaftlichen Literatur so gut wie nicht auftauchte. Kaum ein Kunsthistoriker hatte es jemals gesehen. Erst im 18. und 19. Jahrhundert entwickelte sich die Kunstgeschichte als Wissenschaft, doch zu dieser Zeit war das Bild längst zum Zankapfel der wechselnden Eigentümer geworden, sodass jeder, der es besaß, zwar gerne damit angab, es jedoch niemandem zeigte. Unter anderem deswegen wurde seine Existenz oft angezweifelt. Der Beinahe-Kunsthistoriker Marius Sandmann konnte sich ein Grinsen nicht verkneifen. Nicht wenige Koryphäen seines Fachs hätten etwas darum gegeben, dieses Bild einmal sehen zu können. Er würde es vielleicht tun. Mit wachsendem Interesse las er weiter.

Um das Bild hatte über Jahrhunderte ein Familienzwist bestanden, für die verschiedenen Stämme der Hochkirchen war es so etwas wie das zentrale Erbe ihrer Familie, ein echter Lochner. Vor allem aber glaubte die Familie, wie es in dem Buch hieß, das Bild sei ›für seinen Eigentümer ein Quell von Reichtum und Wohlstand und Zeichen, Oberhaupt der Familie zu sein.‹ Ein Aberglaube, der Marius schmunzeln ließ. Dem Buch entnahm er, dass Lochners Auftraggeber Gerhardt Hochkirchen von einer Geschäftsreise nach Mailand zwei Holzstücke mitgebracht habe, die ihm ein Mönch als Teil vom Kreuz Jesu Christi verkauft habe. Diese beiden Holzscheite, so wollte es die Legende, hatte Lochner in sein Bild integriert und darauf seine Kreuzigung gemalt. Als Kunsthistoriker wusste Marius um die Bedeutung derartiger Reliquien für die Menschen des Mittelalters, aber unter den Nachfahren Gerhardt Hochkirchens musste ein regelrechter Mythos um diese Reliquie entstanden sein. Ein Mythos, der zu mehreren echten Familienfehden geführt hatte. Der Detektiv klappte das Buch zu. Er würde sich die Familie Hochkirchen genauer anschauen müssen, und er wusste, wen er zu fragen hatte. Auch wenn er sich sicher war, dass seine Quelle sich über seinen Anruf nicht freuen würde.

4

Die Kindern rannten mit ausgebreiteten Armen auf ihn zu, lachten und schrien, ihre kurzen, schnellen Schritte waren ein lebensfrohes Trommelfeuer auf den oft so kühlen Terrakottafliesen. Er fing beide Kinder mit seinen kräftigen Armen auf und riss sie hoch in die Luft, den Jungen links, das Mädchen rechts. Seine Frau kam aus dem Wohnzimmer hinterher, begrüßte ihn mit einem zärtlichen Kuss auf die Wange. Er war glücklich, dass sie nach all den Jahren immer noch eine liebevolle und zärtliche Beziehung führten. Bei vielen seiner Nachbarn und Freunden war das nicht mehr der Fall. Da drehte sich alles um die Kinder, den Job und das Geld, und zusammen bildeten diese eine immer hungrige Meute, die die Liebe langsam auffraß. Er hatte sich deshalb früh angewöhnt, den Job und die Fragen nach dem Geld aus seinem Familienleben herauszuhalten. Die Kinder erzählten aufgeregt und atemlos von ihren Erlebnissen an diesem Tag und zogen ihn ins Wohnzimmer. An den Händen, die zwei Menschen getötet hatten.

5

»Was willst du denn?« Die Stimme am anderen Ende der Leitung klang alles andere als begeistert von ihm zu hören. Sandmann stellte sich ihren Gesichtsausdruck vor. Er kannte sie gut genug, um zu wissen, dass ihre Augen gerade konzentriert auf einen imaginären Punkt vor ihr gerichtet waren, die mit Sicherheit perfekt geschminkten Lippen nah am Hörer, die blonden Haare wahrscheinlich mit einem Haarreif nach hinten geschoben. In seiner Vorstellung hatte sich Verena Talbot seit ihren gemeinsamen Studienzeiten nicht verändert.

»Ich brauche deine Hilfe, Verena.«

»Das ist mal was ganz Neues!« Je konzentrierter Verena Talbots Augen auf diesen imaginären Punkt gerichtet waren, umso schlechter war ihre Laune. Marius Sandmann hasste es, Kontakt mit seinen Exfreundinnen zu haben. In diesem Fall beruhte das offenbar auf Gegenseitigkeit. Nur war Verena die einzige Person, die er kannte, die ihm weiterhelfen konnte.

»Du hast doch ziemlich lange über die Kölner Schickeria geschrieben, oder?« Sandmann war sich nicht sicher, ob Schickeria in Köln das richtige Wort war. Er hatte das im Zusammenhang mit Münchener Prominenz einmal gehört, aber er kannte sich bei diesem Thema zu wenig aus. Es interessierte ihn allerdings auch nicht sonderlich. Seine Neugier richtete sich auf andere Dinge.

»Ich war Prominentenreporterin beim Express, ja. Inzwischen moderiere ich eine eigene Sendung bei Center.TV. Sagt dir vielleicht was.« Sie war schon immer gut darin gewesen, ihre Erfolge so beiläufig wie deutlich zu erwähnen. In Fragen der Karriereplanung und ihrer Umsetzung war sie ihm früher bereits haushoch überlegen gewesen. Vielleicht war er deswegen mit Ende 20 nur ein Privatdetektiv auf Honorarbasis, ein Rechercheur mit Lizenz. Sandmann schob den Gedanken beiseite.

»Das ist doch toll! Dann kennst du dich bestimmt immer noch gut mit Kölner Prominenten aus?«

»Das ist mein Job.« Der verärgerte Tonfall bekam eine zusätzliche abwartende Note. Misstrauisch, wenn es darum ging, anderen einen Gefallen zu tun, war sie nach wie vor.

»Ich bräuchte ein paar Informationen über eine sehr alte Kölner Familie.«

Verena Talbot unterbrach ihn. »In welchem Zusammenhang?«

»Eine Geschichte, die ich recherchiere.«

»Für die Uni?«

»Nein, da bin ich raus. Es geht um etwas anderes.«

»Und um was geht es dabei?« Löcher in den Bauch fragen konnte sie heute sogar besser als früher. Sandmann überlegte, wie viel er ihr erzählen konnte.

»Ich mache ein paar Hintergrundrecherchen für eine Detektei. Es geht um ein altes Gemälde.«

»Du bist Detektiv. Schau an. Vielleicht habe ich da mal Verwendung für dich.«

»Warum nicht?« Quid pro quo. Tu etwas für mich und ich tue etwas für dich. Verena Talbot war sich über die Jahre treu geblieben.

»Also was willst du wissen?«

»Es gibt in Köln angeblich eine Familie, die seit Mitte des 15. Jahrhunderts hier ansässig ist und deren Nachfahren immer noch in Köln leben.«

»Da gibt es zwei oder drei Familien, die das von sich behaupten. Wirklich nachweisen können sie das meistens nicht. Irgendwann stirbt jedes Geschlecht aus, weil es keine Nachkommen gibt oder sie verlassen einfach die Stadt und ziehen woanders hin. Die Wahrscheinlichkeit, dass eine

Familie tatsächlich so lange an einem Ort lebt, tendiert gegen Null.«

»Es geht um die Familie Hochkirchen. Sagt dir der Name was?«

»Klar, ist in Köln kein seltener Name.«

»Eine Agnes Hochkirchen hat Ende der 1920er-Jahre einem Kölner Museum ein Gemälde vererbt, das im Auftrag eines Vorfahren oder zumindest eines Kaufmanns gleichen Namens im 15. Jahrhundert gemalt worden ist. Hier in Köln. Mich würde interessieren, ob es noch Verwandte dieser Agnes Hochkirchen gibt und wie ich die finden kann.«

»Das klingt nach den Hahnwalder Hochkirchens. Tatsächlich eine sehr alte Kölner Familie, die ihre Herkunft von einem Kaufmann gleichen Namens ableitet. Geht es um den Familien-Lochner?«

»Dazu kann ich nichts sagen.«

»Also ja.«

»Leben denn noch Verwandte dieser Agnes Hochkirchen?«

»Es geht um den Familien-Lochner der Hochkirchens?« Sandmann wusste, dass Verena Talbot diese Frage in einer Dauerschleife so lange wiederholen würde, bis sie eine Antwort erhalten hatte, und er wusste auch, dass er nichts Neues von ihr hören würde, bis sie ihre Antwort bekommen hatte.

»Ja, aber mach bitte nicht gleich eine Story für deine Sendung daraus.«

»Keine Sorge, ich bin zurzeit an einer anderen Geschichte dran. Es leben angeblich noch Nachfahren dieses Kaufmanns. Allerdings lebt die Familie sehr zurückgezogen und wird wenig begeistert sein, wenn ein Privatdetektiv bei ihr auftaucht. Ein Kollege wollte mal einen kleinen Beitrag über die Hochkirchens für eine Tageszeitung schreiben. Nichts Großes, nur ein paar historische Daten und eine kurze Übersicht, was die Familienmitglieder heute so machen.«

»Und was hat er geschrieben?«

»Nichts. Die Zeitung hat den Auftrag widerrufen, nachdem er bei einem der Familienmitglieder vorstellig geworden ist, und er hat seitdem keine Zeile mehr irgendwo veröffentlicht. Wahrscheinlich fährt er Taxi, oder so. Aber bestimmt nicht in Köln. Die Stadt hätte ihm sicherlich keine Lizenz erteilt.«

»Wieso das nicht?«

»Weil die Hochkirchen das nicht gewollt hätten.«

»Sind die so mächtig?«

»Du wirst es erfahren.«

Mit diesen Auskünften und den Namen der lebenden Familienmitglieder beendete Sandmann das Gespräch. Nicht ohne seiner Gesprächspartnerin zu versichern, dass er sich gerne für ihre Hilfe revanchieren würde.

»Ich weiß«, hatte sie nur geantwortet, und Sandmann wusste, dass sie auch darauf zurückkommen würde. Irgendwann.

6

Die vier Soldaten betraten das Museum so, wie sie jeden Ort betraten, schneidig und selbstbewusst. Ihre Waffen, Pistole am Gürtel, Gewehr geschultert, störten niemanden in dem hektischen Treiben des Foyers. Arbeiter trugen große, schmale Kisten aus Holz zusammen und stellten sie neben dem Haupteingang ab. Museumsmitarbeiter umschwirrten die Holzbehälter und kontrollierten anhand von Listen, die sie in den Händen hielten, die Beschriftungen. Die Uniformierten bauten sich vor der Kassiererin auf und salutierten mit dem Hitlergruß. Die Frau hinter dem Tresen erwiderte den Gruß stumm, während der Ranghöchste der Soldaten bereits anfing zu sprechen. Seine Stimme war das Befehlen gewöhnt. Er sprach, als sei es selbstverständlich, dass seine Aussagen widerspruchslos akzeptiert wurden.

»Hauptmann Wilhelm Schulz, wir begleiten den Transport.« Ein älterer Mann wandte sich von den Kisten ab und kam auf sie zu, als er Schulz' Stimme hörte. Er streckte dem Hauptmann die Hand hin, der erwiderte die Höflichkeit, indem er den Hitlergruß wiederholte.

»Willkommen, Hauptmann, gut, dass Sie da sind. Sie und ihre Männer. Mein Name ist Wolfgang Rast, ich bin der Kustos des Museums und mit der Organisation des Transportes einiger unserer kostbarsten Schätze beauftragt.«

»Es ist eine Schande, dass der Feind offenkundig das Ziel verfolgt, das Deutsche Reich mit seinem Kulturreichtum auszulöschen«, erwiderte Schulz in scharfem Ton.

»Ja, ja, kommen Sie, ich stelle Sie den Fahrern vor.«

»Wir fahren selbst.«

»Wie bitte?«

»Anweisung von der Stabsstelle. Aus Sicherheitsgründen sollen keine Zivilisten den Transport begleiten.« Schulz zog ein Papier aus der Tasche und überreichte es dem Kustos. Der überflog es, nickte kurz und gab es dem Hauptmann zurück.

»Es wäre mir wirklich lieber, einer meiner Mitarbeiter würde sie begleiten. In diesen Kisten befinden sich einige der bedeutendsten Kunstschätze des Reiches.«

»Sie verstehen sicher, dass ich nicht gegen Befehle verstoßen kann.« Schulz formulierte keine Frage, sondern eine Feststellung. Noch bevor Rast etwas erwidern konnte, beendete eine Sirene ihre Unterhaltung. Die Männer im Foyer erstarrten. Während sie weiterhin wie festgewachsen dastanden, packte die Kassiererin routiniert ihr Kästchen zusammen und verließ ihren Platz. Rast schaute hilflos auf die Holzkisten. Dutzende Gemälde und Kunstwerke hatten sie in den vergangenen Wochen und Monaten in Leinentücher und Holzkisten gepackt. In den Keller- und Archivräumen des Museums waren sie halbwegs geschützt. Aber je länger der Krieg dauerte, je heftiger die Bombardements der Städte wurden, umso größer wurde die Gefahr für das Museum und seine Bestände. Nun sollten einige der wertvollsten Stücke aus der Stadt hinausgebracht werden in einen alten Bergwerksstollen hinter Altenberg im Bergischen Land. Dort würden sie in Sicherheit sein. Hier im Foyer waren sie es nicht. Schutzlos waren sie ihrem Schicksal ausgeliefert. Ging nur in der Nähe eine Fliegerbombe hoch, war ein Großteil der Museumsbestände vernichtet. Kunstschätze von unermesslichem Wert lagen in diesen Holzkisten.

»Wir müssen in die Schutzräume.« Ein Mitarbeiter zupfte Rast am Arm.

»Aber die Bilder? Vielleicht sollten wir sie lieber zurück in die Keller bringen?«

»Dazu ist keine Zeit.«

»Warten wir ab. Vielleicht trifft es uns gar nicht.« Es war das erste Mal, dass einer der anderen Soldaten sprach. Rast betrachtete den jungen Mann, der in seinen Augen fast noch ein Kind war. Schulz ergriff das Wort.

»Wir müssen die Schutzräume aufsuchen. Merx hat recht. Vielleicht ziehen die Bomber weiter.« Er legte dem Kustos die Hand auf den Arm. »Und sobald sie weg sind, verladen wir ihre Kunstschätze und bringen sie in Sicherheit. Darauf gebe ich Ihnen mein Wort als Offizier der Deutschen Wehrmacht.«

»Aber sie sind hier völlig ungeschützt! Hier stehen Werke von Rembrandt, Rubens, Tizian, Lochner! Die können wir nicht stehen lassen!«

»Dann bleibe ich persönlich hier und achte darauf, dass ihren Schätzen nichts passiert.« Rast gab nach. Während die Soldaten sich im Foyer einen provisorischen Unterstand bauten, folgte er seinen Mitarbeitern in den Bunker. Etwa eine Stunde später gab die Sirene Entwarnung. Köln war dieses Mal verschont geblieben. Eilig verluden Rast und seine Mitarbeiter anschließend die Holzkisten in die von der Wehrmacht bereitgestellten Lkws. Als sie fertig waren, wandte sich Rast noch einmal an den Hauptmann.

»Sie tragen jetzt die Verantwortung für das künstlerische Erbe dieser Stadt, Herr Hauptmann. Bitte seien Sie sich dessen bewusst. Ein Verlust dieser Werke wäre eine Katastrophe ohnegleichen.«

Der Hauptmann nickte.»Ich bin mir des Wertes dieser Werke und der Größe meiner Aufgabe bewusst. Vertrauen Sie mir.« Er schlug die Hacken zusammen und salutierte erneut vor dem Kustos, der den Gruß kurz erwiderte, weniger aus Überzeugung, als um eine Verbindung zwischen ihm und diesem Soldaten herzustellen, eine Verbindung, die ihm die Kunstschätze, die er ihm anvertraute, irgendwann, wenn dieser elende Krieg zu Ende war, heil zurückbringen sollte. Doch Wolfgang Rast sollte diesen Krieg nicht überleben.

7

Paula Wagner und Hannes Bergkamp saßen auf einem weißen Ledersofa im Foyer der Agentur LaBaisse. Das junge Mädchen mit dem blonden Zopf, das sie empfangen hatte, saß wieder an dem alten barocken Holztisch, der als Rezeption und Empfang diente, und telefonierte. Paula Wagner versuchte zu verstehen, was sie sagte, aber es gelang ihr nicht. Außer dem Sofa und dem Tisch war das Foyer fast völlig leer, was Paula Wagner durchaus als Vorteil verstand. So konnte man das schöne alte Fischgrätenparkett bewundern.

Eine Frau kam aus einem langen Flur hinter der Rezeption hervor. Sie trug schwarze Stiefel, einen schwarzen Rock und ein schwarzes Top. Die dunklen Haare wurden von einem pinkfarbenen Spängchen aus dem Gesicht gehalten. Als sie auf die beiden Polizisten zuging, erhob Paula Wagner sich, Bergkamp tat es ihr gleich. Das Sofa quietschte leise aber vernehmlich. Paula Wagner registrierte einen kräftigen Hall in den Räumen.

»Kommen Sie doch bitte mit«, sagte die Frau, nachdem sie ihnen beiden einen festen Händedruck spendiert hatte, Bergkamp zuerst. Sie folgten ihr in den langen Flur, der mit einem grauen Teppichboden ausgelegt war und ihre Schritte dämpfte. Auch aus den Büros rechts und links des Flurs drangen kaum Geräusche. Agenturarbeit schien eine geräuschlose Tätigkeit zu sein. Paula Wagner blickte kurz in die offenen Bürotüren. Die Arbeitsräume unterschieden sich von der markanten Gestaltung des Foyers. Metallschreibtische mit farbigen Spanplatten und Regale aus dem gleichen Materialmix standen auf dem gleichen Teppichboden, der die Geräusche im Flur verschluckte. In den Regalen und auf den Schreibtischen stapelten sich Papiere, DVDs und Videokassetten. In einigen Räumen saßen Mitarbeiter der Agentur, telefonierten ebenso leise wie das Mädchen im Foyer oder lasen in ihren Unterlagen. Andere Büros standen leer. Als Paula Wagner in eines der Büros schaute und sah, wie sich zwei Männer angeregt unterhielten, schlossen diese die Tür. Die Kommissarin fühlte sich fremd hier. Ihre Büros waren hektisch, laut, übervoll mit Kollegen, kaum einmal hatte man im Präsidium seine Ruhe. Dennoch war sie sich nicht sicher, ob sie die Leute hier beneidete. Der Designer-Pomp des Foyers ließ die Arbeitsräume nur noch schmuckloser wirken. Aber warum sollte es den coolen Medienleuten besser gehen als ihr?

Marianne LaBaisse, die Agentin der ermordeten Schauspieler, bat die beiden Polizisten in einen Besprechungsraum am Ende des Flurs. Jemand, Paula vermutete, das Mädchen aus dem Foyer, hatte Getränke vorbereitet, kleine Mineralwasser-, Orangensaft- und Apfelschorlenflaschen, dazu Gläser und in der Mitte eine Schale mit Früchten und Schokolade. Mit den Gläsern war auch die Sitzordnung stillschweigend festgelegt, zwei Plätze auf der einen Seite des Tisches, einer auf der anderen. Zwei Fragende, eine Antwortende, zwei Polizisten, eine potenzielle Tatverdächtige. Hannes Bergkamp zögerte keine Sekunde und setzte sich auf den einzelnen Platz mit Blick zur Tür. Marianne LaBaisse schien kurz verunsichert zu sein und setzte sich neben Paula Wagner.

»Es tut uns leid, dass wir Sie belästigen müssen«, fing Bergkamp an. LaBaisse nickte nur kurz und nestelte an einer Zigarettenschachtel. »Wir versuchen uns gerade ein Bild der beiden Ermordeten zu verschaffen und hätten dazu ein paar konkrete Fragen.«

»Nur zu.« Die Agentin zündete sich eine Zigarette an und betrachtete Bergkamp aufmerksam. Paula Wagner entging nicht, dass der Fuß neben ihrem unruhig wippte. Als LaBaisse die Asche in den Aschenbecher fallen ließ, sah

Wagner die markante rote Verfärbung des Lippenstifts am Zigarettenfilter. Ein wenig Asche ging daneben. Die Frau in Schwarz fegte sie mit einer hektischen Handbewegung zusammen und klopfte sie in den Aschenbecher.

»Vorgestern Abend gab es bei den beiden eine Party?«

»Ja. Partys gab es bei Christian und Julia öfters.«

»Waren Sie auch dort?«

»Gelegentlich.«

»Vorgestern Abend auch?«

»Vorgestern Abend? Lassen Sie mich nachdenken.« Sie zog an ihrer Zigarette, dann drückte sie sie mit ein paar festen Stößen aus. »Ja, da war ich auch. Allerdings nicht lange. Eigentlich hatte ich am nächsten Morgen eine Besprechung, aber …« Sie hielt kurz inne.

»Es tut uns leid, dass wir nachhaken müssen. Aber das ist unser Job.«

Die Frau in Schwarz wandte sich Paula zu. »Natürlich.«

»Können Sie uns sagen, wer außer Ihnen und den Opfern noch alles auf der Party war?«

»So aus dem Gedächtnis? Schwierig. Bei Christian und Julia gingen immer zahlreiche Leute ein und aus und oft kannte man auf so einer Party nicht jeden.«

»Vielleicht könnten Sie uns eine Liste mit den Namen zusammenstellen, die Sie kennen? Und eine grobe Übersicht, wen Sie nicht kannten? Aussehen, vielleicht Beruf, Verhältnis zu den Toten?«

»Ja, natürlich.« Sie nestelte die nächste Zigarette aus dem Päckchen. Dieses Mal bot sie den beiden Polizisten ebenfalls eine an. Beide lehnten ab. Bergkamp setzte das Gespräch fort.

»Wenn ich Sie direkt fragen würde: Wer hätte denn Ihrer Ansicht nach ein Motiv, die beiden zu ermorden?«

»Ich weiß es nicht. Wer tut denn so etwas überhaupt?«

Für einen kurzen Moment verlor LaBaisse die Fassung. Paula war sich nicht sicher, ob Bergkamp es registriert hatte.

»Sagen Sie es uns!« Bergkamp hatte die Verunsicherung ebenfalls bemerkt und reagierte mit einer vollen Breitseite. LaBaisse zuckte kurz mit dem ganzen Körper zusammen. Dann fasste sie sich wieder.

»Wie meinen Sie diese Frage?« Kühl. Distanziert. Vorsichtig.

»Sie kannten die beiden vielleicht am besten, oder? Und Sie kennen das Umfeld der Toten besser als wir. Gab es da Streit, Eifersucht, Neid oder irgendetwas, was eine solche Tat auslösen könnte?« Auf die Breitseite folgte der Rückzug. Bergkamps Frage zielte nicht mehr auf die mögliche Verdächtige, sondern auf die Freundin und Geschäftspartnerin der Opfer, auf die Expertin in Fragen Christian Alberti und Julia Stolz. Jeder gab gerne Expertenwissen heraus, wenn er danach gefragt wurde. Umso mehr, wenn dieses Wissen wegführte von einer persönlichen Attacke.

»Schwer zu sagen. Neid gab es sicherlich. Christian war kein einfacher Typ, na ja, und Julia war auch ein Fall für sich.«

»Wie meinen Sie das?«

Die Agentin lachte kurz auf. »Christian war ein Egomonster. Völlig egozentrisch, aber sehr charmant, aufmerksam. Launisch und irgendwie auch frustriert.«

Paula Wagner hakte nach: »Frustriert? Er hatte doch alles. Erfolg, einen attraktiven Job, eine berühmte Freundin, Geld …« LaBaisse bedachte die Kommissarin mit einem kurzen abschätzigen Blick. Auch wenn Paula Wagner das erwartet hatte, ging ihre Laune dennoch ein Stück in den Keller. Arrogante Schnepfe, dachte sie bei sich.

»Ein durchaus talentierter Schauspieler, Absolvent der Folkwang und dann mit Mitte 30 nur in einer Soap. Das ist nicht unbedingt das, was sich ein ausgebildeter Schauspieler vorstellt. Schauspieler sind Künstler, müssen Sie wissen, und Christian hielt sich durchaus für etwas Besseres. Was er die Kollegen spüren ließ.«

»Auch Julia Stolz?« LaBaisse nickte und zündete sich die nächste Zigarette an. »Das klingt nach einer schwierigen Beziehung.«

»Das war es. Aber nicht nur deswegen. Beide hatten ihre Affären außerhalb. Allerdings hielt das Christian nicht davon ab, rasend eifersüchtig zu sein.«

»Ein ziemlicher Widerspruch, finden Sie nicht?«

»Christian Alberti war ein widersprüchlicher Mensch.«

Als Marius Sandmann das Büro betrat, hörte er Brock schon in der Küche hantieren. Ein sicheres Zeichen dafür, dass er die ganze Nacht gearbeitet hatte. Ein ungewöhnlich gut gelauntes »Morgen« schallte ihm aus der Küche entgegen, nachdem er die Bürotür geschlossen hatte. Er ging in die Küche und stellte seine Umhängetasche auf seinem Stuhl ab. Tatsächlich stand Brock mit hochgekrempelten Ärmeln am Spülbecken, schrubbte Tassen und pfiff ein Lied dabei. Ein weiteres Zeichen für eine erfolgreiche Nacht. Marius hatte keine Ahnung, woher Brock mitten in der Nacht seine Informationen bekam, aber der alte Detektiv bekam sie.

»Kaffee?« Brock trocknete eine frisch gespülte Tasse, goss Marius Kaffee ein und reichte sie ihm ohne seine Antwort abzuwarten. Marius trank einen Schluck und klappte sein Laptop auf. Während das Gerät hochfuhr und sein Chef mit dem Abtrocknen begann, schnallte Marius seine Füße an eine Klimmzugstange, die er über dem Türrahmen der Küche befestigt hatte und begann sein morgendliches Sportritual im Büro. Zu Beginn ihrer gemeinsamen Arbeit in der Detektei hatte sich Brock darüber noch beschwert. Für ihn zählte der Kopf, nicht der Körper. Da Marius' Kopf offenkundig nicht unter seinem Training litt, hatte sich der kleine und untersetzte Brock mit Marius' Eigenwilligkeit abgefunden. Inzwischen hatte er sich sogar daran gewöhnt, dass Marius viele ihrer Gespräche führte, während sein Kopf im Türrahmen bei Sit-ups oder Klimmzügen auf- und abstieg. »Was hast du über unseren Kunstschatz herausgefunden?« Marius gab ihm leicht keuchend einen kurzen Überblick über die wenigen Fakten, die er über Lochners Kreuzigung zusammengetragen hatte. »Ich dachte immer, nur van Gogh und solche Kaliber verschwinden in geheimen Privatsammlungen.«

»Nein, das gab's wohl schon immer und ich würde mich gerne mal näher mit der Familie Hochkirchen beschäftigen.«

»Ich weiß nicht, ob es Sinn ergibt, in alten Geschichten zu graben. Die haben das Bild schließlich vor über 500 Jahren malen lassen.«

Marius wandte den Kopf so, dass er Brock sehen konnte, der inzwischen am Küchentisch Platz genommen hatte. »Ich weiß. Aber ihre Nachfahren leben bis heute in Köln.« Brock verschluckte sich fast an seinem Kaffee.

»Es gibt noch Verwandte von diesem Kerl, diesem Kaufmann?« Marius nickte und genoss Brocks sichtlich perplexen Gesichtsausdruck. Es geschah selten, dass er den alten Fuchs überraschen konnte. »Na, red mal mit ihnen. Auch wenn ich nicht glaube, dass es viel bringt.«

»Was hast du denn herausgefunden?« Die Frage war zwar nicht rhetorisch gemeint, aber Marius wusste, dass er keine zufriedenstellende Antwort bekommen würde. Brocks gute Laune führte nicht zwingend dazu, dass er seinen Mitarbeiter einbezog. Eher im Gegenteil. Für einen Privatdetektiv war das im Grunde genommen eine gute Eigenschaft. Aber die Zusammenarbeit erschwerte es. Brock sah in Marius vor allem einen Rechercheur, keinen Detektiv.

»Ach, Verschiedenes. Ich gehe heute noch einmal ein paar Dingen nach. Danach sehen wir klarer. Kümmere du dich um diese Familie.« Brock schüttelte wieder erstaunt den Kopf, als er das sagte. Marius schnallte seine Füße wieder los, checkte kurz seine E-Mails und begann daraufhin mit einer Serie von Klimmzügen. Brock stand auf, ging zum Fenster und zündete sich eine Zigarette an. Den Rauch blies er durch das halb geöffnete Fenster nach draußen in die kaltfeuchte Novemberluft.

»Stell dir mal vor, was uns das an Aufmerksamkeit bringt, wenn wir dieses Bild wirklich finden! Viel Presse, viele neue Aufträge. Dann geht es hier richtig ab!« Brock drückte die Zigarette auf dem Fenstersims aus und schloss das Fenster wieder. Er ging zum Tisch, sammelte die Tassen ein und brachte sie zur Spüle. Wenn Brock sich viel bewegte, hieß das meist, dass er euphorisch war. »Dieser Auftrag ist genau das, was uns gefehlt hat in den letzten Monaten.« Marius beendete sein Workout ohne einen einzigen Schweißtropfen verloren zu haben. Brock kam um den Küchentisch und boxte ihm kurz in die Seite. »Dann kann ich einen Detektiv fest anstellen. Die Leute werden uns die Bude einrennen!« Marius trank einen Schluck aus einer Wasserflasche, die er unter der offenen Spüle hervorgeholt hatte.

»Wenn wir das Bild finden.«

»Wir werden es finden.«

Marius war sich da nicht so sicher.

Gegen 11 Uhr begann die Vormittagsbesprechung im Kriminalkommissariat 12. Sie wartete zunächst mit wenig Überraschendem auf. Die Forensiker fassten noch einmal die überreiche, aber wenig ergiebige Faktenlage ihrer Arbeit zusammen. Die Waffe, mit der beide aus nächster Nähe erschossen wurden, gehörte Alberti selbst. Es waren auch nur seine und Julia Stolz' Fingerabdrücke auf ihr zu finden. In der Wohnung hingegen gab es Dutzende unterschiedlicher Fingerabdrücke, vermutlich alles Gäste mehrerer Partys.

»Das muss ein gastfreundliches Haus gewesen sein«, kommentierte Brandt.

»Mörderisch gastfreundlich«, erwiderte Wagner, aber niemand lachte. Anschließend gab Bergkamp kurz die Ergebnisse der Befragung der Nachbarn und der Agentin der Ermordeten wieder. Viel Substantielles konnte diese nicht beitragen. Dennoch schaltete sich Staatsanwalt Stein an diesem Punkt in die Diskussion ein.

»Es gab also Streit und Eifersucht zwischen den beiden? Hat jemand mal versucht herauszufinden, ob die damit polizeilich auffällig geworden sind?« Die Polizisten verneinten, wissend, dass sie geschlampt hatten. Steins Wangen verfärbten sich rot. »Sollte das nicht als Erstes geschehen?« Bergkamp setzte an, um etwas zu erwidern. Doch der Staatsanwalt unterbrach ihn. »Mir sitzt die Presse im Nacken. Haben Sie die Schlagzeilen heute gelesen?« Wie ein Beweisstück reckte er die aktuelle Ausgabe eines Boulevardblattes in die Höhe. ›Soapstars in Liebesnest abgeschlachtet‹ stand dort in großen weißen Buchstaben auf einem schwarzen Untergrund. »Überprüfen Sie das mit den Vorstrafen und klären Sie, woher das Kokain kam. Aber schnell!« Mit diesen Worten klappte er seinen Aktenkoffer zu, stand auf und warf die Tür hinter sich ins Schloss.

Paula Wagner zuckte bei dem Geräusch genervt zusammen. Der Tag verlief bisher gar nicht nach ihrem Geschmack. Sie schaute ihren Partner und Vorgesetzten an, doch Hannes Bergkamp trug seine undurchdringlichste Maske. Die Forensiker und der Gerichtsmediziner Dr. Brandt standen unbeteiligt auf und verließen ebenfalls den Raum. Brandt warf ihr einen kurzen Blick zu, den Wagner gar nicht deuten wollte. Sie nahm die Zeitung, die der Staatsanwalt auf dem Schreibtisch liegen gelassen hatte. Auf der unteren Seite gab es ein Foto des Schauspielerpärchens bei der Verleihung des Deutschen Fernsehpreises. Sie standen auf dem roten

Teppich, strahlten ganz wie die großen Hollywoodstars. Im Hintergrund des Bildes blickte sie auf die Glasscheiben des Coloneums, in denen sich eine Handvoll Fotografen und ein paar gelbe Bagger vor mächtigen Sandbergen spiegelten. Alles nur Kulisse, dachte sie, und fragte sich, was sie hinter den Kulissen von Christian Albertis und Julia Stolz' Leben noch finden würden.

Staatsanwalt Stein hatte das Polizeipräsidium noch nicht verlassen, als eine junge Frau auf ihn zukam. Er hatte sie bereits registriert, als er aus dem Aufzug gekommen war und das hell geflieste, nüchterne Foyer betreten hatte. Sie stand an einem Ständer mit Infomaterial zur Verbrechensvorbeugung und blätterte in einem Flyer. Als sie ihn sah, steckte sie den Flyer in die Tasche und ging auf ihn zu. Der Staatsanwalt mochte es, wenn sich Frauen bewegen konnten und diese konnte es definitiv. Sie lächelte ihn unter ihrer blonden, zurückgesteckten Mähne an.

»Herr Staatsanwalt, zwei Minuten bitte.« Thomas Stein blieb arglos stehen. Die Blondine nestelte in der Brusttasche ihrer Bluse. »Wo hab ich denn nur? Ah hier!« Sie holte eine Visitenkarte hervor und drückte sie Stein in die Hand. »Verena Talbot, Center.TV. Ich habe Sie gestern auf der Pressekonferenz gesehen. Ein beeindruckender Auftritt.« Sie strahlte ihn an. Thomas Stein lächelte zurück und rückte seine Krawatte zurecht.

»Vielen Dank, Sie wissen ja, die Zusammenarbeit mit den Medien wird für uns immer wichtiger. Aber was kann ich für Sie tun, Frau Talbot?«

»Verena.« Verena Talbot strich sich kurz eine Strähne aus dem Gesicht, legte den Kopf ein wenig schräg und lächelte ein kleines bisschen verlegen. Dann fuhr sie fort. »Nun, es geht um diesen schrecklichen Mord im Rheinauhafen. Sie wissen schon, Christian Alberti und Julia Stolz.«

»Ja, natürlich. Ich bin mit dem Fall bestens vertraut.«

»Diese Geschichte beschäftigt mich sehr. Nicht nur als Profi. Auch menschlich geht mir das sehr nahe und ich dachte, da Sie ja heute hier zur Besprechung waren, könnten Sie mir vielleicht etwas Neues mitteilen? Oder ein wenig Hintergrundwissen mit mir teilen?« Verena Talbot neigte den Kopf erneut ein wenig zur Seite, als sie das sagte und nestelte am Ausschnitt ihrer Bluse. Schließlich ging es darum, das Blut in die richtige Richtung zu lenken. »Vielleicht bei einem schnellen Kaffee da gegenüber in dem kleinen Café?« Jetzt lächelte sie den Staatsanwalt fast schon verschwörerisch an. »Ich verrate auch niemandem, dass Ihre Besprechung gar nicht so lang gedauert hat.«

Eine Viertelstunde später wusste die Journalistin über fast alle Aspekte des Falles Bescheid. Nur in einem hatte Thomas Stein sie angelogen. Dass er mit seinen Ermittlungen kurz vor einem Durchbruch stand, war frei erfunden. Aber Verena Talbot zeigte sich pflichtschuldigst beeindruckt und selbstverständlich übernahm Staatsanwalt Stein die Rechnung.

8

Marius Sandmann bewunderte einen Augenblick stumm die beeindruckende, düstere Fassade einer Gründerzeitvilla am Kölner Ring, die sich zwischen den schmucklosen Büroneubauten der 60er- und 70er-Jahre rechts und links versteckte. Die meisten Leute hasteten vorbei, ohne das Gebäude eines Blickes zu würdigen, abgelenkt von den bunten Reklamen der Geschäfte nebenan. Ein junger Mann rempelte Marius dabei an, murmelte eine kurze Entschuldigung, jedoch beachtete ihn Marius nicht weiter. Wenn man sich Zeit nahm und hinschaute, bemerkte man die Pracht des Altbaus, allerdings hatte Marius den Eindruck, als wäre es dem Gebäude und vielleicht auch seinen Nutzern ganz recht, unbeachtet zu bleiben.

Marius stieg drei Stufen zum Eingang empor, doch noch bevor er auf den gold glänzenden Klingelknopf drücken konnte, riss jemand die alte, schwere Holztür auf. Der Detektiv blickte einem aufgewühlten Mann Ende 50 mit einer markanten schiefen Nase und langen, dünnen grauen Haaren ins Gesicht. Irgendwoher kannte er den Mann, aber ehe er sich erinnern konnte, war der leise fluchend mit fahrigen Schritten an ihm vorbeigestürmt.

Am Ende des fast bis zur Decke mit Marmor ausgekleideten Flures fand Marius zwei Aufzüge, die nachträglich auf der Rückseite des Gebäudes in das Treppenhaus eingebaut worden waren. Im dritten Stock öffnete sich die Fahrstuhltür direkt vor dem Empfang der Geschäftsleitung der Hochkirchen Beteiligungsgesellschaft. Schwere bordeauxrote Teppichböden und dunkle alte Holzvertäfelungen mit schlanken Verzierungen dämpften fast jedes Geräusch.

Die junge Frau am Empfang musterte den Besucher kurz. »Herr Sandmann?« Marius nickte. Zwei Männer um die

30 kamen aus einem Besprechungsraum. Auch wenn der Detektiv so klug gewesen war, für diesen Termin den Anzug aus dem Schrank zu holen, fühlte er sich mit einem Mal schlecht angezogen. Vermutlich waren ihre Schuhe allein schon doppelt so teuer gewesen wie sein Anzug. Marius hatte das Gefühl, als betrachteten sie ihn kurz wie einen Alien, und im Grunde war er das auch: ein Eindringling. Dann gingen sie achtlos an ihm vorbei. Marius schaute den Gang hinunter. Jeder, den er sah, war besser und teurer angezogen als er selbst. Alles in diesem Foyer strahlte Eleganz aus, selbst die Menschen.

»Jürgen Merheimer, mein Name. Herr Hochkirchen erwartet Sie. Wenn Sie mir bitte folgen möchten.«

Ein weiterer Anzugträger, nur wenige Jahre älter als Marius, war wie aus dem Nichts hinter ihm aufgetaucht, und stand nun neben ihm. Anzug und Krawatte saßen tadellos an diesem Mann, optisch passte er perfekt in diese Kulisse. Dennoch irritierte Marius irgendetwas an Jürgen Merheimer, und während er ihm folgte, dachte er darüber nach, was das sein könnte. An einer offenen Tür blieb Merheimer stehen und bedeutete dem Detektiv, einzutreten. Daraufhin nickte er kurz zum Abschied und zog sich lautlos zurück.

Marius betrat das Vorzimmer eines Büros, eine Sekretärin mit toupiertem blondem Haarschopf deutete mit einem ebenso stummen Fingerzeig auf zwei Stühle an der Wand. Folgsam setzte Marius sich auf einen. Das Büro war bis auf die alten Holzvertäfelungen, die sich offenbar durch die ganze Etage zogen, modern und funktional eingerichtet. Die Sekretärin beachtete ihn nicht weiter und tippte leise klappernd einen handschriftlich verfassten Brief ab, der neben ihrer Tastatur auf dem Schreibtisch lag. Aus der mit einem schweren Lederbezug bezogenen Tür, die zu einem Raum dahinter führte, drang kein Geräusch. Eine nahezu heimlichtuerische Stille war das Hauptmerkmal der Räume, in denen die Hochkirchen Beteiligungsgesellschaft ihren Geschäften nachging.

Vor diesem Termin hatte Marius versucht, etwas über die Tätigkeit der Gesellschaft in Erfahrung zu bringen. Aber die Informationen waren spärlich. Offenbar handelte es sich bei der Firma um eine Private Equity Gesellschaft, ein Unternehmen, das sich an anderen Unternehmen beteiligte, meist um diese zu sanieren und zu verkaufen. Die Familie Hochkirchen allerdings hielt verschiedene Firmenbeteiligungen schon länger, teilweise seit Jahrzehnten. Marius vermutete, dass die Gesellschaft keinen anderen Zweck verfolgte, als das Familienvermögen möglichst lukrativ einzusetzen und bei Gelegenheit zusammen mit anderen Partnern, – Banken oder anderen Beteiligungsgesellschaften – größere Vorhaben zu stemmen.

Die Gegensprechanlage auf dem Schreibtisch der Sekretärin summte leise, eine gelbe Lampe leuchtete auf und eine kräftige Stimme, durch das Gerät mit einem metallischen Kratzen verzerrt, ertönte. »Schicken Sie unseren Besucher bitte herein, Frau Sedwick.« Das Brummen der Anlage verstummte, noch bevor Frau Sedwick antworten konnte. Sie stand auf, warf Marius, ohne ihn anzuschauen, ein kurzes »Kommen Sie bitte« zu und öffnete die Tür zu Alexander Hochkirchens Büro.

Marius betrat einen überraschend großzügigen Raum von sicherlich acht Metern Tiefe, der sich deutlich von den Räumen draußen unterschied. Statt mit rotem Teppich war der Boden mit einem glänzend polierten Fischgrätenparkett bedeckt, auf dem einige schwere und vermutlich wertvolle alte Teppiche lagen. Noch wertvoller jedoch waren die Bilder an den Wänden. Dem gescheiterten Kunsthistoriker stockte der Atem, als er auf den Schreibtisch am Ende des Raums zuging und an der Wand links von ihm einen Braque, einen Mondrian und einen Picasso abschritt. Rechts an den alten

Bogenfenstern zum Ring hin, gab es eine großzügige Sitzecke mit zwei schwarzen Ledersesseln und einem ebensolchen Sofa. Als sich Marius kurz danach umdrehte, entdeckte er an der Wand über dem Sofa noch einen Richter. Hinter einem überdimensionierten antiken Schreibtisch, vermutlich aus dem 17. Jahrhundert, saß Alexander Hochkirchen und blickte in ein paar Akten. Mit einem silbernen Füllfederhalter setzte er eine schwungvolle Unterschrift unter ein Schriftstück, dann klappte er die Dokumentenmappe zu und schob sie beiseite. »Sie haben ein Auge für Kunst, nicht wahr?«

»Ich habe ein paar Semester Kunstgeschichte studiert.«

»Ah!« Für einen kurzen Augenblick verklärte sich Hochkirchens Blick. »Beneidenswert.« Marius wusste, dass Hochkirchen 62 Jahre alt war, ältester Sohn einer alten Familiendynastie und alleiniger Geschäftsführer der Hochkirchen Beteiligungsgesellschaft. Alexander Hochkirchen erhob sich und kam um den Schreibtisch herum. Hatte man ihm im Sitzen sein Alter durchaus angesehen, so war davon in seinen kraftvollen, machtbewussten Bewegungen nichts mehr zu erahnen. Spontan dachte Marius an einen alten, mächtigen Berggorilla. Hochkirchen streckte Marius die Hand entgegen, und auch wenn der Detektiv durchaus jemand war, der einen festen Händedruck zu schätzen wusste, zuckte er unter diesem Handschlag kurz zusammen. Hochkirchen grinste kurz.

»Setzen Sie sich!« Er wies auf einen Stuhl vor dem Schreibtisch, nicht auf die Sessel der Sitzecke, bot Marius etwas zu trinken an und goss sich selbst ein Glas Wasser ein. Mit dem Glas in der Hand kehrte er auf seinen Platz hinter dem Schreibtisch zurück, musterte Marius gründlich, allerdings ohne irgendeine weitere Reaktion erkennen zu lassen. Schließlich kam er ziemlich direkt zur Sache. »Einen Privatdetektiv habe ich auch nicht alle Tage vor mir sitzen. Was kann ich für Sie tun, junger Mann?«

Marius legte das Schwarzweiß-Foto der Kreuzigung auf den Schreibtisch, das Bild aus dem geheimnisvollen Arbeitszimmer hielt er zurück. »Sie kennen dieses Bild?«

Hochkirchen nahm das Foto in die Hand. Seine Augen flackerten kurz. »Sollte ich das?«

»Ein altes Erbstück ihrer Familie. Die Kreuzigung Stephan Lochners. Gemalt im Auftrag ihres Vorfahren gleichen Namens und entstanden um 1440. Das Bild ist seit dem Zweiten Weltkrieg verschollen. Und wenn ich das richtig recherchiert habe, ist es eine Art Familienmythos der Hochkirchen.« Hochkirchen lächelte.

»Sie graben ja in alten Geschichten. Ich erinnere mich an Erzählungen über dieses Bild. Es ist tatsächlich eine Art Mythos in unserer Familie. Aber wohl auch deswegen, weil es uns seit ungefähr 100 Jahren nicht mehr gehört.«

»Es gab einigen Streit um das Gemälde, oder?«

»In der Tat. Zuletzt hat mein Urgroßvater versucht, das Bild wieder in Familienbesitz zu bringen. Leider ist es ihm nicht gelungen.«

»Stattdessen landete es im Besitz des Wallraf-Richartz-Museums.«

»Davon habe ich gehört.«

»Welche Verbindung gab es denn zwischen ihrer Familie und den späteren Besitzern?«

»Ah, das ist eine schmutzige kleine Geschichte. Die werden sie lieben. Als Privatdetektiv.« Hochkirchen blickte ein wenig spöttisch. »Eine Großtante von mir, die Schwester meines Ururgroßvaters, ich will mich nicht auf eine bestimmte Generation festlegen, hat sich, sagen wir, unvorteilhaft verheiratet. Es kam zur Scheidung, damals ein Skandal, und ihr Mann verschwand mit einem Großteil ihres Vermögens und natürlich dem Lochner. Als er später wiederkam, war er pleite. Das Einzige, was er noch besaß, war das Bild. Das wollte er für einen horrenden Preis der Familie verkaufen, doch der damalige Patriarch, mein Vorgänger, wenn Sie so wollen,« an dieser Stelle grinste Hochkirchen sehr zufrieden, »war ein ziemlicher Knauserer. Also weigerte er sich zu zahlen, mit dem durchaus schlüssigen Argument, dass uns das Bild sowieso gehören würde. Stattdessen versuchte er beim Gericht auf Herausgabe des Familienerbstücks zu klagen. Aber Max Johnen, so hieß der Mensch, legte beim Gericht einen Wisch vor, wonach ihm meine Großtante das Gemälde überlassen habe.«

»Eine Fälschung?« Hochkirchen zögerte einen Moment mit der Antwort. Marius registrierte aufmerksam, dass dem Mann diese alte Geschichte offenbar näherging, als er zugab.

»Vermutlich nicht. Er hat unsere Tante wohl wirklich dazu gebracht, ihm diesen Wisch zu unterschreiben. Wie auch immer er das geschafft hat.«

»Demzufolge gehörte das Gemälde rechtlich gesehen nicht mehr der Familie Hochkirchen?«

»Natürlich gehörte es uns. Wir hatten auch in den nächsten Jahren mehrere Versuche unternommen, das Bild zurückzubekommen. Dieses Gemälde symbolisiert den Aufstieg unserer Familie, ihren Reichtum und ihre Stellung. Früher war es vor allem das rötlich durchschimmernde Holz des Kreuzes, das der Familie wichtig war. Ein Gemälde auf dem Kreuz Christi. Wer besitzt etwas Vergleichbares? Die späteren Generationen hatten es weniger mit den alten Legenden, aber es war immerhin ein Lochner, der Stadtheilige unter den Kölner Malern! Nicht jeder hat einen Stephan Lochner im Salon hängen. Schon gar nicht einen, der extra für die Familie gemalt wurde. Wir sind etwas Besonderes in dieser Stadt und dieses Bild beweist das. Kennen Sie unser Familienwappen?« Marius verneinte. Hochkirchen holte eine ledergebundene Mappe aus einer Schreibtischschublade, schlug sie auf und schob sie Marius hin. Das Wappen der Hochkirchen zeigte einen goldenen Schild, in der Mitte ein schwarzes Kreuz, links davon eine stilisierte Lilie, rechts ein Schlüssel. Marius erkannte die vereinfachte Wiedergabe des Kreuzigungsbildes.

»Um mit dieser spannenden Geschichte weiterzumachen: Die Nachfahren dieses Mannes behielten das Bild in ihrem Besitz?«

»Ach was! Verkauft hat er's! Anschließend ist er elendiglich verreckt. Geschah ihm recht!«

»Wie ist er gestorben?«

»Soweit ich weiß, hat er sich zu Tode gesoffen. Wie ich schon sagte: eine unvorteilhafte Heirat.«

»Und an wen hat er das Bild verkauft?«

»An einen Düsseldorfer Tuchmacher!« Hochkirchen schnaubte, als er das sagte. Die dunklen Augen des Gorillas glühten förmlich. »Der hatte aber auch nicht lange Freude daran. Der Kauf hat ihn ruiniert. Das Bild war damals schon eine stolze Summe wert. Wer es danach gekauft hat, weiß ich gar nicht. Unsere Familie hat wohl ein Angebot gemacht, das der Idiot ausgeschlagen hat.«

»Dennoch gelangte das Bild irgendwie zurück in den Besitz ihrer Tante Agnes Hochkirchen.«

»Ja, was sie allerdings tunlichst für sich behalten hat. Und fragen Sie mich bloß nicht, wie die alte Gebetsmühle das angestellt hat!«

»Gebetsmühle?«

»So nannte sie mein Vater immer. Tante Agnes war eine sehr religiöse Frau. Sehr religiös.«

»Und clever genug, Lochners Kreuzigung in ihren Besitz zu bringen, ohne dass jemand davon erfahren hatte?«

»Offensichtlich.« Hochkirchen wirkte sichtlich unzufrieden und verärgert, dass Tante Agnes seinen Familienstamm vor 100 Jahren hereingelegt hatte. »Unsere Familie hat nach der Jahrhundertwende, um 1900, keine Informationen mehr über unseren Lochner gehabt.«

»Wenigstens diese Lücke kann ich für Sie schließen. Das

Bild wurde 1929 dem Wallraf-Museum vermacht. Von ihrer Großtante Agnes Hochkirchen. Dort verschwand es erst einmal im Archiv.«

»Ja, das alte Museumsgebäude muss förmlich aus den Nähten geplatzt sein vor lauter Kunst. Ein wunderbarer Ort muss das gewesen sein. Also hängt das Bild jetzt im Wallraf? Ich sollte wirklich öfter ins Museum gehen.«

»Nein, wenn es da hinge, wäre ich nicht hier. Das Bild gehört zu einer ganzen Anzahl an Gemälden, die im Zweiten Weltkrieg verschollen sind.«

»Aber warum suchen Sie dann ausgerechnet nach unserem Bild?«

»Deshalb!« Marius zog das zweite Foto aus seiner Tasche und legte es vor Hochkirchen hin. »Dieses Foto wurde ebenfalls dem Museum in einem Konvolut vermacht. Es wurde 1970 aufgenommen. Im Hintergrund sehen Sie Lochners Kreuzigung an der Wand hängen.« Marius beobachtete Hochkirchen, der das Foto in die Hand nahm. Der Mann hielt den Kopf gesenkt, während er das Bild betrachtete, sodass Marius sein Gesicht nicht erkennen konnte. Jedoch zitterte die Hand Alexander Hochkirchens leicht, als er das Foto an Marius zurückgab. »Sie kennen diesen Raum nicht zufällig?«

»Nein. Tut mir leid. Da kann ich ihnen nicht weiterhelfen.«

»Jedenfalls hing das Bild damals irgendwo in dieser Stadt und das Museum hätte es gerne wieder.«

»Und deswegen hat es Sie beauftragt? Ungewöhnlich, dass ein Museum einen Privatdetektiv losschickt, um Bilder zu suchen. Wo doch die öffentlichen Mittel so knapp sind.«

»Dem Museum ist das Bild wohl etwas wert. Museumsdirektor Malven plant eine Ausstellung zur Kölner Malerei des 15. Jahrhunderts. Da wäre es natürlich eine Sensation, wenn man einen unbekannten und noch nie öffentlich ausgestellten Lochner zeigen könnte.«

»Verstehe. Dann wünsche ich Ihnen viel Glück bei der Suche. Ich würde mich freuen, wenn Sie mich auf dem Laufenden halten würden. Wie Sie sich sicher denken können, haben ich und meine Familie durchaus Interesse, mehr über den Verbleib unseres Lochners zu erfahren.« Bei diesen Worten erhob Hochkirchen sich. Das Gespräch war beendet. Marius packte die Fotos zurück in seine Umhängetasche und stand ebenfalls auf. Der Händedruck des Gorillas erschien ihm dieses Mal etwas weicher und unsicherer. Hochkirchen brachte ihn nicht zur Tür, aber Marius spürte seinen Blick im Rücken, als er ging. Er wusste, dass der Mann ihm nachschaute und über das nachdachte, was Marius ihm erzählt hatte. Marius hatte gehofft, hier etwas Neues, Stichhaltiges über den Verbleib des Gemäldes zu erfahren, doch er war enttäuscht worden. Hochkirchen wusste definitiv nicht, wo sich das Bild heute befand. Marius verließ das Büro und stand wieder im Vorzimmer. Mit dem Fuß hielt er die schwere Tür noch einen kurzen Moment auf, als er sah, dass Hochkirchens Sekretärin bereits zum Telefonhörer gegriffen hatte. Was immer Hochkirchen ihr zu sagen hatte, es eilte und es war nicht für Marius' Ohren bestimmt. Aus dem Raum hinter ihm hörte er die kräftige Stimme des Patriarchen. »Verbinden Sie mich mit Merheimer. Sofort.« Marius ließ die Tür leise zufallen und lächelte Frau Sedwick zum Abschied freundlich an.

9

Kustos Wolfgang Rast blickte in das leere Treppenhaus des Museums. Nun, nachdem die Lkws bereits seit einer Stunde unterwegs waren, wurde ihm erst bewusst, dass er hier nicht mehr gebraucht wurde. Seine Bilder waren in Sicherheit, das Museum geschlossen, ihm blieb nichts mehr zu tun. Es klang zwar absurd, aber ohne die Bilder wirkte das Museum stiller. Doch es war nicht nur das Gefühl einer fehlenden Aufgabe, das an ihm nagte. Immer wieder dachte er über die vier Uniformierten nach. Er hatte keinen Grund gehabt, an den Soldaten, die ihm die Heeresdirektion geschickt hatte, zu zweifeln, und der verantwortliche Offizier war zwar ein forscher, jedoch durchaus seriöser Mann. Oder nicht?

Nachdenklich ging Rast die Treppen hoch in sein Büro im Dachgeschoss des alten Baues und suchte nach dem Schreiben, mit dem ihm die Heeresdirektion die Begleitung und Sicherung des Kunsttransportes zugesagt hatte. Er fand es unter einigen Kunstbüchern und Bildbeschreibungen auf seinem Schreibtisch. Dort stand in knappen und klaren Worten, dass ihm die Heeresdirektion Soldaten zum Schutz des Transports zur Verfügung stellen würde. Alles in Ordnung also. Dennoch. Er hatte Kunstschätze von unermesslichem Wert vier Männern anvertraut, die er überhaupt nicht kannte, die er noch nie zuvor in seinem Leben gesehen hatte. Es hätte nicht geschadet, wenn er sich vorher über diese Soldaten informiert hätte. Vielleicht sollte er das jetzt nachholen? Allein schon, um sich zu beruhigen? Der Kustos griff zum schwarzen Hörer seines Telefons und wählte die Nummer der Heeresdirektion. Trotz häufiger Ausfälle funktionierte das Telefonnetz mehr oder weniger. Rast hatte Glück. Das Freizeichen erklang. Aber gerade als sich am anderen Ende eine Stimme meldete, wurde die Verbindung wieder unterbrochen. Rast versuchte es ein paar Minuten später erneut, allerdings kam dieses Mal erst gar keine Verbindung zustande. Seine Unruhe wuchs. Er hätte sich das Bestätigungsschreiben der Soldaten genauer anschauen sollen. Er hätte die vier Männer überprüfen müssen! Der Offizier Wilhelm Schulz hatte ihm den Brief nur kurz gezeigt, dann wieder eingesteckt. Rast hatte das für die übliche, vielleicht übertriebene Schneidigkeit eines Offiziers gehalten. Aber jetzt fragte er sich, ob ihm Schulz nicht einfach etwas verheimlichen wollte?

Auch wenn er versuchte, sich einzureden, dass seine nagende Unruhe grundlos war, nahm er seinen Mantel von der Garderobe und verließ das Museum. Zu Fuß machte er sich durch die zerstörte Stadt auf den Weg zur Heeresdirektion im Rathaus. Zum Glück nur ein kurzer Weg, denn die immer zahlreicher werdenden Trümmer und Zerstörungen erschwerten jeden Fußmarsch. In den ersten Kriegsjahren waren die Trümmer noch beseitigt worden, mittlerweile kamen die Menschen damit gar nicht mehr nach. Schuttberge türmten sich teilweise meterhoch auf den Straßen und ließen manche alte Gasse unpassierbar werden. Die Gefahr von Blindgängern machte jeden kurzen Fußweg in der Innenstadt zu einer lebensgefährlichen Angelegenheit.

Weil mehrere Gassen durch Trümmer und Schutt blockiert waren, musste der Kustos einen Umweg über die Ludwigstraße und Brückenstraße nehmen, um sich von Süden her dem Rathaus zu nähern. Von der Brückenstraße blickte er kurz auf den Quartermarkt mit seinen zerfetzten Fassaden. Hier hatte Stephan Lochner einige Jahre gelebt, jener Lochner, von dem nun einige Werke auf dem Weg aus der Stadt hinaus waren. Rast kam heil im Rathaus an und fragte sich nach dem verantwortlichen Offizier durch. Inmitten von Uniformierten fühlte sich Rast immer schuldig. ›Warum trägst du keine Uniform? Warum bist du nicht im Krieg?

Warum lässt du dein Vaterland im Stich?‹ schienen die stummen Blicke der Soldaten ihm zuzuflüstern. Er hätte darauf erwidern können, dass er bereits einen Krieg für sein Vaterland mitgemacht hatte, dass er sogar einen Teil seiner Schädeldecke für das Vaterland geopfert hatte und dass er deswegen nicht in einen neuen Krieg ziehen konnte. Jedoch fragte ihn niemand oder gab ihm die Möglichkeit, sich zu rechtfertigen. Aus diesem Grund versuchte er sich einzureden, dass seine Arbeit im Museum, das Bewahren der Kunst, seine Aufgabe in diesem Krieg war. Dass ihm die Kunst wichtiger war als das Vaterland besänftigte sein Gewissen allerdings nicht. Nachdem er diese Gedanken hinter sich auf dem Flur zurückgelassen hatte, betrat er das Büro des verantwortlichen Offiziers. Es ging hier nicht um ihn, es ging um die Kunst.

Zum Glück war der Offizier, der ihn empfing, ein kunstsinniger Mensch, wie Rast bald feststellte. Stolz zeigte der Mann ihm eine Kopie der Alexanderschlacht, die an einer Wand seines Büros hing.

»Ist es nicht bedauerlich, dass wir heute nicht mehr auf diese heldenhafte Weise Krieg führen?«, fragte er seinen Gast.

Rast zuckte verlegen mit den Achseln. Ausweichend antwortete er, dass eine solche Kriegsführung zumindest die Kunstschätze nicht so gefährden würde.

»Da haben Sie recht! Was der Feind sich herausnimmt, zielt einzig und allein auf die Vernichtung unserer Kultur und unserer völkischen Identität. Aber wir unterstützen Sie natürlich beim Schutz ihrer Kunstschätze. Es tut mir leid, dass wir Ihnen nicht mehr Soldaten zur Seite stellen konnten. Wir leben in harten Zeiten, alle müssen zurückstecken, und ich denke nicht, dass auf Reichsboden eine große Gefahr für diese unermesslichen Reichtümer besteht, die mehr als zwei Begleiter zum Schutz erforderlich machen würde.«

Rast traf es wie ein Schlag.

»Zwei Begleiter?« Seine Stimme war nicht mehr als ein hohles Echo.

»Ja, natürlich. Es tut mir leid, aber meine Leute sind absolut zuverlässig. Machen Sie sich keine Sorgen.« Noch ehe der Offizier etwas sagen konnte, stürmte der Kustos des Wallraf-Richartz-Museums aus dem Büro hinaus. So schnell es ihm möglich war, kehrte er in das Museum zurück. Statt den Umweg über die Brückenstraße zu nehmen, kletterte er über die Schutthaufen, die früher einmal Häuser an der Straße Am Hof waren, die Gefahr von Blindgänger außer Acht lassend. Zwei Soldaten hatte der Offizier gesagt. Zwei, nicht vier. Wer waren dann die anderen beiden Männer?

10

Wenige Minuten, nachdem Marius Sandmann das Büro Alexander Hochkirchens verlassen hatte, erschien Jürgen Merheimer bei Anna Sedwick im Vorzimmer. Ohne auf Hochkirchens Sekretärin zu achten, betrat er das Büro seines Chefs und schloss die Tür hinter sich. Anna Sedwick tippte unbeeindruckt weiter, einen Anruf, der sie in der Zwischenzeit erreichte, stellte sie nicht zu Alexander Hochkirchen durch. Wenn Merheimer im Büro war, war ihr Chef in aller Regel nicht zu sprechen. Auch und schon gar nicht für seinen Bruder. Pflichtschuldig notierte sie Anrufzeit und Name, nachdem sie aufgelegt hatte. Das Lamentieren am anderen Ende nahm sie kaum mehr zur Kenntnis.

Nach einer Viertelstunde kam Merheimer wieder aus dem Büro heraus und durchquerte das kleine Vorzimmer, ohne ein Wort zu sagen. Anna Sedwick blickte nicht einmal auf, sie mochte Merheimer nicht. Aber nicht nur das. Sie hatte Angst vor ihm.

Marius hing entspannt kopfüber in der Küchentür und drückte die eingespeicherte Kurzwahl für Gunter Brocks Mobiltelefon. Es tutete mehrmals, während Marius, mehr zur Entspannung denn als Training, hängend einige Sit-ups machte. Doch Brock antwortete nicht. Ohne sich weiter darüber Gedanken zu machen, legte er auf und warf das Handy auf seine Jacke, die er auf den Küchentisch gelegt hatte. Während er weiter trainierte, dachte er über die Familie Hochkirchen nach und über die Geschichten, die Alexander Hochkirchen ihm erzählt hatte. Eine richtige Spur hatte sich nicht ergeben, Hochkirchens Interesse am Verbleib des Lochners war ein klares Zeichen, dass die Familie ihn nicht mehr besaß. Zumindest nicht Alexander Hochkirchen. Wer kam sonst infrage?

Marius löste sich von seinem Tür-Reck und griff nach den wenigen Unterlagen, die er über die Familie besaß. Alexander hatte einen Bruder, Walter Hochkirchen, und eine vor ein paar Jahren verstorbene Schwester, Hedwig. Der Vater Hermann Hochkirchen lebte noch, er musste mittlerweile weit über 90 sein. Alexander war alleiniger Geschäftsführer der familieneigenen Firma, in zweiter Ehe verheiratet mit einer gewissen Anna Stoppak, deutlich jünger als er, eine ehemalige Volontärin der Firma, mit der er zwei Kinder im Alter von sechs und acht Jahren hatte. Aus erster Ehe gab es noch einen Sohn, der bereits erwachsen war. Neben seiner Position bei der HBG war Hochkirchen in verschiedenen Gremien aktiv. Unvermeidlicherweise war er im Präsidium der Karnevalsgesellschaft Hahnwalder Jonge.

Sein Bruder Walter war nicht im Familienunternehmen aktiv. Den studierten Juristen und niedergelassenen Rechtsanwalt hatte es Anfang der 80er-Jahre in die Politik verschlagen, wo er es immerhin bis zum Stadtrat gebracht hatte. Eine clevere Kombination, dachte Marius. Ein Bruder in der Wirtschaft, einer in der Politik. Noch interessanter waren für den Privatdetektiv Walter Hochkirchens Nebentätigkeiten. Unter anderem, so las Marius und hob dabei kurz die Augenbraue, war der jüngere der beiden Brüder Miglied im Stifterrat des Wallraf-Richartz-Museums.

Über die Schwester fand er nur wenig heraus. Hedwig Hochkirchen hatte Kunstgeschichte studiert, aber bereits vor Abschluss des Studiums Peter Merwarth geheiratet, einen Studienkollegen ihres Bruders Alexander. Die Ehe hielt nur wenige Jahre. Nach der Scheidung zog es Merwarth nach Spanien, wo er mit Immobiliengeschäften ein kleines Vermögen aufbaute. Geschäften, an denen Alexander eine Beteiligung besaß, wie Marius herausfand. Hedwig Merwarth geborene Hochkirchen zog sich weitgehend aus der Öffentlichkeit zurück, gelegentlich engagierte sie sich für soziale Belange, führte aber im Großen und Ganzen das Leben einer zurückgezogenen Society Lady, bis sie 2006 an Lungenkrebs starb und auf dem Melaten-Friedhof beerdigt wurde. Dort, wo seit Beginn des 19. Jahrhunderts die großen Familien ihre Toten bestatteten.

Einem Ort, der zu Lebzeiten von Gerhardt Hochkirchen, dem Stifter der Kreuzigung, bereits ein Ort des Todes gewesen war: eine alte Hinrichtungsstätte, auf der sowohl Protestanten, die auf dem späteren Melaten-Friedhof lange Jahre nicht beerdigt werden durften, als auch Kirchenräuber und Hexen ihr schreckliches Ende fanden.

Hinzu kam ein recht unübersichtliches Netz an Cousins und Cousinen, Onkeln, Tanten, die Marius zunächst einmal nicht weiter beachtete, weil sie zum größten Teil nicht in der Stadt, manche nicht einmal in Europa lebten.

Marius schrieb seine Informationen auf kleine Karteikarten, eine Angewohnheit, die er aus dem Studium mitgenommen hatte, und befestigte diese mithilfe von Magneten an einem Whiteboard. Dann trat er einen Schritt zurück und betrachtete sein Werk. Alexander Hochkirchens Karte war nicht nur am dichtesten beschrieben. Sie steckte auch in der Mitte der Tafel. Um zu sehen, wie sich das Bild veränderte, schob Marius die Karte des jüngeren Bruders Walter in die Mitte, Alexander rückte an die Seite, ein Platz, der ihm kaum behagen würde. Ein Grund für einen handfesten Familienzwist. Marius fragte sich, wie wohl das Verhältnis der beiden Brüder zueinander war. Erneut wählte er Brocks Nummer. Erneut keine Verbindung. Marius hinterließ eine Nachricht auf der Mailbox. Vielleicht sollte er sich etwas mehr mit dem Stadtrat Walter Hochkirchen beschäftigen.

Wortlos drehte Paula Wagner den Bildschirm ihres Rechners herum, sodass Hannes Bergkamp ihn ebenfalls einsehen konnte. Er piff anerkennend. Wagner hatte offensichtlich einen Volltreffer gelandet. Bergkamps Telefon klingelte, er hob ab, bedeutete Wagner, leise zu sein. Das Gespräch dauerte nur kurz.

»Wir haben Albertis Drogenkontakt. Um das da«, er deutete auf Wagners Bildschirm, »kümmern wir uns später.«

Gemeinsam verließen sie das Polizeipräsidium in Köln-Kalk. Wie immer fuhr Paula Wagner Bergkamps Wagen. Um zu den Studios zu gelangen, in denen die Serie gedreht wurde, fuhren sie direkt auf die Autobahn. Nach 20 Minuten erreichten sie ihr Ziel, die Fernsehstudios in Ossendorf. Eine große Plakatwand über dem Studio verkündete, dass hier die Daily Soap ›Alles aus Liebe‹ gedreht wurde. Als die beiden Polizisten auf den Besucherparkplatz einbogen, sahen sie sich einer Schranke gegenüber. Das Wärterhäuschen daneben war nicht besetzt. Paula Wagner drückte den Knopf einer Gegensprechanlage. Keine Reaktion. Nach ein paar Minuten vergeblichem Warten und wiederholten Versuchen über die Gegensprechanlage Kontakt aufzunehmen, löste sie ihren Sicherheitsgurt.

»Dann steigen wir jetzt halt aus.«

»Und lassen den Wagen hier stehen?« Bergkamp schaute sie kurz unsicher an. Sie nickte, nahm das mobile Blaulicht aus dem Fußraum und setzte es auf das Dach des alten Vectra. Dann gingen sie über den Parkplatz zu einem Nebeneingang. Auch der war verschlossen. Auf ihr Klingeln ertönte immerhin ein Türsummer. Durch ein helles und nach Putzmittel riechendes Treppenhaus gelangten sie von der Seite in ein Foyer, dessen großzügige Vordertüren direkt auf die Straße gingen. Zwei Sicherheitsbeamte saßen hinter einem Tresen und schauten Bergkamp und Wagner gelangweilt an. Bergkamp zog seine Dienstmarke aus der Jacke und hielt sie den Wachleuten hin.

»Wir möchten in das Studio 65.«

Der eine Wachmann deutete mit dem Stift auf eine Tür rechts von ihnen. Bergkamp steckte die Marke zurück und drehte sich um. Paula Wagner folgte ihm zum Studio. In der Tür drehte sie sich noch einmal um.

»Falls jemand wegen des Wagens fragt. Der gehört uns.« Mit diesen Worten betraten sie eine auf den ersten Blick dunkle, hohe Halle. Sie hatten das Studio auf der Rückseite der Kulissen betreten, simple Holzkonstruktionen, die den Blick auf das Geschehen dahinter verdeckten. Wagner ging um eine der Kulissen herum. Geschrei brach los. Hannes Bergkamp hielt sich zurück, aber die Kommissarin ignorierte das Geschrei völlig. Sie hielt ihre Dienstmarke in die Luft und brüllte zurück: »Kriminalpolizei! Kriminalkommissarin Paula Wagner und Hauptkommissar Hannes Bergkamp, Mordkommission. Wer von Ihnen ist Jan Martinez?«

Zu Paula Wagners Überraschung hob ein kleiner, schlacksiger Blondschopf die Hand. Er trug eine Hüftjeans, die den Blick auf eine karierte Short freigab, ein gelbes T-Shirt mit Mustern, die an psychedelische Kunst erinnern sollten, und ein Headset, das er sich vom Kopf zog, als er auf die beiden Polizisten zuging. Während seine Finger nervös mit dem Headset spielten, waren seine Schritte eher zögerlich. Paula Wagner dachte an ein aufgeregtes Kind, das sich nicht zwischen Angst und neugieriger Aufregung zu entscheiden wusste. Als Jan Martinez bei ihnen stand, steckte er die Hände verlegen in die Hosentaschen. Hannes Bergkamp überließ zunächst Paula Wagner das Wort.

»Können wir uns hier irgendwo ungestört unterhalten?«

Martinez führte die beiden Polizisten in eine kleine mit Scheinwerfern, Stativen und Kabeln vollgestellte, fensterlose Kammer. An einer Wand stand zwischen angeschraubten Metallregalen ein kleiner Schreibtisch.

»Ich weiß nicht, ob ich noch einen Stuhl habe«, sagte er unsicher. Aber Hannes Bergkamp hatte es sich bereits auf der Tischkante bequem gemacht und Paula Wagner lehnte entspannt an der Tür. Martinez setzte sich in die Mitte auf einen Bürostuhl und schaute abwechselnd zu den beiden Polizisten hoch, die ihn erst einmal anschwiegen und zusahen, wie der Junge zusehends hektischer auf seinem Drehstuhl herumhampelte.

»Sind Sie nervös?«, fragte Paula Wagner von der Tür aus.

Martinez drehte sich zu ihr. »Warum sollte ich nervös sein? Ich habe niemandem etwas getan.«

»Sie dealen.«

Verwirrt drehte sich Martinez zu Bergkamp um, fand aber rasch seine Fassung wieder. »Ich?«

Bergkamp nickte. Aber Wagner sprach: »Sie haben Christian Alberti und Julia Stolz mit Drogen versorgt. Wir wissen von mindestens drei Gelegenheiten, bei denen Sie den beiden Kokain verkauft haben. Außerdem machen Sie Deals mit mindestens vier anderen Mitgliedern ihres Teams hier.«

Martinez lachte auf. »Ich dachte, wir beim Fernsehen denken uns die Geschichten aus?«

»Nein, wir bei der Polizei sind da auch sehr gut drin. Und wissen Sie, was das Beste ist? Unsere Geschichten sind wahr.«

»Hat Alberti Ihnen Geld geschuldet? Ihnen oder Ihren Lieferanten?«

»Was? Wovon reden Sie?«

»Wir reden davon, dass Sie Alberti umgebracht haben, weil er Ihnen Geld geschuldet hat. Und seine Freundin haben Sie als Zeugin gleich mit beseitigt.«

»Sind Sie verrückt? Alberti hat immer bar bezahlt. Das war nie ein Problem zwischen uns.«

»Was hat er bar bezahlt?« Hannes Bergkamp lächelte Jan Martinez freundlich an. Der Set-Aufnahmeleiter sank in sich zusammen. Sein Stuhl bewegte sich nun nicht mehr. »Sie haben ihn also mit Koks versorgt?« Martinez nickte und hielt sich die Hände vors Gesicht.

»Aber mit den Morden habe ich nichts zu tun!« Verzweifelt blickte er von Wagner zu Bergkamp.

Paula Wagner hatte fast ein wenig Mitleid mit ihm. Es war so einfach gewesen, ihn in die Falle zu locken. Auch nach fünf Jahren in ihrem Beruf war sie immer noch perplex, wie dämlich sich manche Leute anstellten. Verbrechen und Verstand, so war sie mittlerweile überzeugt, schlossen sich aus. Martinez war da keine Ausnahme.

»Wer könnte denn etwas damit zu tun haben?«

Martinez zog mit Daumen und Zeigefinger an seiner Unterlippe. »Ich weiß nicht. Mit Christian kam keiner gut aus. Schwieriger Typ.«

»Und Julia Stolz?«

Martinez' Gesicht hellte sich auf. »Das war eine Nette. Immer freundlich, gut drauf, locker und so.«

»Also würden Sie sagen, dass der Mörder es primär auf Alberti abgesehen hatte?«

»Vermutlich, ich meine, es gab da so Geschichten ...«

»Was für Geschichten?«

»Ich will jetzt hier niemanden reinreißen ...«

Paula Wagner hob die Stimme deutlich: »Sie stecken selber so tief in der Scheiße, dass Sie sich um die anderen mal besser keine allzu großen Sorgen machen.« Die Kommissarin genoss ihre kleinen Ausbrüche, und ihre Wirkung war immer wieder phänomenal. Das Drehgelenk von Martinez' Stuhl quietschte, so heftig wackelte der Aufnahmeleiter darauf herum. Hannes Bergkamp betrachtete scheinbar interessiert die unterschiedlichen Scheinwerfer in der Ecke links hinter Wagners Opfer.

»Also, es gab da Gerüchte, dass Julia mit Frank, also Frank Düppert ... Die beiden hatten wohl was miteinander.«

»Ich für meinen Teil bringe eine Frau nicht um, wenn ich mit ihr schlafe«, warf Bergkamp trocken ein.

»Düppert ist der Regisseur?« Wagner bellte den Satz kurz raus, Martinez nickte ihr rasch zu, dann wandte er sich wieder an den ruhigen Bergkamp.

»Düppert wollte mehr. Aber Julia nicht. Außerdem hatte Christian Verdacht geschöpft. Das Ganze ist ein wenig eskaliert.«

Bergkamp und Wagner schwiegen.

»Außerdem hatte Christian wohl auch Stress mit seiner

Agentin. Ich weiß nicht genau, worum es ging. Irgendwie bekam er zu wenig Geld. Fand er zumindest. Und Julia auch. Dabei waren gerade seine Gagen eigentlich recht üppig.«

»Sie meinen, Marianne LaBaisse hat Albertis Gagen unterschlagen?«

Martinez zögert einen Augenblick mit der Antwort. Paula Wagner hob die linke Augenbraue leicht, Martinez zuckte zusammen.

»Das ist es, was die Leute erzählen.«

Die beiden Polizisten fuhren nicht direkt zu Albertis Agentin, sondern zurück ins Präsidium.

»Was hältst du von der Geschichte mit den Gagen?«

»Zutrauen würde ich es ihr. Aber ein Mord?«

Hannes Bergkamp zuckte mit den Schultern. »Machen wir hier weiter.« Er zeigte mit dem Kugelschreiber auf Wagners Bildschirm. Wagner tippte kurz auf die Maus und eine Bilderfolge mit Aufnahmen ihrer fränkischen Heimat verschwand. »Alberti ist vorbestraft wegen Körperverletzung. Seine Exfreundin hat ihn angezeigt, weil er ihr das Nasenbein gebrochen hat. Angeblich weil sie etwas mit einem anderen hatte.«

»Julia Stolz hat eine ähnliche Anzeige zurückgezogen, zuletzt hatten sich allerdings die Nachbarn, die nie etwas gehört haben wollten, über lautstarke Auseinandersetzungen zwischen den beiden beschwert.«

»Eifersucht und Gewalttätigkeit.«

»Keine gute Mischung.« Bergkamp nickte. »Ich werde noch einmal mit Albertis Agentin reden.«

»Dann fahre ich wieder ins Studio und rede mit Julia Stolz' Maskenbildnerin. Wenn es Schläge gab, dürfte die es mitbekommen haben.«

»Warum das?«

»Sie hätte die Folgen überschminkt.« Manchmal schätzte es Hannes Bergkamp, mit einer Frau zu arbeiten.

11

Langsam quälten sich die beiden Lkws durch die engen und kurvigen Straßen des Bergischen Landes. Vor etwa zehn Minuten hatten sie den Altenburger Dom rechts neben sich gelassen und fuhren nun eine staubige Bergstraße empor, als der vordere Laster abrupt stehen blieb. Grell leuchteten seine Bremslichter im Staub der Straße. Der Fahrer des zweiten Lasters bremste ebenfalls. Mit einem heftigen Rucken kam sein Gefährt zum Stehen. Er wartete, dass irgendetwas geschehen würde, doch vor ihm passierte gar nichts. Niemand stieg aus, und einen Grund für diesen plötzlichen Stopp konnte keiner der beiden Soldaten erkennen. Die beiden jungen Männer blickten sich an und nickten sich zu.

Jeder nahm sein Gewehr, das er hinter sich abgelegt hatte, öffnete die Tür und kletterte die zwei Stufen bis zum Boden hinab. Daraufhin gingen sie, das Gewehr im Anschlag, langsam, jeder auf einer Seite, am vorderen Lkw entlang. Während einer den Weg am Abhang nahm und trotz der nur geringen Höhe ein leichtes Schwindelgefühl verspürte, zwängte sich sein Gefährte zwischen Lkw und Böschung hindurch, blieb am wintertrockenen Gestrüpp hängen und trat schließlich zeitgleich mit seinem Kameraden vor den vorderen Laster.

Aus dem Augenwinkel hatte er die beiden Männer im ersten Wagen starr in ihrer Kabine sitzen gesehen. Sie schienen sie nicht zu beachten. Er wusste ums Verrecken nicht, auf was die beiden starrten oder was sie zum Anhalten bewogen hatte. Vor dem Lkw war nichts zu erkennen außer einer Einbuchtung in der Straße, vielleicht ein Halteplatz, vielleicht die Einmündung einer kleinen Bergstraße. Nichts Verdächtiges, nichts, das einen Stopp rechtfertigte. Mit einer Kopfbewegung wies er seinen Gefährten an, die Straße vor ihnen weiter im Auge zu behalten. Er selbst drehte sich zu dem

Lkw um und blickte in die Mündung einer Wehrmachtspistole. Das Geräusch des Schusses nahm er nicht mehr wahr, und noch bevor er die Situation begriffen hatte, lag auch sein Begleiter tot im Staub der Straße.

Hauptmann Schulz steckte die Pistole ruhig zurück in den Halfter. Er hatte sich auf das Trittbrett neben der leise geöffneten Tür gestellt, um nicht durch die Scheibe schießen zu müssen. Nun blickte er zurück in die Fahrerkabine. Sein Beifahrer schaute entsetzt auf die beiden Toten und rührte sich nicht.

»Komm, hilf mir! Wir haben nicht viel Zeit.« Josef Meingold bewegte sich nicht. Schulz stieß ihn an. »Verdammt noch mal, stell dich nicht so an und hilf mir. Wir müssen die beiden von der Straße holen.«

Doch Josef Meingold blieb sitzen. Schulz fluchte, zog den Schlüssel vom Zündschloss und kletterte aus dem Wagen. Dann ging er hinüber zu den beiden Männern, die auf der Straße lagen. Beide waren tot. Nicht, dass er wirklich daran gezweifelt hätte. Er war ein guter Schütze.

Zunächst nahm er den Gefreiten, der am Hang lag, griff ihm unter die Arme und zog ihn langsam an den Rand der Straße. Anschließend gab er ihm einen festen Tritt, sodass er mehrere Meter den Abhang hinunterrollte. Schulz beugte sich ein Stück weit vor, um sicherzugehen, dass er auch wirklich nicht mehr von der Straße aus zu sehen war. Danach widmete er sich der zweiten Leiche. Auch diese schleifte er, den Toten unter den Armen haltend, hinüber zum Hang und stieß sie hinunter. Aber der Leichnam des Obergefreiten Rüdiger Wortmann verfing sich in ein paar abgestorbenen Beerensträuchern.

Schulz sah zu den Lastern. Meingold saß nach wie vor an seinem Platz und blickte unentwegt geradeaus. Er hätte sich einen anderen Partner suchen sollen. Hatten sie nicht genug Tote gesehen in diesem Krieg? Musste er ausgerechnet jetzt so reagieren? Es half alles nichts. Schulz kletterte die paar Meter bis zu den Beerensträuchern den Abhang hinunter, versuchte, der Leiche mit einem Fußtritt genug Schwung zu geben, damit sie weiter hinabsank. Aber sie steckte fest. Erst als Schulz einige Äste ausriss, gaben die Sträucher ihre tote Beute frei. Die Leiche Rüdiger Wortmanns fiel in die Tiefe.

Erst viele Monate später würde ein amerikanischer Spähtrupp auf der Suche nach Heckenschützen die verwesten Überreste der beiden Soldaten finden. Sie würden sich nicht weiter für sie interessieren. Routinemäßig würden sie ihnen die Kennmarken abbrechen und sie liegen lassen, bis sich vielleicht später jemand um sie kümmerte. Tote Deutsche waren kein Grund, Aufhebens zu machen oder gar Fragen zu stellen. Sie waren ein Grund zur Erleichterung.

Schulz kletterte in den vorderen Lkw zurück und bot Meingold eine Zigarette an. Zu seiner Überraschung nahm der sie an. Schulz hatte bereits befürchtet, dass Meingold sich gar nicht mehr bewegen würde. In diesem Fall hätte er ein echtes Problem gehabt. Er gab Meingold Feuer, schweigend saßen die beiden Männer nebeneinander und rauchten eine Weile still vor sich hin. Schließlich unterbrach Schulz die Stille.

»Du wusstest, was dich erwartet.«

Josef Meingold zog an seiner Zigarette und nickte.

»Wir dürfen jetzt keine Fehler machen. Unser beider Leben steht auf dem Spiel. Du hängst hier jetzt mit drin. Aber ich lass dich nicht hängen.« Schulz packte Meingold bei diesem Satz fest an der Schulter und schüttelte ihn leicht. »Lass du mich auch nicht hängen!«

Josef Meingold sagte immer noch nichts.

Er hatte sich verschätzt, dachte Schulz bei sich. Er kannte seinen Begleiter seit Kindertagen, er war ihm immer gefolgt und ein verlässlicher Freund gewesen. In der Schule, im

Leben und im Krieg. Es war seiner Tante zu verdanken, dass sie beide im gleichen Regiment gelandet waren. ›Damit du auf ihn aufpasst‹, hatte sie ihm noch eingeschärft. Und ja, er hatte auf seinen Cousin aufgepasst, mehr als einmal. Jetzt wollte er etwas von ihm zurückhaben. Er brauchte ihn für diesen Coup und er bezahlte ihn gut dafür.

»Ich lass dich auch nicht hängen!« Josef Meingold schnippte die Zigarette aus dem Fenster und drehte sich zu Schulz um. »Gut.« Mehr sagte er nicht.

Schulz wartete noch einen Moment, bevor er kurz nickte. »Machen wir weiter wie geplant?«

»Wie geplant«, echote Meingold und nickte nun seinerseits. Schulz stieg aus und ging zu dem hinteren Wagen. Er musste seinem Komplizen vertrauen. Was blieb ihm anderes übrig. Vorerst.

12

Kaum hatte Paula Wagner das Gespräch mit Julia Stolz' Maskenbildnerin Jessica beendet, klingelte ihr Handy. Bergkamp meldete sich mit einem verärgerten Unterton in der Stimme. Paula Wagner hörte im Hintergrund leise Musik und Geschirrklappern. Ihr Chef gönnte sich eine Auszeit in irgendeinem Café in der Innenstadt. Sie wusste nie so genau, ob sie ihm diese kleinen Freiheiten gönnen oder ob sie sich darüber ärgern sollte. Wenn sie ehrlich war, musste sie zugeben, dass es sie vor allem ärgerte, dass sie sich diese Freiheiten nicht gestattete.

»Diese LaBaisse ist eine Fehlinformation. Wenn sie nicht komplett alle Bücher und Kontoauszüge gefälscht hat, ist an den Gerüchten, die uns Jan Martinez untergeschoben hat, nichts dran. Finanzielle Probleme hatte Alberti allerdings trotzdem immer mal wieder, sagt sie.«

»Sie hat dir ihre Bücher gezeigt?«

»Anstandslos.«

»Erstaunlich.« Paula Wagner fragte sich insgeheim, ob diese Kooperationsbereitschaft eventuell von etwas anderem ablenken sollte. Hatten sie bei der LaBaisse irgendetwas übersehen? Oder machte sie der Job langsam paranoid, weil sie hinter allem eine falsche Absicht vermutete? Sie schob diese Gedanken beiseite und gab Bergkamp eine Übersicht, was sie herausgefunden hatte.

»Wenn Alberti seine Finanzen frustriert haben, dann hat er das wohl auch an seiner Freundin ausgelassen. Ihre Maskenbildnerin wollte erst nichts sagen, aber schließlich hat sie doch zugegeben, dass sie ein paar Mal blaue Flecken überschminkt hat. Sie hat es Alberti wohl auch gesteckt, dass sie Bescheid weiß.«

»Und wie hat er reagiert?«

»Er hat sie angeschrien, vor versammelter Mannschaft zur Sau gemacht und zwei Wochen lang bei den Dreharbeiten schikaniert.«

»Ein Schätzchen, unser Sunnyboy!«

»Allerdings. Blaue Flecken musste diese Jessica Schmitz danach nicht mehr überschminken.«

»Also hat er sich zusammengerissen.«

»Keineswegs. Er hat Julia Stolz sogar noch am selben Abend windelweich geprügelt. Aber ins Gesicht geschlagen hat er sie nie wieder. Schmitz hat erzählt, sie habe Blutergüsse auf dem Rücken der Stolz gesehen.«

»Das kenne ich von meinen Zeiten bei der Sitte. Zuhälter schlagen ihren Nutten auch so gut wie nie ins Gesicht. Sie sollen ja hübsch sein.«

»Ich vermute, er wollte einfach kein weiteres Aufsehen erregen.«

»Hältst du ihn für fähig, einen Mord zu begehen und sich anschließend selber zu erschießen?«

»Ich weiß es nicht. Es klingt zu einfach. Zu dumm.«

»Die meisten Morde sind dumm.«

»Da sagst du was. Wo willst du jetzt hin?«

»Ich werde mit dem Mann reden, der Alberti die Waffe verkauft hat.«

»Drogen, illegale Waffen, gewalttätig. Für mich zeichnet sich da ein sehr klares Bild.« Staatsanwalt Thomas Stein saß hinter seinem Schreibtisch, die Krawatte saß tadellos. »Gibt es irgendetwas, das dagegen spricht, dass Christian Alberti erst seine Freundin und dann sich selbst umgebracht hat?«

Die Frage war an Volker Brandt gerichtet, der neben Hannes Bergkamp saß. Paula Wagner lehnte am Fensterbrett. Bergkamp hatte ihr seinen Stuhl angeboten, doch sie hatte abgelehnt. Brandt zögerte mit der Antwort. Wie Wagner wusste, legte sich der Rechtsmediziner ungern fest. Außer in seinem Urteil über Kollegen. Paula sah, wie er sich am Kinn kratzte und auf einen Punkt oberhalb des Staatsanwalts starrte.

»Wir können es nicht wirklich ausschließen, würde ich sagen. Wir können es auch nicht beweisen. Es ist möglich, die Schusswunden, die Einschusswinkel, das passt schon alles irgendwie. Aber es ist alles nicht zwingend.«

»Haben Sie etwas Besseres anzubieten?«

Der Mediziner schüttelte den Kopf.

Steins Telefon klingelte. Obwohl niemand etwas sagte, forderte er sie mit einer abwehrenden Handbewegung zum Schweigen auf, nachdem er die Nummer auf dem Display gesehen hatte.

»Hallo, ja! ... Nein, ich kann noch nichts sagen ... Ja, natürlich ... Wir stehen kurz vor dem Abschluss ... Heute Nachmittag in der Sendung? ... live ... warum nicht? Ich rufe Sie ... dich ... zurück.« Stein klappte sein Handy zu und wandte sich zu seinen Besuchern. »Ich denke, wir sind hier fertig, oder?«

Die Polizisten und Volker Brandt erhoben sich und verließen das Büro des verantwortlichen Staatsanwaltes. Paula Wagner schaute in die Gesichter der beiden Männer, ohne erkennen zu können, ob nur sie in diesem Moment ein schlechtes Gefühl hatte. Auf dem Flur hielt sie Bergkamp kurz auf. Volker Brandt schaute irritiert, nuschelte ein spöttisches »Dann lass ich euch Turteltäubchen mal allein«, zwinkerte Bergkamp zu und ging weiter.

Paula Wagner wartete, bis er durch die Glastür und bei den Aufzügen war. »Du hast die Waffe gar nicht erwähnt.«

»Er hat sich auch nicht wirklich dafür interessiert. Aber da gibt es nicht viel zu erwähnen. Alberti hat die Waffe bei einem Waffengeschäft auf der Hohe Straße gekauft, legal übrigens. Sein Anwalt hat ihm dabei geholfen, einen Waffenschein zu beantragen und zu bekommen.«

»Warum bekommt jemand, der bekanntermaßen zur Gewalt neigt, eine Waffe?«

»Weil er prominent ist.« Hannes Bergkamp folgte Volker Brandt zu den Aufzügen.

»Mir gefällt die Richtung nicht, die diese Ermittlung nimmt«, rief Paula Wagner ihm hinterher, aber der Hauptkommissar reagierte nicht.

13

Wolfgang Rast hielt es nicht in den Räumen seines Museums. Er musste etwas unternehmen! Er musste versuchen, die Bilder zurückzuholen. Wie, das wusste er nicht genau, aber hier sitzen zu bleiben, das konnte er nicht. Deshalb verließ er knapp eine halbe Stunde, nachdem er ins Museum zurückgekehrt war, erneut das Gebäude, fest entschlossen, sich ein Auto zu besorgen und nach den Bildern zu suchen. Vielleicht waren sie sicher an ihrem Bestimmungsort angekommen? Hier würde er zuerst hinfahren. Sein Nachbar besaß ein Auto, das unbenutzt auf einem Hof in der Nähe der Wohnung parkte. Sofern es nicht inzwischen unter Schutt begraben worden war. Der Mann diente an der Ostfront, jedoch würde die Frau ihm das Auto sicherlich leihen. Es würde ihn etwas kosten, aber das ließ sich regeln. Auf jeden Fall musste er sich beeilen. Er mied die zerbombte Severinstraße, durch die enge Straße hinterm Waidmarkt war kaum noch ein Durchkommen, zu viele Häuser lagen in Schutt und Asche. Stattdessen ging er am Rheinufer entlang.

Hier waren die Zerstörungen zwar nicht weniger stark, aber es gab eine freie Trasse, um zu Fuß bis in die südlichen Stadtteile zu gelangen. Wolfgang Rast rannte nahezu, als die Sirene ein zweites Mal an diesem Tag aufheulte. Nur wenige Menschen waren außer ihm auf den Straßen. Alle hielten inne und blickten sorgenvoll in den Himmel. Wolfgang Rast lief unentwegt weiter.

Doch dieses Mal galt der Angriff Köln. Die ersten Detonationen erklangen aus den westlichen Stadtteilen, außer Rast war niemand mehr auf den Straßen unterwegs. Die ersten Flugzeuge flogen über ihn hinweg. Offenbar hatten sie ihre tödliche Fracht längst abgeworfen und drehten gerade ab, um in ihre Heimat zurückzukehren. Rast atmete erleichtert auf. Er war am Hafen auf der Höhe des Ubierrings angekommen. In diesem Teil der Stadt sah es fast aus wie früher. Von Trümmern kaum eine Spur. Nur noch wenige Meter und er wäre er zu Hause. In der Ferne konnte er nach wie vor die Flieger brummen hören. Als er in die heimische Straße einbog, sah er schon auf dem Hof des Nachbarn das unversehrte Auto stehen. Vor seiner Haustür holte er hektisch den Schlüssel aus der Tasche, als ihn ein lautes Zischen aufhorchen ließ. Ging da irgendwo doch noch eine Bombe runter? Er bemerkte, dass das Geräusch der Flugzeuge lauter geworden war. Wolfgang Rasts Herz raste. Doch auf das Zischen folgte keine Detonation. Erst als er den Schlüssel ins Schloss steckte, explodierte die Bombe und zerstörte das Haus Severinswall 17 beinahe vollständig.

Zur gleichen Zeit bogen die beiden Lkws in den kleinen Bergweg ein, der kurz hinter ihrem Halt von der Landstraße abbog. Nach einigen Hundert Metern über den halb zugewachsenen Waldweg erreichten sie eine fast kreisrunde Stelle im Wald, rechts und links mit sanft ansteigenden bewaldeten Hängen begrenzt, direkt gegenüber der Einfahrt aber erhob sich eine dunkle Schlucht. Einige junge Birken breiteten sich auf dem Platz aus. Eine schmale Schienentrasse führte in die Schlucht hinein. Die zwei Laster hielten neben den Schienen.

Schulz sprang heraus, Meingold folgte ihm mit schweren und müden Schritten. Leicht besorgt beobachtete Schulz ihn aus den Augenwinkeln. Meingold arbeitete zwar schweigsam, dennoch wie verabredet. Schulz wählte einige der sorgfältig beschrifteten Holzpakete aus. Stumm holten sie sie aus den Wagen und schleppten sie die Schienen entlang zu einem alten Stollen, dessen Eingang durch eine Natursteinmauer gestützt wurde und der mit einem schweren Eisengitter gesichert wurde. Schulz nahm einen

Schlüsselbund aus der Tasche, suchte eine Weile und fand schließlich einen passenden Schlüssel, um das Gittertor zu öffnen. Meingold und er trugen die Kisten in den Stollen hinein, wo sie sie in einer kleinen versteckten Kammer, etwa 100 Meter hinter dem Eingang, verstauten und unter einem Tuch versteckten. Dann verschloss Schulz beide Türen, und als wäre nichts gewesen setzten die beiden Lkws mit ihrer restlichen Fracht ihre Fahrt fort.

14

Nachdem Marius ein weiteres Mal erfolglos versucht hatte, Brock ans Telefon zu bekommen, nahm er seine Jacke vom Haken und verließ das Büro. Den Mann, der gegenüber in einem schwarzen Audi wartete, bemerkte er nicht. So sah er auch nicht, dass Jürgen Merheimer aus dem Audi ausstieg, auf die andere Straßenseite wechselte, an der Haustür neben dem Schild ›Detektei Brock‹ klingelte und kurz danach im Flur verschwand. Und natürlich sah Marius Sandmann ebenfalls nicht, wie sich Merheimer anschließend an der Tür der Detektei im zweiten Stock zu schaffen machte, sie geübt öffnete und dahinter verschwand.

Eine knappe halbe Stunde später stand Marius Sandmann in einem nüchtern eingerichteten Büro im Spanischen Bau neben dem Historischen Rathaus der Stadt, gleich gegenüber der schlichten sandsteinfarbenen Fassade des Wallraf-Richartz-Museums. Er hatte Glück. Stadtrat Walter Hochkirchen war in seinem Büro, und nachdem Marius ihm durch seine junge Sekretärin eine Fotokopie der Kreuzigung ausgehändigt hatte, empfing ihn der Stadtrat wenige Minuten später.

Marius erkannte in dem schlaksigen Mann Ende 50 mit dem wehenden grauen Haar den Mann wieder, der schimpfend aus dem Haus der Hochkirchen Beteiligungsgesellschaft gekommen war, als er Alexander Hochkirchen besucht hatte. Walter, der Jüngere der beiden Brüder, war schmal und seine Bewegungen waren auch hier fahrig. Er gab Marius flüchtig die Hand, die Fotokopie lag auf seinem Schreibtisch.

»Sie kennen das Bild?«, begann Marius. Walter Hochkirchen schaute im Raum umher und mied den Blickkontakt mit dem Privatdetektiv. Seine Frage beantwortete er mit einer Gegenfrage.

»Sie sind Privatdetektiv?« Marius nickte. »Was wollen Sie?« Marius erklärte kurz, worum es ging. Walter Hochkirchen entspannte sich ein wenig. Er schaute den Detektiv sogar an. »Sie wollen also nur ein paar Fragen stellen? Ich kann Ihnen sicher nicht viel weiterhelfen. Ich habe dieses Bild noch nie im Original gesehen. Obwohl ich natürlich weiß, um was für ein Bild es sich handelt. Jeder in unserer Familie weiß das. Haben Sie schon mit meinem Bruder gesprochen?« Marius bejahte. »Was hat er Ihnen erzählt?«

»Nicht viel mehr als Sie. Aber er würde wohl gerne wissen, wo sich das Bild befindet.«

Walter Hochkirchen lachte kurz auf. »Das glaube ich gerne.« Danach versank er in Schweigen. Mit unruhigen Fingern blätterte er in Unterlagen auf seinem Schreibtisch, die ergrauten Haare fielen ihm ins Gesicht.

»Sie glauben also nicht, dass Ihr Bruder das Bild hat?« Der grauhaarige Mann schaute Marius überrascht an.

»Nein, warum sollte ich?« Dann schwieg er wieder.

Marius entschied sich, eine kleine Provokation zu versuchen. »Sie mögen sich nicht, oder?«

Hochkirchen schaute kurz auf, schnaubte und widmete sich wieder seinen Unterlagen. Marius überlegte, ob das ein indirekter Rauswurf war, aber der Stadtrat würde ihm heute ohnehin keine große Hilfe mehr sein. Der Privatedetektiv stand auf und ging zur Tür. Als er die Tür öffnete, sprach ihn der jüngere Bruder noch einmal an.

»Was bezahlt er Ihnen?«

Marius blickte sich kurz um. Walter Hochkirchen saß nach vorne gebeugt am Tisch, die Hände lagen auf seinen Papieren, die Finger waren beständig in Bewegung. Marius schloss die Tür wortlos hinter sich.

Draußen auf der Straße versuchte er erneut Brock anzurufen. Diesmal ging immerhin die Mailbox an. Marius hinterließ eine Nachricht und bat um Rückruf. Mehr konnte er gerade nicht tun. Seine Ermittlungen steckten fest. Wenn Brock nichts Substanzielles gefunden hatte, müssten sie sich eine andere Strategie überlegen.

15

Wenige Stunden, nachdem Schulz und Meingold ihre Beute versteckt hatten, erreichten sie Fischelbach, einen kleinen abgelegenen Ort im Siegen-Wittgensteiner Land, das eigentliche Ziel ihrer Fahrt. Hier, in dem erst vor wenigen Jahren stillgelegten Blei- und Kupfererzbergwerk Gonderbach waren bereits wertvolle Kunstschätze des Kölner Doms ausgelagert worden. Gleichzeitig mit Schulz und Meingold traf ein weiterer Transport aus dem nahen Wuppertal ein. Es herrschte eine ähnlich hektische Betriebsamkeit wie bei ihrer Abfahrt aus Köln, und Schulz war das nur recht. Sie parkten ihre Lkws neben dem Stollen und gingen in eine daneben aufgebaute Baracke.

Betont schneidig begrüßte Schulz die dort arbeitenden Zivilisten. Ein junger HJ-Offizier schien die Verantwortung zu tragen. Er salutierte pflichtschuldig vor den Offizieren, Schulz' Drängen auf Abfahrt imponierte ihm. Dieser Soldat wusste um seine Verantwortung. Es wäre falsch, ihm Steine in den Weg zu legen. So nahm er die Transportliste in Empfang und legte sie ungeprüft zu den übrigen Papieren.

»Selbstverständlich werden wir Ihre Fahrzeuge sofort räumen, damit Sie nach Köln und zu Ihren eigentlichen Pflichten zurückkehren können, Herr Hauptmann.«

Schulz nickte herablassend, die kurze Wartezeit verbrachten sie in einer provisorischen Küche bei einer ebenso improvisierten Mahlzeit. Nach nicht einmal zwei Stunden war ihr Auftrag erledigt. Sie verließen das kleine Städtchen mit den beiden Lkws wieder und kehrten in den Krieg zurück.

16

Staatsanwalt Thomas Stein blinzelte in das Licht der Scheinwerfer. Links neben ihm saß Hauptkommissar Hannes Bergkamp, rechts davon Jörg Schindler, Leiter der Presseabteilung der Kölner Staatsanwaltschaft. Paula Wagner stand am anderen Ende des Raumes. Schindler kannte sie nur flüchtig, ein junger Mann Anfang 30 ohne größere Polizeierfahrung, aber Anzüge sahen gut an ihm aus und darum ging es vermutlich. Das hektische Gewusel der Journalisten vor ihr nervte sie bereits, allerdings war sie gespannt, was Stein meinte, zu sagen zu haben.

Vor zwei Stunden hatte er sie informiert, dass er eine Pressekonferenz geben würde. Sie hatten sich gefragt, welche Informationen er der Presse mitteilen wollte, und sie hatte, als sie den Raum betreten hatte, das Gefühl beschlichen, als wollte Stein vor allem eines: Ergebnisse präsentieren. Auch wenn er oben auf dem Podium im hellen Anzug und mit der tadellos sitzenden Krawatte eine exzellente Figur machte, wusste sie, dass er nicht einmal halb so souverän war, wie er gerade wirkte, aufrecht dasitzend, die Hände vor sich gefaltet und wie ein geduldiger Vater wartend, dass die Kinder endlich ihre Plätze einnehmen würden.

Eine für ihren Geschmack zu gut aussehende Blondine wuselte aufgeregt um den Tisch herum, redete auf Stein ein. Erste Pressevertreter sammelten sich zwischen den Stuhlreihen. Die Kameras mehrerer Fernsehsender waren bereits aufgebaut. Die Pressevertreter wirkten gereizt, die PK war von Schindler eigentlich für 16.30 Uhr angesetzt, hatte sich jedoch, angeblich wegen technischer Verzögerungen, um über eine Stunde verschoben. Nun war es kurz nach halb sechs, die Kameras waren bereit. Die Blondine zwinkerte dem Staatsanwalt kurz zu, dann besprach sie sich mit einem

Kameramann. Wagner erkannte sie jetzt. Früher hatte Verena Talbot für eine Kölner Boulevardzeitung geschrieben, Wagner war ihr ein paar Mal begegnet, derzeit arbeitete sie für ein Fernsehmagazin. Paula Wagner hatte sie nie wirklich für voll genommen, musste aber zugeben, dass sie es war, die aktuell die Pressekonferenz zu managen schien.

Sie gab Schindler ein Zeichen, der räusperte sich, begrüßte die anwesenden Journalisten und stellte ihnen kurz seinen Sitznachbarn Stein vor, »für die, die ihn noch nicht kennen«. Der ein oder andere Journalist konnte sich ein leises Lachen bei diesem Satz nicht verkneifen. Stein pflegte gute Kontakte zu den Medien. Nachdem Schindler ihm das Wort erteilt hatte, blickte er kurz und konzentriert in die Runde. Wagner sah, dass er sich ein Stück weit aufrichtete und während er eine vorbereitete Erklärung verlas immer wieder aufschaute, um in eine der Kameras zu blicken

Über Akten gebeugt saß er an seinem Schreibtisch. Neben ihm lief stumm ein Nachrichtensender im Fernseher. Vor der Kulisse der Frankfurter Börse erklärte ein älterer Journalist im Anzug das Auf und Ab der heutigen Kurse. Die Laufschrift eines Newstickers vor seinem Bauch schwenkte gerade von der Angabe der aktuellen Wirtschaftsdaten auf News um. Der Mann am Schreibtisch brauchte einen Augenblick, ehe er die regelmäßig sich wiederholende Nachricht im Laufband registrierte: ›Neues vom Kölner Doppelmord! Schauspielerdrama vor der Aufklärung! Pressekonferenz live in Boulevard Colonia – das People-Magazine jetzt auf Center.TV!‹

Der Mann sah von seinen Akten auf und griff zur Fernbedienung. Das Bild auf seinem TV-Gerät wechselte und zeigte drei Männer, die hinter einem Tisch saßen, Mikrofone vor sich aufgebaut. Die Namensschilder vor ihnen wiesen sie aus als Jörg Schindler, Leiter der Pressestelle der Kölner

Staatsanwaltschaft; Thomas Stein, Staatsanwalt; und Hannes Bergkamp, Hauptkommissar Kriminalpolizei Köln. Der Mann in der Mitte, ein elegant gekleideter gut aussehender Mann in seinem Alter, setzte gerade an zu sprechen. Tatsächlich, es ging um den Doppelmord an Christian Alberti und Julia Stolz. Sein Herz schlug ein kleines bisschen schneller, er wusste nicht, ob aus Angst oder Aufregung.

Bevor er zum Wesentlichen kam, erklärte der Staatsanwalt zunächst sein Bedauern über diese menschliche Tragödie, die sich dort hinter der Maske eines ebenso abscheulichen wie tragischen Verbrechens versteckte, sprach den Angehörigen sein Beileid aus und vergaß auch nicht all die betroffenen Fans zu erwähnen, die der Tod ihrer Serienhelden so tief erschüttert habe. Der Mann schaute weiter auf den Bildschirm. Mit der rechten Hand malte er unbewusst auf einer Zeitung herum. Dann endlich kam Staatsanwalt Stein zu den wichtigen Dingen.

»Wir sind daher zu der Erkenntnis gelangt, dass es sich bei diesem Verbrechen mit an Sicherheit grenzender Wahrscheinlichkeit um eine private Tragödie zweier zutiefst emotional belasteter Menschen handelt. Wir alle können nur erahnen, was in den Köpfen und Herzen dieses jungen Pärchens vorgefallen sein muss. Aber es gilt als gesichert, dass Christian Alberti mit einer ihm einwandfrei zuzuordnenden Waffe zunächst seine Lebensgefährtin Julia Stolz und anschließend sich selbst getötet hat.« Hier machte der Staatsanwalt eine kunstvolle Pause, um die Information sacken zu lassen.

Selbst am Bildschirm war deutlich, dass seine Aussage für Aufsehen unter den Journalisten gesorgt hatte. Einige Hände gingen in die Höhe. Er musste kurz an seine Schulzeit denken, und ebenso wie damals, gab es auch jetzt ein paar, die einfach drauflosquatschten. Staatsanwalt Stein hob abwehrend die Hände.

»Die weiteren Details wird ihnen Herr Hauptkommissar Hannes Bergkamp erläutern. Anschließend können Sie Ihre Fragen gerne an mich richten.« Nur mehr mit halbem Ohr hörte der Mann den Ausführungen Bergkamps zu. Hätte er deutlicher zugehört, hätte er vielleicht die Skepsis in der Stimme des Hauptkommissars registriert. Sein Plan war nicht nur aufgegangen, er hatte sogar viel besser funktioniert, als er gedacht hatte. Er war mit einem Mord davongekommen, mit zwei Morden! Und es war leichter gewesen, als er es sich je ausgemalt hatte. Er konnte sein Glück kaum fassen.

TEIL 2

GOLGOTHA

17

Am Rand der Innenstadt erhob sich ein künstlicher Hügel, aufgeschüttet mit den Trümmern des Zweiten Weltkrieges. Hierher hatten die Kölner den Schutt und die Überreste der Bombennächte und des Krieges gebracht. Rund um die Stadt gab es mehrere solcher künstlicher Erhebungen. In späteren Jahren wurden sie bepflanzt, so dass sie heute wie hügelige Waldinseln in den Wiesen des Inneren Grüngürtels lagen, der die Kölner City in einem Halbkreis umschloss. Über die Jahre war der Hügel vollständig bewaldet. An seinem Fuß führten mehrere Bahngleise direkt zum nahen Hauptbahnhof. Dahinter begann die Innenstadt mit den Gebäuden des Mediaparks. Auf diesem Hügel stand ein roh gezimmertes, etwa drei Meter hohes Holzkreuz zwischen den Bäumen, versteckt und etwas abseits der Wege, die das Stück Grün zwischen Autobahnzubringer und Eisenbahngleisen durchzogen.

Von hier konnte man hinübersehen auf die dunklen Türme des Domes, hinter denen langsam eine rote Morgensonne aufstieg, in deren Licht das Kreuz rötlich schimmerte. Doch der Mann am Kreuz sah weder die Sonne noch die Türme. Der Mann, der mitten in Köln an ein Kreuz genagelt worden war, war tot.

Nicht einmal eine halbe Stunde, nachdem ein entsetzter Jogger stammelnd und atemlos die Polizei benachrichtigt hatte, erschienen die ersten ungläubigen Beamten unter dem Kreuz und starrten hinauf zu dem halbnackten Mann, der aus toten Augen auf sie herabsah.

Selbst Staatsanwalt Thomas Stein, der gegen 8.15 Uhr den Fundort erreichte, konnte sein Entsetzen kaum verbergen, und das hatte nichts damit zu tun, dass er mit seinen neuen Lederschuhen in das Erbrochene eines altgedienten Polizisten getreten war, der sich das erste Mal in 20 Dienstjahren, wie er mehrfach entschuldigend betonte, beim Anblick einer Leiche übergeben hatte.

Leise und wo es ging schweigend verrichteten Polizisten und die gemeinsam mit Stein eintreffenden Männer von der Spurensicherung ihren Dienst unter dem Kreuz. Dr. Volker Brand war mit einer kleinen Trittleiter zu dem Mann am Kreuz hochgeklettert und hatte dessen Tod zweifelsfrei festgestellt. Selbst er wirkte blass um die Nase und sagte kaum ein Wort. Hinweise auf die Identität des Mannes konnte er bislang keine finden.

Nachdem feststand, dass der Mann tot war und keinerlei ärztliche Hilfe mehr benötigte, konzentrierte sich die Arbeit der Ermittler auf die Gegend im Umkreis des Kreuzes. Mehrere uniformierte Streifenbeamte sicherten die Wege, um Neugierige fernzuhalten. Ein rot-weißes Band riegelte den Tatort in einem großzügig bemessenen Abstand ab. Systematisch durchkämmten die Beamten das Gebiet in einem Radius von 30 Metern um das Kreuz herum. Das Rascheln des Laubes war das einzige Geräusch, das zu hören war. Nur manchmal hob ein Polizist etwas vom Boden auf, begutachtete es, packte es in eine kleine durchsichtige Plastiktüte und gab beidem eine Nummer. Etwa fünf Meter vom Kreuz entfernt fand eine junge Polizistin ein Stück Seil, zu groß für eine ihrer Tüten, weswegen sie es nach leisem Zuruf ihrem Vorgesetztem übergab. Thomas Stein hatte zu diesem Zeitpunkt den Tatort bereits wieder verlassen und war in sein Büro gefahren, wo er als Erstes seine Schuhe wechselte.

Die schweigsame Stimmung des Waldes hatte die Polizisten zurück ins Präsidium begleitet. Auf dem großen Konferenztisch des Kriminalkommissariats 12 lagen die gesammelten Fundstücke des Hügels. Jemand würde sie alle sortieren und entscheiden müssen, in welcher Reihenfolge sie analysiert werden sollten.

Um den Tisch herum standen Kommissarin Paula Wagner, Hauptkommissar Hannes Bergkamp, Dr. Volker Brandt und Staatsanwalt Thomas Stein und schwiegen eine Weile, jeder in seiner eigenen Gedankenwelt vor sich hinbrütend. Paula Wagner blickte auf eine Reihe von Fotos, die Hannes Bergkamp am Kopfende des Raumes auf ein Flipchart geheftet hatte und die das Kreuz und den Mann zeigten.

»Warum, zum Teufel, kreuzigt man jemanden mitten in Köln?«

Volker Brandt konnte nicht länger schweigen. »Vielleicht weil man hofft, dass das Opfer wiederaufersteht?«

Die Tür ging auf und ein uniformierter Beamter betrat mit einem Plastiksäckchen in der Hand den Konferenzraum. Er überreichte das Säckchen dem Staatsanwalt.

»Aus einem Papierkorb an der Subbelrather Straße. 200 Meter vom Tatort entfernt.« In dem Tütchen steckte ein Portemonnaie, Stein wollte es schon aufreißen, doch Volker Brandt hielt ihn zurück und reichte ihm wortlos ein paar Plastikhandschuhe, die der Staatsanwalt überstreifte. Daraufhin zog er das Portemonnaie aus der Tüte, klappte es auf und holte einen Ausweis hervor. Das Bild verglich er mit dem Mann am Kreuz, dann reichte er es an Hannes Bergkamp, der ebenso verglich.

»Immerhin haben wir jetzt einen Namen. Gunter Brock, ein Privatdetektiv.«

Eine halbe Stunde später schellten Paula Wagner und Hannes Bergkamp an einer Haustür in der Ehrenfelder Wissmannstraße, ein Summer ertönte, und sie gingen das Treppenhaus hoch in den zweiten Stock.

Ein Mann Ende 20 mit militärisch kurzen Haaren und einer schwarzgrauen Kunststoffbrille stand in der Tür, er trug einen grauen Kapuzenpulli über der kräftigen Statur, beigefarbene Cargo-Jeans und Turnschuhe. So also sahen heute die Privatdetektive aus, dachte Paula Wagner bei sich.

Ein wenig zu jung, aber wenigstens mit Muskeln. Vielleicht ließ sich der Muskelmann unter Druck setzen, dachte sie und zog ihre Marke heraus.

»Paula Wagner, Kriminalpolizei Köln, Mordkommission.« Sie steckte den Ausweis wieder in die Tasche. Der junge Detektiv blieb ungerührt in der Tür stehen und blickte auf sie herab.

»Dürfte ich den Ausweis noch einmal sehen?«

Die Kommissarin schaute den Mann in der Tür überrascht an, zog jedoch den Ausweis ein zweites Mal aus der Tasche und zeigte ihn vor. Marius Sandmann nahm ihn entgegen, musterte das Papier in Ruhe von beiden Seiten und gab ihn der Polizistin mit dem gleichen unbeteiligten Gesichtsausdruck zurück. Paula Wagner entschied in diesem Moment, dass sie Marius Sandmann nicht mochte.

»Danke. Kommen Sie doch rein.«

Die beiden Beamten betraten einen engen Flur, der Detektiv führte sie in eine kleine Küche, in deren Mitte ein Tisch als Besprechungs- und scheinbar auch als Schreibtisch diente. Ein Laptop stand darauf, den der Detektiv herunterklappte, bevor die Kommissarin etwas auf dem Bildschirm erkennen konnte.

»Wir sind gekommen, um über Ihren Chef zu reden. Gunter Brock.« Bergkamps freundliche und gleichmütige Stimme ging Paula Wagner manchmal gehörig auf den Keks. Sie fiel ihrem Vorgesetzten ins Wort.

»Seine Leiche wurde heute Morgen im Inneren Grüngürtel gefunden.« Was auch immer sie für eine Reaktion erwartet hatte, Paula Wagner bekam sie nicht. Der junge Mann schaute sie mit dem gleichen ausdruckslosen Gesicht an wie zuvor an der Tür. Im Vergleich zu diesem Schnösel war Hannes Bergkamps Gesicht ein offenes Buch. Verdammt!

Marius zuckte nicht mit den Augenwinkeln, als die kleine, untersetzte Polizistin mit den aschgrauen Haaren ihm von Brocks Tod erzählte. Obwohl er das Gefühl hatte, es zöge ihm jemand den Boden unter den Füßen weg. Alles verrutschte, nichts stimmte mehr. Brock konnte unmöglich tot sein. In seinem Kopf stürmten die Fragen und Gedanken nur so auf ihn ein. Das war gut, hielten sie die Gefühle, die gleichzeitig in ihm hochkamen, zurück. Inmitten dieses Chaos, das die Nachricht auslöste, und in angstvoller Erwartung dessen, was die Polizistin noch sagen würde, entschied sich Marius dafür, sich zunächst auf das zu konzentrieren, was er tun konnte. Zuhören. Mehr erfahren und eine von Brocks Grundregeln befolgen: selber nichts sagen. Er wandte sich an den Polizisten, Hannes Bergkamp. Einen ruhig wirkenden Mann Ende 40, der bisher wenig gesagt hatte.

»Was ist geschehen?«

»Nun, zum Tathergang können wir aktuell noch nichts sagen. Bitte haben Sie dafür Verständnis. Uns würde eher interessieren, ob Sie uns irgendetwas über Brock mitteilen können? Irgendetwas, was von uns für Interesse sein könnte?«

»Woran haben Sie beide denn zuletzt gearbeitet?«

»Nichts Besonderes. Die Auftragslage ist nicht so gut. Woran der alte Mann, Brock, gerade gearbeitet hat, kann ich Ihnen gar nicht sagen.«

»Aber Sie arbeiten schon hier?«

»Ja, ich bin hier so eine Art Hilfskraft.« Marius lächelte, als wäre ihm das ein wenig peinlich. Was genau genommen auch stimmte.

»Eine Hilfskraft, die man besser aus allem raushält, oder was?«

Die Polizistin konnte schnell bissig werden, bemerkte Marius. Er dachte an Gunter Brock und bemühte sich weiter, freundlich zu lächeln.

»Dürfen wir uns ein wenig umsehen?«, setzte Hannes Bergkamp das Gespräch fort.

»Natürlich. Tun Sie das.«

»Sie wollen keinen Durchsuchungsbefehl sehen?«

»Ich vertraue Ihnen.« Marius vertraute vor allem Brocks Neigung, keine Aufzeichnungen zu machen und nichts im Büro liegen zu lassen, das irgendwie sinnvoll oder nützlich sein könnte. Die oft knappen, immer chaotischen Dossiers abgeschlossener Fälle landeten ohnehin auf Marius Arbeitsplatz, dem Küchentisch, von dem aus der jüngere Detektiv sie in einen alten Aktenschrank im Keller räumte. Dennoch schenkte er der kleinen Polizistin sein unschuldigstes Lächeln. Hoffentlich blieben die beiden nicht mehr lange! Seine Knie wurden weich, seine Nase lief wie bei einem heulenden Kind, das man gerade geschlagen hatte.

Der alte Detektiv mit dem Schnäuzer und der Halbglatze, die er draußen immer unter einem karierten Pepitahütchen versteckte, war tot, und langsam, ganz langsam sickerte diese Nachricht in Marius Sandmanns Bewusstsein ein.

Er beobachtete die beiden Beamten, wie sie sich in Brocks Büro umsahen: neugierig, routiniert, ohne große Emotionen. Marius lehnte am Türrahmen von Brocks Büro. Sie schauten sich um, hoben ein paar Papiere auf, aber fanden nichts, was ihr Interesse weckte.

»Wo bewahrte ihr Chef die Unterlagen seiner Fälle auf?«

Marius tippte sich an die Stirn. »Hier. Er war nicht der große Berichteschreiber.« Nein, Freundschaft würde er mit der dicken Polizistin heute nicht mehr schließen. Zumindest dem Blick nach zu urteilen, den sie ihm zuwarf. Doch jetzt musste er schnell sein Gesicht wegdrehen. Keine Gefühle zeigen, Profi sein. Auch einer von Brocks Grundsätzen. Tränen schossen Marius in die Augen. Schnell ging er in die Küche zurück. Kurze Zeit später folgten ihm die beiden Beamten und verabschiedeten sich. Zum Glück hatte er sich wieder halbwegs im Griff. Bergkamp drückte ihm seine Karte in die Hand.

»Falls Ihnen noch etwas einfällt.«

Marius nickte und brachte die Polizisten zur Tür. Als er sie fast schon geschlossen hatte, drehte sich Paula Wagner noch einmal um. »Wo waren Sie eigentlich in der vergangenen Nacht?«

»Zu Hause. Schlafen.«

»Allein, vermute ich.« Marius nickte. Dann sah er den Beamten kurz nach, wie sie die Treppe hinuntergingen, schloss die Tür und heulte los.

»Was für ein kalter Fisch!« Paula Wagner machte aus ihrer Abneigung keinen Hehl. Sie saß am Steuer von Bergkamps Wagen und stand im Stau auf der Venloer Straße. Ihre Finger trommelten auf dem Lenkrad. Bergkamp saß neben ihr und beobachtete das lebendige Treiben auf den Bürgersteigen. Es erstaunte ihn immer noch, wie wenig die Welt sich vom Tod beeindrucken ließ.

»Vor allem hat er uns keinen Schritt weitergebracht.«

»Wie sollen wir weiter vorgehen?«

»Wir durchleuchten das private Umfeld Brocks, versuchen herauszufinden, ob irgendwelche alten Rechnungen zu begleichen waren, und hoffen, dass die Spurensicherung etwas Brauchbares findet.«

»Wir sollten uns auch diesen Detektiv noch einmal genauer anschauen.« Der Wagen vor ihr fuhr los. Paula Wagner gab Gas.

Nachdem er sich wieder etwas gefasst hatte, nahm Marius Sandmann sein Handy und wählte Brocks Nummer. Vielleicht war alles nur ein großer Irrtum? Auch wenn das kaum möglich war, und natürlich blieb es bei dem vertrauten, leblosen Tuten des Freizeichens. Marius steckte das Telefon weg.

Was war Brock widerfahren? Die Polizisten hatten nichts gesagt. Nichts über die Todesursache, nichts über die Tatumstände. Marius klappte den Laptop wieder auf und schaute die Internetseiten der Kölner Zeitungen durch. Da stand noch nichts von einem Mord. Er sprang auf. Irgendetwas musste er tun. Nur was? Kurz überlegte er, sich mit einer spontanen Trainingseinheit abzulenken, obwohl er wusste, dass das sinnlos war.

Schließlich ging er in Brocks Büro und sah sich um. Er rechnete nicht wirklich damit, etwas zu finden, doch alles war besser als am Küchentisch zu sitzen und auf Nachrichten zu warten. Der Schreibtisch und die kleine Ablage gaben erwartungsgemäß nichts her. Marius fand ein paar alte Kritzeleien, die Brock während seiner Telefonate angefertigt hatte, alte Wäschereirechnungen, einen Essensbeleg und in den Schubladen verschiedenste Büroartikel, Papier, Hefter, Büroklammern, Stifte. Alles sah aus, als habe es Brock vor Jahren einmal gekauft, planlos in den Schubladen verstaut und nie wieder angerührt. In der schmalen Schublade ganz oben entdeckte Marius doch noch etwas, das ihm weiterhelfen konnte. Brocks Wohnungsschlüssel und die Zweitschlüssel für Brocks Auto, einen alten durchgerosteten Renault 19, von dem Marius gar nicht genau wusste, wo er stand. Dennoch nahm er beide Schlüssel an sich und verließ das Büro.

Brock wohnte wie Marius nicht weit vom Büro entfernt in der Glasstraße, einer Parallelstraße zur Wißmannstraße. Marius erinnerte sich, dass er vor Jahren bei ihm gewesen war, als sie gemeinsam im Kaufhaus gearbeitet hatten. Er wusste noch, dass die Wohnung gar nicht dem entsprach, was er erwartet hatte. Brock wirkte auf ihn immer ein wenig spießig, ländlich, doch selbst Marius musste zugeben, dass Brocks Einrichtung cool war. Zumindest damals. Zudem erinnerte er sich daran, dass sie sich ziemlich betrunken hatten und dass er am nächsten Morgen spät auf Brocks Sofa aufgewacht war. Irgendwann musste er einfach eingeschlafen sein. Dennoch trug er keine Schuhe mehr und lag unter einer warmen Steppdecke, als er aufwachte. Neben ihm standen ein Glas Wasser und eine Schachtel Aspirin. Brock selbst schnarchte laut in seinem Schlafzimmer.

Jetzt stand Marius wieder vor diesem schmucklosen Zweckbau aus den 70er-Jahren, in dem Brock lebte, so lange, wie Marius ihn kannte. Gekannt hatte, korrigierte er sich bitter. Er schloss die Tür auf und betrat einen mit Steinfliesen ausgelegten Flur, der ihn an eine Arztpraxis erinnerte.

Zunächst kontrollierte er Brocks Briefkasten, der allerdings zu seiner Überraschung leer war. Mit dem kleinen Fahrstuhl fuhr er hoch in den vierten Stock. Neben den Aufzugtasten war ein Spiegel angebracht, in einer öffentlichen Toilette hätte Marius vermutet, dass es ein venezianischer Spiegel wäre, aber wer sollte auf der anderen Seite der Aufzugskabine etwas beobachten? Der Detektiv betrachtete sich im Spiegel. Er war überrascht, wie gefasst er aussah.

Im vierten Stock stieg er aus und ging den langen Gang hinunter zu Brocks Wohnung, steckte den Schlüssel in die Metalltür und schloss auf. Innen war es dunkel, von der Eingangstür konnte er in das offene Wohnzimmer schauen, dessen Vorhänge zugezogen waren. Links neben der Tür, das wusste er, lag das Bad, daneben die Küche, auf der anderen Seite Brocks Schlafzimmer. Marius schloss die Tür. Im Augenwinkel nahm er eine Bewegung wahr. Noch bevor er sich umdrehen konnte, traf ihn das Elektroschockgerät am Hals und er verlor das Bewusstsein.

18

»Was wissen wir?«

Wagner, Bergkamp und Staatsanwalt Stein hatten sich wieder um den Konferenztisch versammelt. Neben den Fotos des Gekreuzigten hingen nun weitere Bilder vom Tatort und den eingesammelten Fundstücken.

»Fest steht wohl, dass die Tat geplant war. Der Täter muss das Kreuz ein oder zwei Tage vorher bereits gezimmert und im Wald versteckt haben. Wahrscheinlich hat er es auch vor Ort gebaut.«

»Aber wie zum Teufel hat er das Ganze überhaupt aufgerichtet? Ich meine, er kann den Kerl ja nicht auf das bereits stehende Kreuz genagelt haben.«

»Das hat er auch nicht. Er hat ihn auf das liegende Kreuz geschlagen und dann das Ganze mithilfe einer Seilwinde aufgerichtet. Die Seilwinde, das Kreuz und die Seile lagen wohl schon vorher bereit. Ein paar Meter neben dem Tatort haben wir eine kleine Kuhle gefunden, groß genug, um die Sachen zu verstecken und mit Laub und Ästen zu tarnen.«

»Gehen wir von einem oder von mehreren Tätern aus?«

Volker Brandt zuckte mit den Achseln. »Wenn wir von mehreren Tätern ausgehen, dann lassen sich Abläufe natürlich viel leichter erklären. Für einen Täter ist es doch schon eine Leistung, das alles so hinzubekommen.«

»Also Russenmafia oder so etwas?« Die Polizisten und Brandt schauten zu Thomas Stein.

»Ich denke, wenn es eine Gruppe war, liegt in dem Verbrechen auch eine Botschaft, und das sieht in unserem Fall nach einer sehr gewaltbereiten verbrecherischen Organisation aus.«

»Oder nach islamistischen Fundamentalisten«, warf Brandt ein. Paula Wagner verkniff sich ein Grinsen.

Thomas Stein jedoch zuckte zusammen. »Sie meinen eine Terrorgruppe, die Christen wie ihren Gott tötet?«

»Ich denke, wir sollten jetzt keine Spekulationen anstellen.« Bergkamp versuchte, die Diskussion zurück in sachliche Bahnen zu lenken. Wie Paula Wagner wusste auch er, dass sich Stein schnell von prickelnden Theorien verleiten ließ.

»Vor allem sollten wir uns erst einmal mit dem Hintergrund des Opfers beschäftigen. Vielleicht ist dieser Privatdetektiv jemandem auf den Schlips getreten bei seinen Ermittlungen? Oder es gibt Verbindungen in irgendwelche Richtungen? Möglicherweise ist es eine Rachegeschichte? Außerdem wissen wir immer noch nicht, woran er zuletzt gearbeitet hat. Eventuell gibt es dort einen Zusammenhang? Und wir sollten uns weiter mit seinem Kompagnon beschäftigen. Das kann ich gerne übernehmen. Nur sollte auch jemand schauen, ob es über Brock eine Akte bei uns gibt. Und über diesen Sandmann.«

Die Männer schauten Paula Wagner an. Hannes Bergkamp nickte. Thomas Stein konnte sich nicht erinnern, sie einmal so lange am Stück reden gehört zu haben. Meist hielt sie sich zurück, brütete finster vor sich hin und ließ Bergkamp den Vortritt. Aber Stein musste zugeben, dass Paula Wagner recht hatte. Sie mussten mehr über das Opfer wissen. Bei einem solchen Menschen sollte doch wohl die ein oder andere Spur zu finden sein. Ein anderer Gedanke beschäftigte ihn allerdings mindestens ebenso. »Was sagen wir denn der Presse?«

Marius Sandmann öffnete langsam die Augen. Vor ihm verschwammen weiße Quadrate, ein graues Gitternetz fügte sich langsam zusammen. Er lag auf dem Bauch, seinen Körper durchzog ein nervöses Kribbeln, doch er hatte das Gefühl, sich nicht bewegen zu können. Vorsichtig versuchte er die Finger seiner linken Hand zu einer Faust zu ballen. Es gelang mühsam. Immerhin. Er atmete ruhig, hörte auf Geräusche, aber da war nichts.

Ganz langsam setzte sich das Bild vor seinen Augen zusammen. Ein weißer Kachelfußboden, nur wenig entfernt eine ebenso weiße Wand, er sah die untere Hälfte eines Mantels, versuchte den Kopf so weit zu drehen, dass er mehr sehen konnte, der Schmerz im Kopf ließ ihn fast wieder in die Bewusstlosigkeit zurücksinken. Doch das Bild fügte sich nun zum Flur von Brocks Wohnung zusammen.

Er spürte etwas Schneidendes an seinen Händen, versuchte sie zu bewegen, um sich abzustützen und langsam aufzurichten. Aber seine Hände stießen nach einer kurzen Bewegung auf einen kalten, metallischen Widerstand. Jemand hatte ihm Handschellen angelegt.

Für einen Augenblick hielt er inne und dachte nach. In einem natürlichen Reflex versuchte er, seine Hände aus den Handschellen herauszuwinden. Vergeblich. Stattdessen stützte er den Kopf vorsichtig auf sein Kinn, ignorierte die Erkenntnis, dass er einen Brummschädel hatte, und schaute sich im Flur um.

Etwa zwei Meter vor ihm saß jemand im Schneidersitz, das Gegenlicht aus der Wohnzimmertür blendete ihn, sodass er kaum mehr als eine Silhouette erkennen konnte. Langsam gewöhnten sich seine Augen an die Lichtverhältnisse. Die Gestalt regte sich nicht. Sie betrachtete ihn. Nicht mehr. Marius senkte kurz den Blick, da eine Welle von Schmerz durch ihn hindurchfuhr. Er hob seinen Kopf und sah, dass die Gestalt unverändert vor ihm saß. Langsam gewöhnten sich seine Augen an das Gegenlicht. Die Person wirkte nicht sehr groß, eher zierlich, kurze blonde Haare waren glatt an den Kopf gekämmt und ein paar eisblaue Augen schauten den Detektiv aufmerksam an. Der Blick der Frau, die da vor ihm saß, hatte etwas Analytisches an sich, so als zerlegte sie in Gedanken seine Person, als betrachte sie ein Kunstwerk.

Sie trug ein schwarzes Kapuzenshirt unter einer Lederjacke, eine schwarze, weite Stoffhose und ebenso schwarze, aber mit roter Lackfarbe bemalte Leinensneaker. In ihrer linken Hand hielt sie ein Elektroschockgerät.

Marius versuchte etwas zu sagen, merkte aber, dass seine Zunge wie ein aufgedunsener Ball in seinem Mund lag. Die Frau schwieg ebenfalls, und so lagen und saßen sie sich einige Minuten stumm gegenüber. Der Detektiv durchdachte seine Situation und kam zu dem Ergebnis, dass sie recht einfach war: Er konnte nichts machen. Außer mit der Frau zu reden und herauszufinden, was hier überhaupt passiert war. Dazu brauchte er seine Stimme.

Also wartete er geduldig. Solange sich die Frau nicht bewegte, hatte er nichts zu befürchten. Bewegte sie sich, hatte er gefesselt kaum eine Chance gegen sie. Die Frau nahm einen Zeichenblock und einen Stift in die Hand, beides hatte sie neben sich abgelegt, und zeichnete, Marius betrachtend, einige schnelle Striche auf das oberste Blatt.

»Sehe ich gut aus?« Endlich, Marius hatte seine Stimme wieder. Wenn er auch nicht sicher war, ob die Frau seine lallende Aussprache verstanden hatte. Jedenfalls beendete sie in Ruhe ihre Zeichnung, dann legte sie Stift und Papier wieder beiseite.

»Ein bisschen mitgenommen.«

Marius nickte. »Wer bist du?«

»Wer will das wissen?«

Marius stöhnte leise auf. Dämliche Gegenfragen waren nicht das, was er gerade brauchte. Die Frau hielt den Elektroschocker in die Höhe.

»Um kurz die Spielregeln zu erklären: Ich habe dieses schicke kleine Elektroschockgerät, das übrigens hochgradig illegal ist, du hast die Handschellen – und zwar um deine Handgelenke. Ich frage. Du antwortest.« Die Frau machte eine kurze Pause. »Verstanden?« Marius nickte. »Also: Wer bist du?«

»Marius Sandmann, Privatdetektiv. Ich bin Angestellter von Gunter Brock, der in dieser Wohnung lebt. Lebte. In meiner Hosentasche steckt mein Ausweis.« Mit einer ebenso schnellen wie fließenden Bewegung verließ die Frau ihre Sitzposition, kam ohne sich aufzurichten auf Marius zu, hielt ihm das Elektroschockgerät wie beiläufig an den Hals und griff mit der anderen Hand in seine Gesäßtasche, um sein Portemonnaie hervorzuholen. Danraufhin zog sie sich genauso zurück– als würde jemand die Szene zurückspulen, dachte Marius. Ihre Bewegungen erinnerten ihn an eine Schlange.

Die Frau hatte jedoch offenbar einen gänzlich anderen Gedanken. »Geiler Arsch.« Sie klappte das Portemonnaie auf und zog seine Lizenz hervor. Dann warf sie Portemonnaie und Ausweis vor Marius' Nase. »Ich mag keine Privatdetektive.«

»Wovor hast du Angst?«

»Ich hab keine Angst.«

»Natürlich nicht. Deswegen gehst du ohne Vorwarnung mit dem Elektroschocker auf mich los und fesselst mich mit viel zu engen Handschellen.«

»Die Handschellen sitzen super. Stehen dir übrigens. Solltest du öfter tragen.« Die Frau grinste. Marius überlegte, wie alt sie sein könnte und schätzte sie allerhöchstens auf Mitte 20, nur wenige Jahre jünger als er. »Aber um auf deinen letzten Wortbeitrag einzugehen: Irgendein Wahnsinniger hat meinen Vater umgebracht. Da schadet ein wenig Vorsicht wohl nicht.«

»Deinen Vater?« Dass Brock eine Tochter gehabt hatte, war Marius neu. Er überlegte, was wahrscheinlicher war, dass Brock ihm seine Tochter verschwiegen hatte oder dass die Frau vor ihm ihn anlog.

»Mein Vater. Nicht gerade ein Mustervater, wenn du mich fragst. Eigentlich sogar ein ausgewiesenes Arschloch. Zum Glück haben wir uns nicht allzu oft gesehen.« Das

Pendel schlug zugunsten der Frau aus. Das klang durchaus nach Brock.

»Und was machst du dann hier?«

»Die Polizei hat mich heute Morgen aus dem Bett geschellt, um mir den Tod meines Vaters mitzuteilen, danach haben sie einen Haufen sinnloser Fragen gestellt, und ich dachte, ich finde hier vielleicht ein paar Antworten auf meine Fragen. Außerdem dachte ich, ich könnte vielleicht verstehen, wer der Mann war, der da ermordet wurde. Schließlich müsste ich um ihn trauern, oder?« Einen kurzen Augenblick schaute Brocks Tochter zu Boden.

»Ich weiß nicht. Wenn ihr kein gutes Verhältnis hattet, vielleicht nicht.«

»Trauerst du um ihn?«

»Ja.«

»Hast du geweint?«

»Ja.«

»Gut.«

»Warum gut?«

»Dann hast du ihn wahrscheinlich nicht umgebracht. Ich finde es keinen so schönen Gedanken, mit dem Mörder meines Vaters in seinem Flur zu hocken. Auch nicht, wenn er Handschellen trägt.«

»Apropos. Könntest du mir die Handschellen vielleicht abnehmen?«

»Vielleicht.« Die Frau dachte einen Moment nach. »Später«, entschied sie dann und stand auf. Sie ging in die Küche, Marius hörte sie Schränke aufmachen und mit Gegenständen herumklappern. »Möchtest du auch einen Kaffee?«

»Danke nein, ich trinke keinen Kaffee. Aber ein Wasser wäre nett.« Die Frau erschien in der Tür, grinste und schaute ihn von oben herab an.

»Napf oder Glas?«

Einige Minuten später saßen Marius und die Frau an Brocks Sofatisch. Marius trank gierig das Wasser, seine Kehle war ausgetrocknet, er schüttete sich rasch nach. Brocks Tochter nippte nachdenklich an ihrem Kaffee.

»Wie heißt du eigentlich?«

»Friederike.«

»Marius.« Friederike nickte nur und schwieg. »Darf ich mich umsehen?«

»Nur zu, das ist nicht meine Wohnung.« Marius stand auf. Wo sollte er anfangen? Was suchte er überhaupt? Das Wohnzimmer war schlicht eingerichtet, aber entgegen seiner äußerlichen Schlampigkeit war Brock, wenn es um seine Wohnung ging, durchaus stilbewusst gewesen. Zwei Barcelona-Chairs aus den 20er-Jahren nach Originalentwürfen von Mies van der Rohe, ein alter Glastisch, ein paar halbhohe Sideboards für Bücher waren alles, was in diesem fast 30 Quadratmeter großen Raum stand.

Marius schaute auf die Buchdeckel, fand allerdings nichts von Interesse. Er achtete auch darauf, ob irgendetwas zwischen den Büchern steckte, da war nichts. Ähnlich minimalistisch war das Schlafzimmer eingerichtet. Eine breite Matratze auf einem schlichten Metallgestell, statt eines Kleiderschranks standen zwei blau-weiß gestreifte Stoffschränke an der Wand. Auch hier nichts, was Marius weiterhalf. Die Wohnung war so verschwiegen wie ihr Bewohner. Marius kehrte ins Wohnzimmer zurück. Er rieb sich die Handgelenke. Friederike Brock schaute ihn an.

»Und?«

»Nichts.«

»Weißt du, dass ich immer gedacht habe, dass so etwas einmal passiert. Irgendwie passt das zu ihm. Ermordet zu werden. Einfach so zu verschwinden und einen mit einem Haufen Fragen allein zurückzulassen.«

»Hast du eine Idee, wer ihn umgebracht haben könnte?«

»Ich? Wahrscheinlich hast du ihn besser gekannt. Ich habe ihn nur alle paar Jahre mal gesehen. Aber wenn du mich fragst: Irgendeiner seiner schrägen Kontakte wird ihn auf dem Gewissen haben.«

»Welche schrägen Kontakte?«

»Keine Ahnung, einer seiner Saufkumpane, Spielpartner, Rotlichtkumpel, Kleingangster … was weiß ich. Hast ja genug zur Auswahl. Schnapp dir sein Adressbuch und rufe wahllos ein paar Nummern an, da hast du genügend Leute an der Hand, die als Mörder infrage kommen.« Das Adressbuch! Marius überlegte, ob es Brock das letzte Mal mitgenommen hatte. In seinem Büro hatte er es nicht gesehen, aber Brock ließ sein Adressbuch an den unterschiedlichsten Stellen liegen. »Obwohl selbst von denen nur wenige so irre sind, ihn zu kreuzigen.«

»Sie haben ihn gekreuzigt?« Das zweite Mal am heutigen Tag hatte Marius Sandmann das Gefühl, jemand zöge ihm den Boden unter den Füßen weg. Diesmal stützte er sich tatsächlich an der Wand ab und schaute Friederike Brock entsetzt an.

»Krank, oder?«

19

Bereits zum dritten Mal fuhr Paula Wagner die enge Straße lang, immer noch auf der Suche nach einem Parkplatz. Sie hasste die Gegend bereits aus tiefstem Herzen. Wieder kamen sie an dem unauffälligen, hässlichen 70er-Jahre-Bau vorbei, doch diesmal machten sie wenigstens eine interessante Entdeckung. Hannes Bergkamp machte sie darauf aufmerksam.

»Ist das nicht unser junger Privatdetektiv, der da aus dem Haus kommt?« Paula Wagner verlangsamte den Wagen.

»Tatsächlich, das ist er.«

»Und das ist das Haus, in dem sich die Privatwohnung seines Chefs befindet. Was hat er da gewollt?«

»Sollen wir ihn fragen?«

»Später. Der läuft uns nicht weg. Schauen wir uns erst einmal selber die Wohnung an.« Vor ihnen fuhr ein blauer Mercedes Benz aus einer Parklücke. Paula Wagner nutzte die Gelegenheit und stellte den Wagen in der frei gewordenen Parklücke ab. Sie blickte Marius Sandmann nach, als der zu Fuß um die Ecke bog. Eine gewisse Zufriedenheit konnte sie nicht leugnen. Nachdem der Detektiv in seinem Büro aalglatt und kalt auf sie gewirkt hatte, hatte er nun doch arg verstört gewirkt.

In der Wohnung erwartete die beiden Polizisten allerdings nur Friederike Brock, die die beiden Beamten mit ausdruckslosem Gesicht durch die Zimmer führte. Das Elektroschockgerät und die Handschellen waren in ihrer großen schwarzen Tasche verschwunden, die sie um die Schulter trug. Ähnlich wie Marius wenige Minuten zuvor durchwühlten Paula Wagner und Hannes Bergkamp die Wohnung, fanden aber genauso wenig Erhellendes wie der Privatdetektiv.

»Hatten Sie Besuch?«, fragte Hannes Bergkamp in aller Unschuld.

Friederike Brock nickte. »Ein Freund war kurz da.« Warum sollte sie lügen?

»Hat ihr Freund vielleicht irgendetwas mitgenommen?«, setzte Paula Wagner nach.

»Nein, warum sollte er? Das ist schließlich kein Souvenirladen.«

»Wir müssen die Wohnung jedenfalls versiegeln, bis die Spurensicherung da war. Das macht ihnen keine Probleme, oder?« Friederike Brock zuckte mit den Achseln, die schwarze Tasche an ihrer Seite wippte leicht.

»Nein, kein Problem. Aber sagen Sie mir, wann ich die Wohnung auflösen kann. Schließlich muss ich wohl die Miete hier weiterzahlen.« Gunter Brock, so hatte Paula Wagner den Eindruck, schien nicht sehr viele Freunde gehabt zu haben. Sein Angestellter reagierte gelassen, fast schon kalt auf seinen Tod, die eigene Tochter machte sich mehr Gedanken über die Miete. Beides reichte nicht für ein Motiv, das wusste sie. Aber es reichte, um nachzufragen und weiterzubohren. Später.

Draußen im Wagen tippte Bergkamp erst einmal die Kurzwahl der Spurensicherung ein und schickte sie zur Wohnung Brocks.

»Viel finden werdet ihr vermutlich nicht. Die Wohnung macht nicht den Eindruck, als wäre dort irgendetwas passiert, das uns weiterhilft.« Er beendete das Gespräch. Paula Wagner hatte währenddessen eine Politesse beobachtet, die drei Wagen vor ihnen einen Strafzettel ausstellte. Im Rückspiegel konnte sie das Schild für Anwohnerparken entdecken. Sie schaute Bergkamp an.

»Wohin jetzt?« Bergkamp zögerte.

»Vielleicht sollten wir einfach einmal abwarten, was die Spurensicherung herausfindet? Wir haben fast gar nichts in der Hand.« Die Politesse kam zu ihrem Wagen, Paula Wagner klopfte an die Scheibe und hielt ihren Dienstausweis hoch. Die Politesse nickte kurz, dann ging sie weiter. »Oder wir statten dem Detektiv noch einen zweiten Besuch ab. Das Büro ist ja gleich um die Ecke.«

»Machen wir das.« Zufrieden startete Paula Wagner den Wagen und schoss, ohne zu blinken, aus der Parklücke heraus. Kurze Zeit später klingelten sie das zweite Mal an diesem Tag bei Brock, Privatdetektiv, und erneut öffnete ihnen Marius Sandmann. Sein Gesicht wirkte so ausdruckslos wie bei ihrem ersten Besuch. Der junge Detektiv führte die beiden Polizisten erneut in die Küche, auch dieses Mal war keine Zeit für höfliches Geplänkel, befand Paula Wagner.

»Sie waren eben in der Wohnung ihres Chefs«, überrumpelte sie ihn.

»Ja.«

Nichts weiter. Paula Wagner fühlte ein Kribbeln in den Nackenhaaren. »Was haben Sie da gemacht?«

»Ich habe mich umgeschaut. Wie Sie, vermute ich.«

»Nur zur Klärung. Wir sind die ermittelnden Beamten in einem Mordfall, und zwar dem Mord an ihrem Chef, Brock. Sie haben in diesen Ermittlungen nichts verloren, gar nichts. Es sei denn, Sie haben uns etwas zu sagen. Dann sind Sie als Zeuge für uns von Interesse. Aber halten Sie sich aus unserer Arbeit heraus.« Die grauen Augen des Detektivs zeigten keine Regung.

»Was wollen Sie wissen?«

»Woran hat Ihr Chef zuletzt gearbeitet? Wenn er an etwas gearbeitet hat?« Paula Wagner schaute sich bei dem letzten Satz ein wenig verächtlich in diesem improvisierten Küchenbüro um. Bevor er antwortete, zog Marius Sandmann ein Foto aus einer braunen Mappe hervor und legte es vor die beiden Beamten hin. Wagner und Bergkamp beugten sich ein wenig vor und schauten auf das Gemälde Stephan Lochners, die Kreuzigung in der Mitte, die beiden Stifter an den Seiten. Paula Wagner spürte den interessierten Blick des Detektivs, der zwischen ihnen an der Heizung lehnte und auf sie herabblickte.

»Daran.« Die beiden Beamten wechselten einen kurzen Blick, Paula Wagner lehnte sich zurück. Hannes Bergkamp übernahm das Gespräch.

»Worum geht es bei diesem Bild?« Marius Sandmann erklärte ihnen den Auftrag und fasste die bisherigen mageren Ergebnisse zusammen. »Und Sie haben keine Ahnung, was Ihr Chef herausgefunden haben könnte?«

»Er war kein gesprächiger Mensch, aber das sagte ich schon.«

»Nun, heute Morgen haben Sie uns auch nicht gesagt, woran Sie arbeiten.«

»Sie haben mir auch nicht gesagt, wie Brock ermordet wurde.«

»Also haben Sie wirklich keine Ahnung, nicht die leiseste Idee, was oder wen Brock entdeckt haben könnte?«

»Nein. Aber ich werde es herausfinden.«

»Das überlassen Sie uns.« Damit ließen die beiden Polizisten Marius allein.

Eine halbe Stunde nachdem Marius Sandmann ihnen das Bild gezeigt hatte, empfing der Direktor des Wallraf-Richartz-Museums, Anton Malven, Wagner und Bergkamp in seinem Büro fast genau über der Gasse In der Höhle, dem letzten Wohnort Stephan Lochners in Köln. Gelegentlich kratzte sich der Direktor an seinem weißen, kurz geschnittenen Vollbart, während Hannes Bergkamp ihm erzählte, was er von Marius Sandmann gehört hatte. Paula Wagner beobachtete den Mann aufmerksam. Er war unsicherer, als er auftrat, entschied sie rasch, sah aber keine Veranlassung, dieses Wissen einzusetzen. Malven hörte Bergkamp bis zum Ende an. Dann schwieg er eine Weile, Paula Wagner konnte in der Stille das leise Kratzen in den Barthaaren hören.

»Eine interessante Geschichte«, setzte Malven an, dann zögerte er einen Augenblick, »nur haben wir nie einen Auftrag vergeben, um dieses Bild zu finden.«

Am liebsten wäre Paula Wagner sofort aufgesprungen und hätte sich den Detektiv geschnappt. Bergkamp hakte noch einmal nach. Dennoch fiel die Antwort des weißhaarigen Mannes gleich aus. Als sie draußen im Auto waren, wollte Paula Wagner sofort wieder nach Ehrenfeld rausbrettern. Aber Bergkamps Handy klingelte. Staatsanwalt Thomas Stein beorderte seine Beamten zurück ins Präsidium. Als Hannes Bergkamp das Radio einschaltete, wussten sie auch warum. Die Kreuzigung Brocks war der Aufhänger in den Nachrichten der lokalen Radiostation.

Wenige Minuten, nachdem die Polizisten Malven verlassen hatten, versuchte auch Marius von seinem Auftraggeber vorgelassen zu werden. Doch Anton Malven war für ihn nicht zu sprechen. Seine Sekretärin ließ dem Privatdetektiv ausrichten, Direktor Malven sei nicht in der Stadt und komme erst in einigen Tagen zurück.

Staatsanwalt Thomas Stein drehte nervös einen edlen Kugelschreiber zwischen Zeige- und Mittelfinger der linken Hand. Paula Wagner lauschte, während Hannes Bergkamp dem Staatsanwalt eine Zusammenfassung der Ereignisse des Vormittags gab. Stein wirkte ein wenig ratlos.

»Was meinen Sie? Der Detektiv hat gelogen, was den Auftrag angeht. Nur warum? Hängt er selber mit drin?« Hannes Bergkamp zuckte mit den Achseln, Paula Wagner hüstelte leicht.

»Es könnte sich auf jeden Fall lohnen, ihm weiter auf den Zahn zu fühlen«, setzte sie an.

»Allerdings haben wir nicht wirklich was in der Hand?«

»Er hat uns angelogen.«

»Das ist nichts Ungewöhnliches«, wandte Hannes Bergkamp vorsichtig ein. »Die meisten Leute lügen uns an oder verschweigen der Polizei zumindest etwas.« Thomas Stein schlug mit der Hand auf den Tisch, der Kuli rollte über die blank polierte Platte.

»Wir sollten uns nicht allzu sehr auf diesen Detektiv konzentrieren. Behalten Sie ihn im Auge, und durchleuchten Sie vor allem gründlich die Vergangenheit dieses Brocks. Was hat er früher angestellt? Für wen hat er gearbeitet? Gegen wen hat er ermittelt? Mit wem hatte er Umgang?«

»Da bleibt nach wie vor die Frage, warum Brock gekreuzigt wurde. Wer macht so etwas? Warum? Gab es ähnliche Fälle schon einmal vorher? Wir sollten uns auch mit dem Modus Operandi beschäftigen. Der ist nicht nur ungewöhnlich, jemanden auf diese Art zu töten ist auch aufwendig.«

»Ich weiß selber, dass das ungewöhnlich ist. Die Medien stürzen sich gerade auf diesen Fall. Und genau deswegen brauchen wir Ergebnisse. Und es könnte nicht schaden, wenn wir etwas Einfaches fänden, etwas, dass ein wenig Luft aus diesem Spektakel nimmt.«

»Wir sollten vor allem etwas finden, was uns der Wahrheit näher bringt.« Hannes Bergkamp senkte den Kopf bei Paula Wagners letzten Worten. Staatsanwalt Steins Blicke jedoch schienen sie aufzuspießen.

Zurück in ihrem Büro versuchten Wagner und Bergkamp mehr über Brocks Vergangenheit herauszufinden. Paula Wagner versuchte sich in das interne Online-System einzuloggen, bekam aber bei drei Versuchen drei Fehlermeldungen.

Sie fluchte lautstark, beim dritten Mal schlug sie so heftig mit der Faust auf den Tisch, dass die halbvolle Kaffeetasse neben ihrer Hand schepperte und einige Tropfen kalten Kaffees sich über ihre Tastatur verteilten. Was nur einen weiteren Fluch zur Folge hatte. Hektisch wischte Paula Wagner mit einem Papiertaschentuch ihre Tastatur sauber und tippte damit eine sinnlose Buchstabenfolge in die Maske für ihr Passwort ein.

Die vierte Fehlermeldung bedeutete eine Zugriffssperre für den Polizeicomputer. Jetzt musste sie einen Systemadministrator kommen lassen, der ihren Zugang wieder freischaltete. Es tröstete sie nur wenig, dass auch Bergkamps Rechercheversuche scheiterten. Das Online-System war down und sie war es auch.

Die beiden Polizisten blickten sich an und überlegten, wie sie die kommenden Stunden am sinnvollsten nutzen könnten. Paula Wagner versuchte als Erstes per Handy einen Systemadministrator zu erreichen. Erfolglos. Natürlich.

»Ich nehme mir diesen Detektiv noch einmal vor«, sagte sie und griff nach ihrem Mantel. Hannes Bergkamp widersprach, und sie wusste nicht, ob sie darüber eher überrascht oder mehr verärgert war.

»Befrag du die Nachbarn im Haus, ich kümmere mich um die Detektei.« Sie wusste, dass es sinnlos war, mit Bergkamp darüber zu diskutieren. Wenn er einmal eine Entscheidung fällte, dann ließ er sich davon kaum noch abbringen. Zum Glück entschied er wenig, dachte sie bei sich und fuhr zu Brocks Wohnung.

Ohne groß Überraschung zu zeigen, empfing Marius Sandmann Hannes Bergkamp. Er verzichtete auf Höflichkeitsfloskeln, auch der Polizist brachte sein Anliegen gleich zur Sprache. Dieses Mal lehnte es Marius zu Bergkamps Verärgerung ab.

»Netter Versuch, Herr Hauptkommissar. Sie müssten wissen, dass unsere Unterlagen vertraulich sind. Sie müssen schon mit einem richterlichen Durchsuchungsbefehl wiederkommen.«

»Sie wissen, dass ich den bekomme, und morgen, spätestens übermorgen wieder vor Ihrer Tür stehe.«

»Natürlich weiß ich das. Aber was glauben Sie, sagen unsere Klienten, wenn sie erfahren, dass ich der Polizei ohne richterliche Anordnung die Unterlagen unserer alten Fälle und die Dossiers für unsere Klienten mit teilweise doch sehr intimen Details zu lesen gebe? Sie halten mich vielleicht für einen Jungen, der ein bisschen Detektiv spielt und sich wichtig macht. Aber ich trage hier eine Verantwortung gegenüber unseren Kunden.« Mit diesen Worten schloss der Detektiv die Tür vor dem Hauptkommissar, der verärgert abzog. Verärgert nicht zuletzt, weil er wusste, dass Marius Sandmann im Recht war.

20

Paula Wagners Ausflug in die Glasstraße und das grau-weiß gekachelte Wohnhaus, in dem der Gekreuzigte gelebt hatte, dauerte länger. Einen Moment hatte sie vor dem Haus inne gehalten. Auch nach mehreren Jahren in Köln wunderte sie sich noch darüber, dass die Kölner ihre Häuser gerne kacheln wie andere Leute ihre Badezimmer. Tür für Tür ging sie das Treppenhaus ab. Sie dachte an das wesentlich elegantere Treppenhaus im Rheinauhafen, in dem sie vor ein paar Tagen die Nachbarn von Christian Alberti und Julia Stolz befragt hatte. Das schien schon wieder eine Ewigkeit her zu sein. Manchmal hatte sie das Gefühl, nur noch von Fall zu Fall zu hetzen, ohne einen davon wirklich zu klären, abzuhaken, ein Ergebnis zu präsentieren. Aus diesem Grund nagte eine Unzufriedenheit an ihr.

Früher war sie euphorisch, wenn ein Fall aufgeklärt und ein Mörder verhaftet wurde. Heute kam gleich danach der nächste Fall und es blieben lose Enden übrig. Enden, von denen sie hoffte, dass ein Staatsanwalt vor Gericht sie verknüpfen würde, und sie hatte große Zweifel, dass Staatsanwalt Stein jemand war, der Enden verknüpfen konnte. Fester als beabsichtigt drückte sie die nächste Klingel, ein schrilles Geräusch weckte sie aus ihren Gedanken.

Aber anders als im Rheinauhafen hatte sie hier mit ihrem Rundgang mehr Glück. Jetzt, am späten Nachmittag, waren viele Hausbewohner daheim und jeder kannte den kräftigen, kleinen Mann aus dem vierten Stock. Wenn auch nicht jeder etwas über ihn erzählen konnte. Laut war er manchmal, ab und zu angetrunken, unzugänglich sagten die einen, höflich und nett die anderen. Seitdem sich Paula Wagner mit Brock beschäftigte, versuchte sie sich ein Bild von ihm zu machen.

Es gelang ihr nicht. Nicht nur das unterschied ihn von dem toten Schauspielerpärchen.

Vielleicht hatte das damit zu tun, dass es ihr schwer fiel, sich vorzustellen, was für Menschen Privatdetektiv wurden. In ihren Augen waren das meist gescheiterte Polizisten, ehemalige Polizisten, die bei einer Security-Firma anheuerten, weil die Bezahlung besser und die Arbeit nicht so mörderisch war. Buchstäblich mörderisch. Aber galt das nicht auch für den an ein Kreuz genagelten Brock? Eigentlich die schlimmste Sorte von Privatdetektiv in ihren Augen: Möchtegernpolizisten, bei denen sie sicher war, dass keiner von ihnen je bei der Polizei gearbeitet hatte. Ihr fiel ein, dass sie sich bald um den Hintergrund von Brocks Angestellten kümmern musste.

Sie klingelte nun an der Wohnung direkt unter der von Brock. Zunächst geschah nichts hinter der Tür, doch von irgendwo in der Wohnung kamen Geräusche. Sie schellte erneut, eine Männerstimme rief gereizt »Ja, ja«, dann hörte sie ein Poltern und schlurfende Schritte. Die Tür ging auf und Paula Wagner schaute einem kleinen, grauhaarigen Mann in die verquollenen Augen. Der Mann kratzte sich an der Backe, als ihm Wagner ihre Marke vor die Augen hielt.

»Kriminalkommissarin Paula Wagner, ich ermittle in dem Mord an Ihrem Nachbarn aus dem vierten Stock. Vielleicht haben sie schon davon gehört?«

»Ja, ja.« Der Mann machte eine kurze Pause, allerdings keine Anstalten, sie in die Wohnung zu lassen. »Ich dachte schon, es wäre was Ernstes.«

»Was Ernstes?« Paula Wagner konnte ihre Verblüffung nicht verbergen. In was für einer Welt lebte sie eigentlich?

»Ich dachte, die alte Schlampe unter mir hätte mir wieder die Polizei auf den Hals gehetzt. Das macht sie manchmal.« Der Mann steckte den Kopf aus der Tür und brüllte lautstark durch das Treppenhaus. »Verfickte Dreckskuh, verdammte!«

»Vielleicht sollten wir uns besser drinnen unterhalten?« Paula Wagner hatte ihre Fassung wiedergewonnen. Der Mann murmelte etwas Unverständliches und gab die Tür frei. Sie folgte ihm durch einen unordentlichen, mit einem alten beigefarbenen Teppichboden ausgelegten Flur, auf dessen Boden Unterhosen und Socken verstreut lagen, in das Wohnzimmer, in dem eine alte zerschlissene Couch, eine Schrankwand aus den 70er-Jahren und eine schier unüberschaubare Zahl an Bierflaschen und dreckigen Tellern standen. Zwei Katzen machten sich über einen der Teller her, rannten aber davon, als Paula Wagner und der Mann das Wohnzimmer betraten. Es stank bestialisch nach abgestandenem Bier und verschimmelten Lebensmitteln. Die Fenster waren natürlich verschlossen, Gardinen hielten die Blicke der Nachbarn aus dem Haus gegenüber fern. Sie stellte sich ans Fenster und öffnete es leicht, schaute sich den gegenüberliegenden, frisch restaurierten Altbau etwas genauer an. Aus der Wohnung im Dachgeschoss müsste man in Brocks Wohnzimmer schauen können. Vielleicht sollte sie auch dort klingeln?

»Worum geht's, sagten Sie noch mal?«

»Um Ihren Nachbarn. Den Mann, der über Ihnen gewohnt hat: Gunter Brock.«

»Richtig. Günter. Kannte ich nicht.« Der kleine Mann stand in der Mitte seines Wohnzimmers, die Hände in den Hosentaschen vergraben, das Kinn fast auf den Hals gepresst. Paula Wagner seufzte leise.

»Wie war noch einmal Ihr Name?«

»Martensen. Wilhelm Martensen.«

»Gut, Herr Martensen. Was können Sie mir denn über Ihren Nachbarn, Herrn Brock, erzählen? Was war er für ein Mensch?«

»Was er für ein Mensch war? So einer wie ich. Mit zwei Armen, zwei Beinen und einer Nase im Gesicht. Was dachten Sie denn?«

»War er freundlich?« Der kleine Mann zuckte mit den Achseln.

»Kann schon sein. Weiß nicht.«

»Zu Ihnen?«

»Ja … schwer zu sagen …« Es wurde immer unerträglicher. Gierig sog Paula Wagner die wenige frische Luft am Fenster ein, aber sie hatte das Gefühl, dass der Kontrast den Gestank nur noch intensiver werden ließ.

»Vielleicht kennen Sie jemanden, der mir etwas über Herrn Brock erzählen kann?« Der Mann verharrte in seiner Haltung und schwieg einen Moment. Paula Wagner wartete, auch wenn sie am liebsten aus der Wohnung gerannt wäre, um tief Luft holen zu können.

»Ponderosa«, sagte der Mann schließlich. Dann schwieg er wieder.

»Ponderosa?« Der Mann nickte. Und schwieg. »Sie meinen die Ranch aus dem Fernsehen?«

»Halten Sie mich für bescheuert? Nein! Ich meine die Kneipe. Da wo Brock immer hingeht. Auf der Venloer Straße! Pon-de-ro-sa!« Paula Wagner bedankte sich und stürmte auf die Straße hinaus. Draußen lehnte sie sich an die Wand und atmete dreimal tief durch, bevor sie die Straße überquerte und an der obersten Schelle im Haus 74 klingelte. In der Gegensprechanlage meldete sich eine junge Frauenstimme, Kinderlärm war im Hintergrund zu vernehmen. Nach einigem Hin und Her öffnete die Frau ihr die Tür. Das Gespräch verlief allerdings unergiebig. Die Frau hatte nichts beobachtet.

»Wir schauen unseren Nachbarn nicht in die Fenster«, entgegnete sie auf Paulas Nachfragen empört.

Weniger Skrupel hatten die Gäste der Kneipe Ponderosa, die Paula Wagner im Anschluss befragte. Die Kneipe wurde beherrscht von einer großen, an Gelsenkirchener Barock erinnernden Holztheke, die fast die Hälfte des Raumes ausmachte. Dahinter zapfte eine leicht überschminkte Blondine mittleren Alters Kölsch, zwischendrin legte sie Raucherpausen ein und plauderte mit der Handvoll Gäste, die allesamt an der Theke saßen. Die Tische im Hintergrund waren leer. Auf einem von ihnen stand ein Putzeimer und eine Flasche Reinigungsmittel. Noch bevor Paula Wagner ihren Ausweis hervorgeholt hatte, begrüßte sie die Kellnerin.

»Jungens, die Polizei ist da.«

»Gutes Auge.«

»Schlechte Erfahrungen. Kölsch?«

»Ein Wasser bitte.«

»Ein dienstlicher Besuch also.«

Paula Wagner nickte. »Nur ein paar Fragen.«

»So fängt es immer an.«

Paula Wagner drehte sich zu dem Mann um, der das gesagt hatte, ein kräftiger Kerl Mitte 30, etwas kleiner als sie, mit langen schwarzen Haaren. Er schaute zugleich offen und streitlustig drein.

»Und wie geht es dann weiter? Ihrer Meinung nach?«

Der Mann drehte sich zu seinen Saufkumpanen um. »Seht ihr, es geht schon los.« Die Männer lachten. Paula Wagner lächelte freundlich, die Kellnerin schob ihr das Glas Mineralwasser über den Tresen.

Die Polizistin hatte lediglich Augen für den letzten Mann in der Reihe am Tresen. Als Einziger mied er Blickkontakt, saß zusammengesunken vor seinem Kölsch und lauerte förmlich auf jede ihrer Bewegungen. Wagner löste sich von der Theke und ging drei Schritte auf ihn zu. In diesem Augenblick rutschte der Mann von seinem Stuhl und versuchte, sich an ihr vorbei aus der Kneipe hinauszudrängen. Paula Wagner hatte damit gerechnet. Deswegen hatte sie sich mitten in den Gang gestellt, sodass der Mann sie beiseite schieben musste, um an ihr vorbeizukommen. Das reichte, um als Angriff auf eine Polizistin durchzugehen.

Mit einem geübten Griff packte sie den Mann und drückte ihn mit dem Bauch fest an die Wand, seine Hände hielt sie auf seinem Rücken verdreht fest. Der Mann schrie kurz auf. Der Dicke mit den langen Haaren wollte sich einmischen und griff ihr an den Oberarm. Doch Paula Wagner reagierte lautstark und barsch.

»Fassen Sie mich nicht an!« Meistens konnte sie sich auf die Kraft ihrer Stimme verlassen. So auch diesmal. Obwohl sie jedes Mal fürchtete, dass es ihr nicht mehr gelänge. Denn im Grunde hatte sie gegen die vier Männer keine Chance. Aber der Dicke ließ sich abschrecken, hob abwehrend die Hände und zog sich an die Theke zurück. »Wo soll es denn so schnell hingehen, mein Freund?«

»Ich wollte nur mal an die frische Luft.«

»Die Luft hier ist doch prima!« Das fand Paula Wagner tatsächlich. Sie hatte heute schon Schlimmeres riechen müssen. Da der Mann keine Anstalten machte sich zu wehren, lockerte sie vorsichtig ihren Griff. Sie verzichtete darauf, ihre Handschellen einzusetzen. Schließlich war sie hier, um Auskünfte einzuholen, nicht um Kleinganoven hochgehen zu lassen. »Setz dich einfach wieder ruhig hin. Wahrscheinlich bin ich gar nicht wegen dir hier.« Langsam führte sie den Mann zu seinem Barhocker zurück. Er setzte sich artig und stützte den Kopf mit den Händen. Paula Wagner wandte sich den anderen Gästen und der Kellnerin zu, die die Szene schweigend, scheinbar kaum interessiert beobachtet hatten. »Was können Sie mir über Gunter Brock erzählen?« Schweigen. Paula Wagner schaute den Dicken an und hob leicht die Augenbraue. Der Dicke nippte an seinem Kölsch.

»Warum?«

»Weil er heute Morgen ermordet wurde. Jemand hat ihn an ein Kreuz genagelt.« Der Kellnerin zerbrach ein Glas in der Spüle. Das Wasser verfärbte sich rot, sie fluchte, holte die blutende Hand aus dem Wasser hervor und drückte ein Handtuch auf den Schnitt. Paula Wagner wollte ihr helfen, aber die Blondine schüttelte energisch den Kopf.

»An ein Kreuz genagelt«, echote einer der Trinker, ein weißblonder Riese in Jeans-Montur, der neben dem Dicken stand.

»Das war Gunter?« Der Kleinganove am Ende des Tresens wirkte aufrichtig betroffen. Dann herrschte eine Minute betretenes Schweigen. Paula Wagner wartete. Sie wusste, dass jeder der Männer mit sich rang und abwog, ob seine Betroffenheit oder sein Widerwillen, mit der Polizei zu tun zu haben, die Oberhand gewinnen würde.

»Wir wissen nichts«, entschied der Dicke. Sein weißblonder Kompagnon trank, schweigend zustimmend.

»Das war ein guter Kerl, der Brock.« Der Mann, der bisher noch gar nichts gesagt hatte, drehte sich nun zu Paula Wagner um. Er mochte um die 60 sein, ein hageres, ausgemergeltes Gesicht, schütteres braunes Haar, das vermutlich ein- oder zweimal zu oft gefärbt worden war. Paula Wagner konnte die grauen Strähnen am Haaransatz sehen.

»Haben Sie irgendeine Idee, wer ihm so etwas antun würde?« Der Gefärbte schüttelte den Kopf.

»Das war ein guter Kerl, der Brock«, wiederholte er.

»Streit konnte man schon mit ihm kriegen«, warf der Kleinganove ein.

»Na komm!« Die entrüstete Stimme der Bardame.

»Aber man hat sich immer wieder vertragen, stimmt schon«, ergänzte er. »Außer mit dem Verrückten, mit dem kam er gar nicht klar.«

»Gut, aber der spinnt auch.« Die Männer nickten und schwiegen wieder eine Weile.

»Welcher Verrückte?« Paula Wagner bohrte nach, sehnte sie sich vor ein paar Minuten noch nach ihrem Feierabend, packte sie nun der Jagdtrieb.

»Na, der Prediger.« Die Blondine kam ihren Gästen zu Hilfe. »Ein Spinner, aber harmlos. Kommt alle paar Wochen rein, besäuft sich und belästigt die anderen Gäste mit Bibelsprüchen.« Sie zuckte mit den Achseln. Paula Wagner hingegen schoss das Adrenalin durch den Körper.

»Hat dieser Prediger auch einen Namen?«

»Er nennt sich Matteo. Italiener, oder so. Ich glaube Matteo Lucca heißt er. Warten Sie, ich hab hier noch einen Deckel von ihm.« Die Bardame drehte sich zu den Regalen hinter der Theke um und streckte sich, um auf einer der oberen Ablagen nach einem Bierdeckel zu suchen. Die Männer schauten ihr unverhohlen auf den Arsch, Paula Wagner beobachtete ihre flinken Finger, die schließlich mit einem Deckel in der Hand hervorkamen. »Lucca heißt er, genau.«

»Matteo Lucca?« Die Bardame und die vier Männer an der Theke nickten. »Und wissen Sie vielleicht, wo dieser Matteo wohnt? Oder wo ich ihn finden kann?« Alle schüttelten mit dem Kopf. Paula Wagner bezahlte ihr Wasser gegen den leisen Protest der Bardame und verließ die Ponderosa. Das war eine Spur, wenn auch eine sehr vage. Sie versuchte Bergkamp zu erreichen, der jedoch sein Handy ausgestellt hatte. Feierabend vermutete sie. Sie fragte sich, was ihr Vorgesetzter wohl gerade tat. Ob er allein war? Dann wählte sie Volker Brandts Nummer. Der Gerichtsmediziner ging beim zweiten Klingen dran. Paula Wagner sagte nur ein Wort.

»Ficken?« Einen Augenblick später klappte sie das Handy zu, nickte zufrieden und ging zu ihrem Wagen.

21

Am nächsten Morgen stand Marius Sandmann in aller Frühe vor dem Eingang des Museums. Nachdem er einige Male energisch gegen die Scheibe geklopft hatte, kam eine der Angestellten zu ihm und öffnete missmutig die Glastür. Bevor sie noch etwas sagen konnte, ging Marius hinein und stand im Foyer.

»Zu Direktor Malven, bitte.«

»Ich weiß nicht, ob der Herr Direktor schon im Hause ist.«

»Fragen sie doch einfach nach.« Marius schenkte der jungen Frau sein freundlichstes Lächeln.

»Warten Sie bitte hier.« Sie ging zu dem Tresen neben der Garderobe, wo auch die Kassen standen. Marius folgte ihr. Hinter dem Tresen angekommen, nahm sie einen Telefonhörer zur Hand und drückte die 1. Marius konnte das Freizeichen hören und gleich anschließend Malvens Stimme, die der Frau kurz beschied, den Detektiv nicht vorzulassen. Die Frau gab Marius zu verstehen, dass Direktor Malven nicht im Hause sei und wandte sich anschließend den ersten Museumsbesuchern zu, einer Rentnergruppe, die in einem kleinen Pulk vor der Kasse versammelt stand. Marius wartete einen kurzen Augenblick, bevor er über den Tresen langte und sich den Hörer schnappte. Bevor die Frau einschreiten konnte, hatte er die 1 gedrückt und hörte Malvens sonore Stimme im Hörer.

»Was ist denn noch?«

»Direktor Malven, verstehen Sie mich nicht falsch. Sie geben uns den Auftrag, eine Lochner-Kreuzigung für Sie zu finden, kurz darauf wird mein Chef ermordet, indem ihn jemand an ein Kreuz nagelt, und Sie verweigern mir ein Gespräch. Da kommt ein Detektiv schon mal ins Grübeln.«

Malven setzte zu einer Antwort an, aber Marius wandte sich in diesem Moment an die Reisegruppe, deren Aufmerksamkeit er mit seinen Sätzen erregt hatte. »Nein, machen Sie sich keine Sorgen, der Besuch des Museums ist völlig ungefährlich.«

»Kommen Sie schon hoch, verdammt noch mal.« Malven legte auf. Marius reichte der Kassiererin den Hörer und lächelte sie freundlich an. »Er ist gerade zur Tür hereingekommen. Danke, ich finde den Weg.«

Der Detektiv durchquerte das Foyer und schritt auf die Glastür zu, die zu den Ausstellungsräumen und Büros führte. Ein Wärter kam einen Schritt auf ihn zu, Marius war sich sicher, dass er ihn einfach beiseiteschieben konnte, aber auf ein Zeichen der Kassiererin hin machte er Marius Platz. Marius nickte ihm zu. Mit einem »Danke« verschwand er hinter der Tür und eilte die Treppen hinauf. Er wusste, dass sich das Treppenhaus dort befand, wo früher die Straße In der Höhle verlaufen war und damit aller Wahrscheinlichkeit nach genau an der Stelle, wo Stephan Lochner vor mehr als 500 Jahren die Kreuzigung gemalt hatte. Für einen Augenblick blieb Marius auf dem Treppenabsatz stehen und schaute von rechts nach links, fast so, als hoffte er hier den Meister bei der Arbeit sehen zu können. Natürlich sah er nichts Dergleichen, jedoch blieb ein eigentümliches Gefühl zurück. Eine Spannung zwischen der Veränderlichkeit der Stadt und der Unveränderlichkeit ihrer Orte. Was einmal hier geschehen war, blieb hier geschehen. Ganz gleich, wie sehr sich der Ort auch veränderte. Es war, als könne er seinen Charakter nicht mehr ändern. Nur sein Erscheinungsbild. Mit einem Mal wusste Marius auch, wohin ihn sein nächster Gang führen musste.

Doch zunächst betrat er zum zweiten Mal in seinem Leben das Büro von Museumsdirektor Anton Malven. Dieses Mal stand Malven vor seinem Schreibtisch, die Arme vor dem

Körper verschränkt, als Marius hereinkam. Er begrüßte ihn kurz und wies ihm einen Stuhl vor seinem Schreibtisch zu. Marius aber stellte sich ans Fenster, während Direktor Malven hinter seinem Schreibtisch Platz nahm.

Das Fenster bot einen schönen Blick in die Gedenkstätte von Sankt Alban hinein und auf das dahinter liegende Gürzenich-Gebäude, Kölns alten mittelalterlichen Festsaal. In der Höhle musste eine gute Wohnadresse gewesen sein zu Lochners Zeiten, dachte Marius. So nah am Geschehen, gleich zwischen Rathaus und Gürzenich. Untypisch für einen Maler, dessen Zunft sich ansonsten in der Schildergasse sammelte. Heute eine Fußgängerzone und eine der meistbesuchten Einkaufsstraßen in Deutschland. Ironischerweise hatte Marius dort seine Karriere als Ladendetektiv begonnen, ein Nebenjob während des Studiums, bei dem er auch Brock kennengelernt hatte.

»Sie haben die Polizei angelogen.« Marius wandte sich von der Aussicht ab und seinem Gesprächspartner zu. »Sie haben ihnen erzählt, sie hätten uns diesen Auftrag nie erteilt.« Der Museumsdirektor schwieg und starrte den Detektiv einfach nur an. Marius Sandmann trat nach vorne und schlug mit den Fäusten donnernd auf den Tisch. Eine Tasse klapperte, fiel um und rollte auf den Boden. Mechanisch bückte sich Malven und hob sie auf. »Verdammt! Jemand hat Brock an ein Kreuz genagelt. Wie hoch schätzen Sie die Wahrscheinlichkeit ein, dass das nichts mit diesem Auftrag hier zu tun hat?« Malvens Schweigen machte Marius rasend. »Und anstelle der Polizei reinen Wein einzuschenken und damit die Ermittlungen in die richtige Bahn zu lenken, lügen Sie herum.«

»Es geht nicht anders. Wie stehen wir denn da, wenn wir öffentlich eingestehen, für die Suche nach unseren Bildern Privatdetektive zu beauftragen? Und dann wird das Museum auch noch in eine Mordermittlung verstrickt. Wir stehen gerade mitten in Verhandlungen mit der Stadt um den Etat für die nächsten Jahre. Nicht auszudenken, was das für politische Folgen hätte, wenn dieser Auftrag an die Öffentlichkeit gerät. Dieses Museum ist ein Schatz und er weckt Begehrlichkeiten. So war das schon immer. Privatleute sammeln Kunst, vermachen sie der Stadt und die Stadt veräußert sie, um ihre Finanzlöcher zu stopfen. Dagegen kämpfen wir an, und in einen Skandal wie diesen hineingezogen zu werden, schwächt unsere Position.«

»Hier geht es nicht um einen Skandal, hier geht es um Mord. Verraten Sie mir wenigstens, wer Ihnen das Foto vererbt hat. Dann kann ich allein weitermachen.« Malven schaute den Detektiv überrascht an.

»Das wissen Sie doch!«

»Brock kannte den Namen, er hatte die Unterlagen.« Ein zufriedenes Grinsen machte sich zwischen den weißen Bartstoppeln breit.

»Es tut mir leid, da kann ich Ihnen nicht helfen.« Ein zweites Mal landete Marius' Faust auf dem Tisch.

»Ob Ihnen das passt oder nicht, ich werde weitermachen. Ich werde herausfinden, wer Brock umgebracht hat. Darauf können Sie sich verlassen, und es ist mir egal, ob sich daraus für dieses Museum ein Skandal entwickelt oder nicht. Das ist mir scheißegal.« Wütend verließ Marius das Büro. Malven saß eine Minute still an seinem Schreibtisch. Schließlich griff er zum Telefon.

Marius trat aus dem Museum heraus auf den regennassen Rathausplatz, vor sich die Ausgrabungen der Mikwe, ein paar golden glänzende Blätter sammelten sich am Straßenrand. Der Detektiv wollte zum Hauptbahnhof, um von dort die Bahn zu nehmen. Doch er war noch nicht über den Platz gegangen, als er bemerkte, dass jemand hinter ihm herlief. Er drehte sich um und sah Alexander Hochkirchens Assistenten Merheimer auf sich zulaufen. Merheimer griff nach Marius' Arm und hielt ihn fest.

»Herr Hochkirchen will Sie sehen.« Marius blickte auf Merheimers Hand, griff nach dem Handgelenk des Mannes und löste sich in aller Seelenruhe aus dem Griff, bevor er antwortete. Eigentlich war sein erster Impuls, die Aufforderung abzulehnen. Er tat sich schwer, andere über seinen Zeitplan bestimmen zu lassen. Eine der Eigenschaften, die er an Brock so schätzte, geschätzt hatte, war die große Freiheit, die er ihm gewährt hatte. Solange die Arbeit gemacht wurde, war ihm das Wo, Wie und Wann egal gewesen. Er wusste, dass er Hochkirchen wütend machen könnte, wenn er ›die Einladung‹ ablehnte, und dass er den treuen Merheimer vor echte Probleme stellen würde. Aber Marius war zu neugierig und brennend daran interessiert zu erfahren, was Hochkirchen von ihm wollte.

Merheimer brachte Marius zu einem schwarzen Mercedes, der abseits des Platzes auf einem eigentlich für die Stadt Köln reservierten Parkplatz stand. Er öffnete Marius die Tür von außen, dennoch wartete Marius, bis auch Merheimer in den Wagen eingestiegen war, bevor er sich setzte.

Ihre Fahrt führte sie vorbei an den nach dem Krieg errichteten Bausünden der Cäcilienstraße, weiter die Aachener Straße stadtauswärts, hinter Weiden bog Merheimer links ab und Marius verlor die Orientierung. Nach fast einer halben Stunde Fahrt hielt der Mercedes am Eingang eines Golfplatzes. Die beiden Männer hatten nahezu die ganze Fahrt über geschwiegen, da Marius' Versuche, Merheimer in ein Gespräch zu verwickeln, Hochkirchens Adlatus mit konsequentem Schweigen abgeschmettert hatte.

Alexander Hochkirchen erwartete die beiden bereits, mit einem zweiten Mann stand er an einem Abschlag und beobachtete Merheimer und den Detektiv, wie sie über das nasse

Grün zu ihm herüberliefen. Marius' Füße zogen die klamme Nässe des Rasens förmlich an. Als Merheimer ihn bei seinem Boss abgeliefert hatte, zog er sich stumm zurück. Hochkirchens Golfpartner begleitete ihn.

»Schön, dass Sie kommen konnten. Das mit Ihrem Chef tut mir leid. Schreckliche Geschichte.« Auch wenn Marius Hochkirchen nicht wirklich mochte, entging ihm nicht, dass er der Erste war, der das Schicksal des alten Mannes offenbar bedauerte.

»Haben Sie ihn gekannt?« Hochkirchen schaute Marius überrascht an.

»Nein, wir sind uns nie begegnet«, der weißhaarige Mann schnaubte kurz, »unsere Lebenswege waren vielleicht doch etwas zu unterschiedlich. Wie kommen Sie darauf, dass wir uns kennen sollten?«

»Es hätte ja sein können, dass Sie ihm auf seiner Suche nach der Kreuzigung begegnet sind.« Hochkirchen grinste über das ganze Gesicht. Dann schlug er den kleinen weißen Ball mit voller Wucht über das Grün.

»Sie wollen wissen, ob ich etwas mit seinem Tod zu tun habe?« Nach dem Gespräch mit Direktor Malven war die Offenheit des Geschäftsmannes fast eine Wohltat. Ohne auf eine Antwort zu warten, packte Hochkirchen seinen Schläger in einen kleinen Rollwagen und marschierte los in die Richtung, wo der Ball heruntergekommen sein musste.

»Haben Sie?«

Der Geschäftsmann lachte aus tiefstem Herzen. »Natürlich nicht. Warum sollte ich? Schließlich habe ich selber ein Interesse daran, dass das Bild wieder auftaucht. Falls Sie es schon vergessen haben sollten: Dieses Bild gehört meiner Familie.«

»Es gehört dem Wallraf-Richartz-Museum.«

»Nun, darüber werden sich meine Familie und das Museum zu gegebener Zeit sicher verständigen.« Marius zweifelte nicht einen Augenblick an dieser Aussage, und im Grunde zweifelte er auch nicht daran, wie diese Verständigung aussehen würde. »Ich nehme nicht an, dass das Museum den Auftrag aufrechterhält?«

»Das kann man nicht sagen.«

»Dachte ich mir.« Hochkirchen griff in seine Hosentasche und holte ein Bündel zerknitterter Fünfhunderteuroscheine hervor. Marius war leicht perplex. Was auch immer seine Vorstellung von Männern wie Hochkirchen und ihrem Verhältnis zu Geld war, dass sie es wie Schuljungen zusammengeknüllt in der Hosentasche trugen, hatte er nicht erwartet. »Ich kenne Ihre Honorarvorstellungen zwar nicht, jedoch, die Familie Hochkirchen wäre sehr daran interessiert, zu erfahren, was Sie bisher herausgefunden haben.«

»Ihr Angebot ehrt mich.« Marius bezweifelte diesen Satz, allerdings gab es keinen Grund, unhöflich zu sein. Noch nicht. »Bisher haben wir nicht so viel herausfinden können«, fuhr er fort. Hochkirchen stoppte neben dem Golfball, der einige Meter von einem Sandloch entfernt auf dem Grün lag, kurz vor ein paar sorgfältig gestutzten Büschen. Mit Sorgfalt wählte er einen Schläger aus und prüfte in aller Ruhe seinen nächsten Schlag.

»Genug, um jemanden dazu zu bringen, Ihren Chef an ein Kreuz zu nageln. Sie und ich wissen, was dahintersteckt, auch wenn die Polizei eine andere Spur verfolgt.«

»Sie sind gut informiert.«

»Das gehört zu meiner Arbeit.«

»Es gehört zu Ihrer Arbeit, sich über den Fortgang polizeilicher Ermittlungen in einem Mordfall zu erkundigen?«, fragte Marius. Hochkirchens Miene verdunkelte sich für einen kurzen Augenblick. Aus dem jovialen Plauderer der ersten Minuten wurde wieder der schwarze Gorilla.

»Alles, was für mich und meine Familie von irgendeinem Interesse sein könnte, gehört zu meinen Aufgaben. Wenn es jemanden in meiner Familie interessiert, woran Sie arbeiten, wo Sie Ihre Brötchen kaufen, obwohl Ihr Kontostand heute Morgen bei 34,57 Euro im Soll stand, dass Sie in Ihrem Büro nicht einmal einen eigenen Schreibtisch haben oder dass Sie jeden Morgen neben Ihrem Bett, in dem Sie allein schlafen, ein 30 Minuten langes Sportprogramm durchziehen, gehört es zu meinen Aufgaben, das zu wissen.« Hochkirchens Blick schien Marius zu durchleuchten. Der Gorilla hatte seine Macht gezeigt und Marius blieb nicht mehr viel übrig, als diese Macht zu akzeptieren. Er schluckte.

»Sie wissen mehr über mich als ich.« Ein lahmer Scherz. Hochkirchen reagierte erst gar nicht darauf. Stattdessen schlug er den Ball in das Sandloch, wo er neben dem eigentlichen Ziel zu liegen kam.

»Leider hatte Ihr Chef die schlechte Eigenschaft, keine schriftlichen Aufzeichnungen zu machen. Zumindest keine in Ihrem Büro liegen zu lassen. Deswegen wird die Geschichte für mich wohl oder übel etwas kostspieliger. Weil ich Sie jetzt bezahlen muss, damit Sie mir sagen, was er wusste.«

Marius sah über den Golfplatz hinüber zu einer Art Lobby oder Café in einem improvisierten Zeltbau. Merheimer stand an der Glasfassade, die den Blick aus dem Inneren auf den Golfplatz freigab, und beobachtete die beiden Männer. Marius musste nicht lange überlegen, wer Hochkirchen seine Informationen verschafft hatte und wie. Was ihn überraschte, war eher, wie bereitwillig Hochkirchen das zugab. Lohnte es sich, herauszufinden, was ihm sein Wissen über den Verbleib des Lochner wert wäre?

»Leider haben wir nicht Ihre Möglichkeiten«, antwortete Marius. »Uns sind gewisse gesetzliche Grenzen gesetzt. Deswegen haben meine Ermittlungen noch ein paar Lücken. Ich kann Ihnen allerdings versichern, dass ich diese Lücken schließen werde. Vielleicht sind meine Möglichkeiten begrenzter, aber sicher effektiver als Ihre. Sie haben das Bild nicht gefunden. Ich werde es finden und ich werde herausfinden, wer Gunter Brock ermordet hat.« Hochkirchen hielt Marius die Scheine hin. Es hatte aufgehört zu regnen, die Sonne schien kurz zwischen zwei Wolken durch, beleuchtete das Geld wie ein punktgenauer Scheinwerfer und ließ es verlockend strahlen. »Meine erste Aufgabe wird sein herauszufinden, wie das Bild im Zweiten Weltkrieg verschwinden konnte und wo es bis mindestens 1970 aufbewahrt wurde.« Hochkirchen zuckte scheinbar unbeteiligt mit den Achseln und stopfte das Geld zurück in seine Hosentasche.

»Sie sollten das lieber den Profis überlassen.«

»Sehen Sie es einmal so: Wenn Sie nicht wissen, wo das Bild in diesen mehr als 20 Jahren zwischen Kriegsende und den 70er-Jahren des letzten Jahrhunderts war, haben Sie ein Interesse daran, dass ich das herausfinde. Wenn Sie kein Interesse daran haben, wissen Sie, wo es damals war.« Mit diesen Worten drehte Marius sich um und stapfte über das feuchte Grün davon. Seine Kapuze war durchnässt, Regenwasser lief ihm die Stirn hinunter, seine Schritte quietschten leicht vor Nässe. Er spürte Hochkirchens feindseligen Blick im Rücken. Marius Sandmann hatte einen neuen Feind. Als er an dem Pavillon vorbeiging, war Jürgen Merheimer verschwunden.

22

Fast zwei Stunden hatte Marius gebraucht, um von dem Golfplatz wieder zurück in die Stadt zu gelangen. Nachdem er 20 Minuten im wieder einsetzenden Regen eine Bushaltestelle gesucht hatte, saß er eine weitere Viertelstunde in einem zugigen Wartehäuschen, bevor er in einen völlig überhitzten Bus einsteigen konnte, dessen Fahrer die nasse und durchgefrorene Gestalt misstrauisch musterte. Nur Marius' Statur und ein übellauniger Blick ersparten dem Detektiv eine Bemerkung des Fahrers. Er setzte sich in die letzte Bank und döste dort kurz weg. Fast hätte er die Umsteigehaltestelle zur Linie 1 zurück in die Stadt verpasst.

Es war früher Nachmittag, als er am Rudolfplatz aus der Bahn stieg. Draußen auf dem Ring ging das Leben seinen gewohnten Gang. Marius nahm eine U-Bahn, um die zwei Stationen bis Christophstraße zu fahren, und machte sich von dort auf zu einem kurzen Fußmarsch hinaus in den Grüngürtel.

Nach etwa zehn Minuten hatte er den alten Schutthügel erreicht, das rotweiße Absperrband der Polizei flatterte teilweise bereits zerrissen im Wind. Die Stelle war sorgfältig durchkämmt worden. Jenseits des Bandes lagen Kaugummipapiere, Tempotaschentücher und Zigarettenstummel zwischen den Blättern, doch innerhalb des Kreises fand Marius nichts dergleichen. Die Polizei hatte ganze Arbeit geleistet, aber trotzdem hatte Marius das Gefühl, dass ihr dieser Fleiß nicht weiterhelfen würde. Etwa in der Mitte des Kreises fand Marius ein frisches Erdloch von etwa 30 mal 30 Zentimeter Größe. Er schauderte.

Eigentlich wusste er gar nicht, was ihn an diesen Ort geführt hatte. Aber hier begriff er, dass der alte Mann tatsächlich tot war. Dass irgendwo in dieser Stadt, deren Lärm bis hierher drang, ein Mann frei herumlief, der Gunter Brock an ein Kreuz genagelt und getötet hatte. Marius blickte auf die Stadt und dachte nach.

Er war überzeugt, dass Hochkirchen wusste, wo das Bild in den 60er-Jahren gewesen war. Das ließ zwei Schlüsse zu. Erstens hatte er das Bild nicht mehr, sonst wäre er nicht so sehr an Marius' und vor allem Brocks Wissen interessiert gewesen. Zweitens sprach viel dafür, dass er wusste, wie das Bild dem Museum im Zweiten Weltkrieg verloren gegangen war. Gerade jetzt hätte Marius Malvens Hilfe sehr gut gebrauchen können. Aber er wusste, dass der Museumsdirektor ihm keine Unterstützung mehr gewähren würde. Vielleicht gab es einen anderen Weg? Marius verließ den Hügel und tauchte wieder ein in das Häusermeer der Stadt.

Nach wenigen Minuten stieg er an der Haltestelle Christophstraße in eine U-Bahn in Richtung Ebertplatz ein. Die Silhouette des alten Stadttores, das zu Lochners Zeiten den Zugang in die Stadt von Nordwesten her ermöglichte und nun dekorativ eine Wand der U-Bahn-Station schmückte, beachtete er nicht. Am Ebertplatz stieg er auf dem gleichen Bahnsteig in eine U-Bahn, die ihn zum Hauptbahnhof brachte. Von hier ging er zu Fuß ein weiteres Mal zum Rathausplatz und betrat den Spanischen Bau, doch die Büroleiterin des Stadtrates, eine grauhaarige schlanke Frau, mit einem viel zu großen Seidenschal um den Hals, musste Marius enttäuschen. Walter Hochkirchen war nicht in seinem Büro.

Mehr per Zufall entdeckte Marius ihn im Café des Wallraf-Richartz-Museums, wo er an einem kleinen, schwarz gebeizten Tisch im angeregten Gespräch mit einem weißhaarigen, schwarz gekleideten Mann saß, den Marius sogar von hinten als Museumsdirektor Anton Malven erkannte. Der Privatdetektiv überlegte, ob er das traute Gespräch stören sollte, immerhin könnte es interessant sein zu erfahren, was der Direktor und Hochkirchen zu besprechen hatten.

Aber er entschied sich dagegen. Immerhin wollte er etwas von Walter Hochkirchen, also war es klüger, taktisch und höflich vorzugehen. So ging er ein paar Schritte die schmale Gasse zwischen dem Gelände des früheren Kaufhauses Kurtz und dem Museum hinunter, gerade so weit, dass er die beiden Männer im Café aus einem regengeschützten Hauseingang heraus unauffällig im Auge behalten konnte.

Nach einer Viertelstunde stand Malven auf, gab Walter Hochkirchen die Hand und verließ das Café durch den Ausgang ins Foyer des Museums. Der Stadtrat blieb noch eine Weile sitzen und rührte nachdenklich in seinem Latte Macchiato. Marius nutzte die Gelegenheit, betrat das Café und drängelte sich durch eine Gruppe italienischer Schüler, die laut und angeregt über die Kuchenauswahl debattierte, hin zu Walter Hochkirchens Tisch fast am Ende des Raums. Der Stadtrat schaute überrascht hoch und brauchte einen Moment, ehe er den Detektiv erkannte. Vor ihm lag eine Zeitung, deren Schlagzeile ›Mann gekreuzigt – mitten in Köln‹ Marius in großen Buchstaben förmlich entgegensprang.

»Sie kennen Direktor Malven?« Hochkirchen nickte.

»Natürlich, ich sitze im Kulturausschuss und im Stifterrat des Museums. Und Sie? Sie suchen immer noch nach unserem Bild? Ich wäre nach wie vor interessiert, wenn Sie mich auf dem Laufenden hielten.« Das Gespräch ließ sich besser an, als Marius erwartet hatte.

»Das würde ich gerne tun. Aber vielleicht brauche ich zuerst Ihre Hilfe.« Stadtrat Hochkirchen faltete die Hände vor der Brust. »Eine Kleinigkeit. Ich müsste ein paar alte Unterlagen des Museums einsehen und da Sie im Stifterrat und im Kulturausschuss der Stadt sitzen, können Sie mir vielleicht weiterhelfen.«

»Da müssten Sie sich eigentlich an das Museum wenden. Arbeiten Sie nicht für Direktor Malven?«

Mist, dachte Marius.

»Direktor Malven möchte das Thema im Augenblick etwas bedeckter angehen.«

Marius deutete auf die Schlagzeile. »Verstehe.«

Walter Hochkirchen nickte und schlug die Fingerspitzen aneinander. »Sie überschätzen vielleicht meinen Einfluss, Herr Sandmann. Ich sitze zwar im Stifterrat des Museums und im Kulturausschuss, aber Einsicht in alte Akten kann ich Ihnen nicht gewähren. Worum geht es denn?«

»Vor allem um die Zeit nach 1970«, log Marius. Hochkirchen wurde hellhörig.

»Haben Sie eine Spur?«

»Ich verfolge einige Hinweise, doch Konkretes kann ich wirklich erst sagen, wenn ich die Unterlagen eingesehen habe.«

»Verstehe. Tut mir leid, aber ich kann Ihnen da nicht helfen.« Marius musste an Direktor Malven denken. Wie konnten Männer mit so wenig Elan so groß werden? Kurze Zeit später fand er sich auf der Straße wieder. Er war keinen Schritt weitergekommen. Nun musste er nach einer anderen Quelle suchen. Eine Möglichkeit gab es noch.

Hell bimmelten ein halbes Dutzend Glöckchen an einer Kette, als Marius die Tür zu dem Laden öffnete und hineinging. Er betrat ein Geschäft, das offensichtlich in den 60er-Jahren eingerichtet und seitdem kaum noch verändert worden war. Stattdessen sah das Innere des Ladens aus, als habe man ihn einfach immer weiter zugestellt. Bücher lagerten in den wandhohen Regalen, stapelten sich auf den Verkaufstischen, zwischen denen lediglich schmale Gänge frei geblieben waren, die durch weitere Bücherstapel zusätzlich verengt wurden.

Der Antiquar saß zusammengekauert hinter einem kleinen Schreibtisch neben einer grauschwarzen elektronischen Kasse, die vermutlich die letzte Neuinvestition in diesem

Geschäft gewesen war, so um 1978 herum. Misstrauisch beäugte er den Neuankömmling, der ihn vom Lesen abhielt. Nur ganz langsam dämmerte ihm offenbar, dass das Gesicht in der Tür ein vertrautes war.

»Auch mal wieder da?«, begrüßte er Marius. »Ewiger Student, was? Geht das heute überhaupt noch mit den ganzen Studiengebühren? Kostet doch alles heutzutage.«

»Deswegen habe ich es auch aufgegeben«, entgegnete Marius.

»Und jetzt fährst du Taxi?«

»Jetzt bin ich Privatdetektiv.«

»Privatdetektiv? Ha! So wie Sam Spade? Und wo ist dein Trenchcoat?« Der Antiquar war von seinem Stuhl aufgesprungen und fuchtelte wild mit den Armen. Dann griff er hinter sich in ein Regal. »Hier habe ich genau das richtige Buch für dich!« Er legte ein abgegriffenes Taschenbuch vor Marius auf die Theke neben die Kasse. Marius nahm es höflich auf und gab dem Mann hinter der Theke den abgegriffenen Krimi mit dem schwarzgelben Cover zurück.

»Kenne ich schon. Aber danke. Eigentlich brauche ich auch etwas anderes. Gibt es irgendein Buch, das sich mit den Beständen Kölner Museen im Zweiten Weltkrieg beschäftigt? Wo waren zum Beispiel die Bilder aus dem Wallraf-Richartz-Museum während des Krieges? Gibt es Auskünfte darüber, ob und wenn ja wann Bilder verloren gegangen sind, hat jemand nach ihnen geforscht?« Der Antiquar rieb sich das spitze Kinn, den Ellenbogen auf den Tresen gestützt. Er sah aus wie ein grauer Vogel, der bewegungslos auf Beute lauerte. Dann schnippte er mit den Fingern und sprang auf.

»Ein Buch, das ich habe, könnte dir weiterhelfen, komm mal mit!« Mit storchenartigen Schritten überstieg er Bücherstapel auf dem abgewetzten grünen Nadelteppichboden und eilte vor Marius her, der ihm, die Bücherstapeln unsicher umgehend, folgte. In der hinteren Hälfte des schmalen

Ladens bog der Storch zwischen zwei Regalen ab, schnappte sich noch im Vorbeigehen einen braunen Tritthocker aus Plastik, um in einem oberen Regalfach ein schweres, in einen Leinenumschlag gefasstes Buch herauszuziehen. Er hielt es Marius hin, der danach griff.

Der Buchdeckel war unbedruckt, Marius schlug das Buch auf und schaute auf die erste Seite. ›Kunst im Bombenhagel‹, offenbar eine Dissertation an der Universität in Bonn aus dem Jahre 1982. Marius schlug das Inhaltsverzeichnis auf, suchte es mit dem Finger ab und fand rasch das richtige Kapitel mit dem trockenen Titel ›Auslagerung und Sicherung der Bestände des Wallraf-Richartz-Museum 1940-1945‹. Er schlug das Kapitel auf und vertiefte sich an Ort und Stelle in den Text.

Der Antiquar stand immer noch oben auf seinem Tritthocker und schaute zu Marius hinab. Er hüstelte, doch Marius hörte ihn nicht. Der graue Mann hüstelte erneut, dieses Mal deutlich lauter. Marius blätterte ungerührt weiter. Das war es, was er suchte.

»Ich bin keine Leihbibliothek, junger Mann. Du kannst das Buch auch kaufen.« Marius nickte und folgte dem Mann auf seinem Weg zurück zum Tresen. Dieses Mal gingen beide zu Marius' Erleichterung deutlich langsamer. Der graue Vogel hatte seine Beute gemacht und wirkte satt und zufrieden. Marius ebenfalls, weil er auf eine Quelle gestoßen war, die ihm einen neuen Hinweis bringen würde. Endlich! Für zwölf Euro nahm Marius das Buch mit. Auch wenn er streng genommen ohne Auftraggeber arbeitete, ließ er sich eine Quittung ausstellen. Sehr zum Unwillen des Antiquars, der sich für das Heraussuchen des Quittungsblocks und das Schreiben der Quittung ausgiebig Zeit nahm. Zeit, die manche Kunden wohl zum Anlass nahmen, auf eine Quittung zu verzichten. Nicht so Marius. Eine Tüte allerdings konnte der Mann dann nicht mehr entbehren.

Mit dem Buch unter dem Arm und der Quittung als Lesezeichen verließ Marius den Laden. Zum Abschied klingelten die Glöckchen. Der graue Vogel hatte seinen Platz hinter der Kasse wieder eingenommen.

Schräg gegenüber dem Antiquariat entdeckte Marius ein Café. Hier setzte er sich in einen roten Kunstledersessel und blätterte das Kapitel zügig durch. Einiges wusste er bereits. Manches hatte ihnen auch Malven so ungefähr schon gesagt. Auf den eigentlichen Schatz stieß Marius im Anhang auf den letzten Seiten des Buches.

Eine Kellnerin schreckte ihn aus seinen Gedanken. Da Marius aber bereits erledigt hatte, weswegen er in das Café gekommen war, lächelte er nur freundlich und ging. In seiner Hand das Buch, darin eine Kopie des Übergabeprotokolls, das erstellt worden war, als zwei Soldaten der Wehrmacht die Kunstschätze des Wallraf-Richartz-Museums in einem kleinen Bergwerksdorf im Wittgensteiner Land abgegeben hatten. Mit den Unterschriften der Soldaten und des zuständigen Betreuers im Bergischen.

Was ihn jedoch wirklich in Aufregung versetzte, war das, was fehlte. Er hatte den Anhang sorgfältig danach durchgeblättert und andere Übergabeprotokolle verglichen, um sicher zu sein, dass es ein wirklich untypisches Fehlen war. Aber zumindest nach diesem Buch war es einwandfrei, und es war offenbar nicht einmal dem Autor selber aufgefallen. Anders als bei allen anderen Übergaben fehlte bei dieser eine Liste über die übergebenen Kunstschätze des Wallraf-Richartz-Museum. Was genau in Fischelbach abgegeben wurde, war möglicherweise nie kontrolliert worden. Dennoch hoffte Marius, dass einer der Beteiligten vielleicht noch lebte. Zurück im Büro machte er sich auf die Suche nach ihnen.

23

Die Namen der beiden Soldaten führten zu keinen Treffern. Wilhelm Schulz war ein Allerweltsname. Er würde sich später mit ihm beschäftigen. Er wusste, wen er nach allem Militärischen fragen konnte. Auch der Name Josef Meingold brachte Marius nicht weiter.

Bei Lutz Heilburg, dem Mann, der das Protokoll für die Aufnahmestelle Grube Gonderbach unterschrieben hatte, hatte Marius allerdings Erfolg. Was der Tatsache zu verdanken war, dass Heilburg, wenn es sich um den Heilburg aus dem Protokoll handelte, immer noch im gleichen Ort lebte. Im Internet fand Marius eine Telefonnummer.

Er wählte, erreichte jedoch niemanden. Ob es sich lohnen würde, hinauszufahren? Marius schätzte, dass er ein oder zwei Stunden für die Fahrt benötigen würde, wenn er ein Auto hätte. Er kramte das Mobiltelefon aus der Hosentasche und suchte nach der Nummer von Brocks Tochter. Eigentlich wollte er sie längst angerufen haben, jetzt war der richtige Augenblick gekommen, er brauchte ihre Hilfe.

»Ja.«

Marius benötigte einen Augenblick, um sich nach dieser knappen, nicht einmal als Frage formulierten Ansage zu sammeln. Er stotterte: »Sandmann, Marius hier. Der Mitarbeiter deines Vaters. Ich wollte dich mal was fragen.« Gedanklich donnerte Marius seinen Schädel gegen den Türrahmen, wie bescheuert war das denn bitte? Ob Friederike Brock am anderen Ende Ähnliches dachte, konnte Marius nicht sagen. Ihre Stimme blieb neutral. Überhaupt fand Marius Friederike schlecht einschätzbar. Er wusste, dass sie ein schwieriges, ihren eigenen Worten nach gar kein Verhältnis zu ihrem ermordeten Vater gehabt hatte, dass Brock seine Tochter in all den Jahren mit keinem Wort erwähnt hatte, sagte immerhin auch etwas. Selbst wenn Brock kein sehr auskunftsfreudiger Mensch gewesen war, zumindest Friederikes Mutter hatte er gelegentlich erwähnt. Seine Tochter allerdings nicht.

»Ja?«

Marius entschloss sich ebenfalls auf höfliches Herumeiern zu verzichten. »Würdest du mir heute den Wagen deines Vaters überlassen?«

»Er hatte ein Auto?«

»Ja, einen alten Renault, steht in der Straße vor seiner Wohnung. Habe ich gesehen, nachdem wir uns kennengelernt haben. Ein paar Schlüssel liegen hier.«

»Klar. Von mir aus. Ist ja nicht mein Auto.«

»Erbst du nicht?«

Friederike antwortete nicht direkt. Für einen kurzen Moment herrschte Stille. »Darüber habe ich noch gar nicht nachgedacht.«

»Wenn der alte Mann kein Testament gemacht hat und keine weiteren Verwandte auftauchen, kann ja niemand anderes erben.«

»Viel zu erben wird da wahrscheinlich auch nicht sein. Egal. Nimm dir den Wagen einfach. Ich habe eh kein Interesse dran.« Mit diesen Worten beendete sie das Gespräch und legte auf.

Dann versuchte er erneut Lutz Heilburg anzurufen. Eine Frauenstimme meldete sich. »Guten Tag, Sandmann mein Name, ich hätte gern Lutz Heilburg gesprochen.«

»Was wollen Sie denn von meinem Vater?«

»Das würde ich ihm gerne selber sagen.«

»Der ist um die Zeit immer draußen am See. Vielleicht rufen Sie in zwei Stunden wieder an. Wie war noch gleich Ihr Name?« Aber Marius hatte bereits aufgelegt. Er wäre in zwei Stunden vor Ort, das war besser, als hier zu warten.

Eine Viertelstunde später saß er in Brocks Renault. Bevor er losfuhr, nahm er sich Zeit, das Auto gründlich abzusuchen. Weder er noch die Polizei hatten bisher einen Blick hineingeworfen. Er fragte sich, ob die beiden Polizisten, die sich mit dem Fall befassten, etwas von ihrem Job verstanden. War es nicht Routine, das Auto des Opfers zu überprüfen?

Auf der anderen Seite hatte er es ebenfalls vergessen. War er überhaupt ein guter Detektiv? Brock hatte ihn meist mit kleineren Aufgaben abgespeist. Vielleicht aus gutem Grund? In diesem Augenblick fiel ihm ein, dass Friederike Brock sehr wohl etwas erben würde: das Detektivbüro.

Marius hatte sich noch keine Gedanken darüber gemacht, wie es nun für ihn weitergehen würde. Würde er einen neuen Job finden? Sicher, er konnte immer wieder ins Kaufhaus zurück, wo er Brock damals kennengelernt hatte. Aber er war sich nicht sicher, ob er das wollte und ob ihn eine andere Detektei anstellen würde? Da war er sich ebenfalls nicht sicher. Was sollte er eigentlich in Zukunft anfangen? Marius wischte den Gedanken beiseite und konzentrierte sich wieder auf die Untersuchung des Wagens. Allerdings gab es auch hier drin nichts zu entdecken. Es schien fast, als gäbe es in Brocks Leben kaum Spuren.

Als habe sich der Mann, der großartig darin gewesen war, Spuren zu finden, bemüht, selbst keine zu hinterlassen. Außer einem grausamen Tod und einer Tochter, die Marius Sandmann mehr beschäftigte, als er sich eingestand. Unwirsch klappte er das Handschuhfach zu und startete den Wagen.

Nach Fischelbach nahm Marius zunächst die Autobahn A 4 quer durch das Bergische Land, ab dem Autobahnkreuz Olpe-Süd die A 45 in Richtung Siegen und Frankfurt bis zur Ausfahrt Dillenburg. Auf den Bundes- und Landstraßen, die ihn weiter in das kleine, idyllisch zwischen Wiesen und Wäldern gelegene Dorf führten, hätte der Detektiv sich fast verfahren, schließlich parkte er den Wagen vor dem markanten Kirchturm. Zuvor war er durch enge alte Gässchen mit fein herausgeputzten, alten Fachwerkhäusern gefahren, hatte jedoch keine Menschenseele auf der Straße gesehen. Dabei hätte Marius durchaus jemanden gebrauchen können, der ihm den Weg erklärte. Aus diesem Grund hatte er bewusst an der Kirche geparkt. Meist gab es irgendwo in der Mitte dieser Orte, eben in der Nähe der Kirche auf dem Dorfplatz eine Tafel mit einer Orts- oder Umgebungskarte. So auch hier.

Auch wenn niemand auf der Straße war, hatte er das Gefühl, als würde er beobachtet. Aber das Gefühl hatte der Stadtmensch Marius auf dem Land eigentlich immer. Vermutlich stand tatsächlich irgendwo jemand hinter einem Vorhang und musterte den Fremden kritisch.

Marius ging der Frage nicht weiter nach. Stattdessen suchte er auf dem Plan nach der Straße Am Eichert, in der Lutz Heilburg lebte. Er fand sie, prägte sich den Weg ein und beschloss, den Renault stehen zu lassen und zu Fuß durch das Dorf zu laufen.

Sein Weg führte an der Kirche vorbei, Marius betrachtete sie kurz, er schätzte den weiß gekalkten Bau mit dem Kirchturm auf das späte Mittelalter. Vielleicht sogar ein Bau aus der Zeit Stephan Lochners, dachte Marius. Sicher war er sich allerdings nicht. Um das herauszufinden hätte er mehr Zeit gebraucht. Um die Kirche herum war ein kleines, sorgfältig gepflegtes Rasenstück angelegt worden, hinter dem Chor lag ein winziger Friedhof. Direkt hinter der Kirche ging die Straße, die er suchte, in einem fast schon eleganten Schwung steil den Berg hinauf. Eine enge Straße mit kleinen alten Häuschen, teilweise altes Fachwerk, und ein paar großzügig angelegte Hofanlagen.

Wenige Meter bevor die Straße zu einem Feldweg wurde, fand Marius die Hausnummer 17. Das Haus fiel in der Straße nich besonders auf. Weißer Kalk überdeckte das sicher nicht mehr ganz junge Gemäuer, es gab dunkelgrüne Fensterläden sowohl an den Fenstern des Erdgeschosses wie des ersten Stockwerks. Die Klingel war golden und verziert. Marius drückte sie, ein freundlicher doppelter Gong erklang im Haus. Kurze Zeit später näherten sich schlurfende, schnelle Schritte. Eine kräftige Frau um die 40, deren Stimme Marius vom Telefon bereits kannte, öffnete Marius, der sich vorstellte und nach Lutz Heilburg fragte. Die Frau zögerte, ihn hereinzulassen, schloss die Tür vor ihm und besprach sich, vermutete Marius, erst einmal mit Heilburg. Die Beratung schien zu Marius' Gunsten ausgegangen zu sein, denn die Frau öffnete die Tür erneut und führte den Detektiv in ein dunkles, vollgestelltes Wohnzimmer.

Marius setzte sich auf einen der braunen Sessel, kurze Zeit später kam Lutz Heilburg keuchend die Treppe herunter. Er reichte Marius die Hand, dann setzte er sich selbst auf das große Sofa, versank fast darin und stützte sich auf seinen Stock, so als würde ihn der Stock davor bewahren, im Stoff des Sofas zu versinken. Der alte Mann beobachtete Marius aus kleinen, wachen blauen Augen. Auch wenn sein Körper sichtlich vom Alter gezeichnet war, wirkte Lutz Heilburg erstaunlich lebendig, wie Marius fand.

»Sie sind aus Köln«, stellte er fest. Marius nickte, wollte schon ansetzen, etwas zu sagen, aber Heilburg fuhr einfach fort. »Ganz schön weite Reise, um einen alten Mann zu besuchen, den Sie gar nicht kennen.« Er hielt kurz inne. »Oder kennen wir uns? Mein Gedächtnis ist nicht mehr das Allerbeste. Sagt mein Arzt. Und meine Tochter übrigens auch.« Er deutete mit dem Stock zur Wohnzimmertür, ungefähr in die Richtung, aus der klappernde Küchengeräusche kamen. »Ich glaube eher, dass sich so viel in meinen Erinnerungen angesammelt hat, dass ich einfach nicht mehr alles auf Anhieb wiederfinde. In 82 Lebensjahren bleibt ja doch einiges hängen. Hoffe ich zumindest.« Heilburg lachte leise. »Aber erzählen Sie mir, was ich für Sie tun kann. Viel wird es nicht sein. Ich bin ein alter Mann und nicht mehr zu allzu viel zu gebrauchen.«

Marius lächelte. Er saß leicht vornübergebeugt in seinem Sessel, auf Augenhöhe mit seinem Gesprächspartner, die Fingerspitzen beider Hände leicht gegeneinander gedrückt.

»Ach!« Der alte Mann schlug sich mit der Hand gegen die Stirn. »Verzeihen Sie mir bitte! Ich bin unhöflich! Wollen Sie etwas trinken? Kaffee vielleicht? Einen Likör?« Bei seiner letzten Frage lächelte Heilburg verschwörerisch.

»Keinen Alkohol, danke. Ein Wasser wäre nett.«

»Wasser?« Der alte Mann zuckte mit den Achseln. Dann brüllte er in Richtung Küche. »Margot! Der junge Mann hätte gern ein Glas Wasser und ein Likörchen! Sei so gut, Liebes!« Heilburg zwinkerte Marius listig zu. Wenige Augenblicke später kam Margot Heilburg mit einem Glas Wasser ins Wohnzimmer, das sie vor Marius abstellte. Danach öffnete sie einen alten Schrank im Wohnzimmer und goss einen guten Schluck Likör in ein kleines Glas, das sie ohne weiteren Kommentar vor ihrem Vater abstellte. Der nippte zufrieden an dem Glas. »Jetzt erzählen Sie aber einmal, warum Sie hier sind, junger Mann.«

»Ich brauche Ihr Gedächtnis.« Der alte Mann lachte kurz auf.

»Geben Sie es zu: Mein Arzt schickt Sie. Sie sollen herausfinden, ob ich meine Erinnerungen verkramt oder verloren habe.«

»Nein, ich bin Privatdetektiv.« Marius holte seine Lizenzkarte hervor und zeigte sie dem alten Mann, der sie neugierig und sorgfältig begutachtete. Er musste sie sich fast gegen die Nase halten, um sie lesen zu können. Um das Augenlicht von Lutz Heilburg stand es offenbar nicht zum Besten. Schließlich gab er Marius die Karte zurück.

»An was für einem Fall arbeiten Sie denn?«

»Ich bin auf der Suche nach einem alten Gemälde, einer mittelalterlichen Kreuzigungsszene.« Marius holte eine Kopie des Fotos hervor und zeigte sie Heilburg. Der nahm sie, betrachtete sie ebenso sorgfältig wie zuvor Marius' Lizenz und gab sie dem Detektiv zurück. »Tut mir leid, junger Mann, ich verstehe nun wirklich nichts von Kunst.«

»Aber Sie haben sich einmal um Kunst gekümmert.«

»Ich?«

»Im Juni 1943 haben Sie eine Lieferung alter Gemälde aus dem Wallraf-Richartz-Museum in Empfang genommen. Als Vertreter einer Auslagerungsstelle hier im Ort.«

»Ja! Oben in den alten Stollen. Wenige Jahre zuvor wurde die Grube Gonderbach geschlossen. Gleich hier hinter dem Dorf. Da sie noch gut in Schuss war, die Grube, wurde da allerlei gelagert im Krieg. Irgendwann auch Kunst. Aber viel kann ich Ihnen dazu nicht sagen. Die Laster sind hier angekommen, haben Kisten abgeladen, wir haben sie quittiert und in den Stollen gebracht. Was wir da eingelagert haben, davon hatten wir keine Ahnung. Die Kisten blieben ja zu.«

»Aber Sie erinnern sich an diese Fahrt?« Marius zeigte Heilburg die Seite aus dem Anhang. »Das ist Ihre Unterschrift, oder?«

»Ja, ja, da haben Sie recht. Aber ich habe unter Dutzende solcher Papiere meine Unterschrift gesetzt.«

»Vielleicht war an diesem Tag etwas Besonderes? War irgendetwas anders als sonst?«

»Dafür müsste ich zuerst einmal wissen, welcher Tag das war. Geben Sie einmal her.« Heilburg nahm das Buch, Marius hatte Sorge, dass es zu schwer für ihn sei und die alten Knochen in den dünnen Beinen brechen würden, wenn er es fallen ließ. Doch der alte Mann hielt das Buch fest und sicher. Er las das Protokoll langsam, fuhr mit einem Finger die einzelnen Zeilen entlang. Am Datum blieb er hängen. Dann lehnte er sich kurz zurück, wirkte, als suchte er in der Ferne, irgendwo oberhalb von Marius' Kopf nach einer Erinnerung. Der Detektiv versuchte dem alten Mann ein wenig auf die Sprünge zu helfen.

»29. Juni '43. Ein Transport aus Köln. Vermutlich flache Holzkisten mit Bildern drin.«

»Ja, ich erinnere mich.« Marius beugte sich ein Stück weit vor. »Ich war am Abend noch mit einem Mädchen verabredet. Anna, ein hübsches Ding. Zu meiner Zeit hatte ich ja auch meine Liebchen, wissen Sie.« Marius lächelte kurz, aber er war zu sehr auf seinen Fall konzentriert, als dass er auf das Späßchen eingehen konnte. »Das war meine erste Fuhre, die aus Köln kam. Mein Chef hatte mir noch eingeschärft, ja freundlich zu denen zu sein. Am Tag vorher hatte ich mich mit einem Fahrer angelegt, weil er zu langsam abgeladen hatte. Deswegen hatten wir das dieses Mal selber übernommen. Ich glaube, die meisten Fahrer und Wachmänner waren froh, bei uns hier draußen zu sein. Weit ab von den Bomben und dem Krieg. Hier war damals ja noch alles friedlich. Deswegen kamen die ja alle zu uns mit ihren Kunstschätzen. Aber diese beiden, die waren anders. Ich hatte den Eindruck, denen konnte es nicht schnell genug zurück in ihren Krieg gehen. Das war ein ganz schön zackiger Kerl, dieser Offizier.«

Heilburg beugte sich nach vorne, um die Namen auf dem Protokoll zu lesen.

»Schulz genau. Hat mich gleich zu Beginn zur Sau gemacht, weil ihm alles nicht schnell genug ging. Ich habe dann das Protokoll getippt, während unsere Leute abgeladen haben, er hat es unterschrieben und die beiden Männer sind wieder abgehauen. Komischer Typ. Komische Augen. Ich mochte den nicht.« Er trank einen Schluck von seinem Likör. »Ich nehme an, Sie vermuten, dass das Bild bei diesem Transport dabei war?«

»Es wäre möglich. Das Bild ist im Krieg verschollen. Kennen Sie das vielleicht? Haben Sie dieses Zimmer schon einmal gesehen?« Marius zeigte Heilburg auch noch das Foto von 1970. Heilburg betrachtete es ebenso sorgsam wie alles andere, gab er es Marius zurück und schüttelte den Kopf.

»Nein, und wie ich schon sagte: Wir haben die Kisten in Empfang genommen, im Stollen verstaut, und nach Kriegsende sind die so wieder abgeholt worden, wie sie da standen.«

»Verschwunden ist in der Zeit nichts?« Der alte Mann schaute Marius empört an.

»Na, hören Sie mal! Wir waren zwar nur vom Dorf, aber wir wussten schon, dass man uns die Kunstschätze des Reiches anvertraut hatte. Unserer Verantwortung waren wir uns immer bewusst, und wir haben jede einzelne Kiste wieder an ihren Eigentümer zurückgegeben.« Wieder nahm er einen Schluck. »Mit ihrem Inhalt.« Er knallte das Glas auf den Tisch.

»Und die beiden Soldaten haben Sie nie wiedergesehen?«

»Nein, nie. Ich war auch ganz froh, als die weg waren.«

»Die hatten es eilig, sagten Sie?«

»Auf jeden Fall. Ich natürlich auch. Wegen Anna. Deswegen war mir das ganz recht.«

»Und Ihnen ist nicht aufgefallen, dass die beiden Männer keine Bestandsliste ihrer Fahrt abgegeben haben?« Heilburg zögerte kurz mit der Antwort. »Seltsam kam es mir schon vor. Aber sehen Sie: Ich war 17 Jahre alt damals, hatte gerade am Morgen einen furchtbaren Anschiss bekommen, und dann kam dieser Hauptmann an, und glauben Sie mir: Das war keiner, mit dem man sich anlegte. Schon gar nicht als kleiner Hitlerjunge. Glauben Sie, die zwei haben etwas mit diesem Bild zu tun? Haben die es geklaut?«

»Ich weiß es nicht. Möglich.«

»Sie haben doch deren Namen. Da finden Sie sicher Auskünfte in einem alten Wehrmachtsarchiv.«

»Ich weiß, Sie waren allerdings einfacher zu finden.« Marius lächelte.

»Ja, ich bin in meinem Leben nicht weit herumgekommen. Aber hier ist es auch nett.«

24

Zurück in Köln nahm sich Marius zuerst Zeit, das Büro und vor allem die Bürotür gründlich nach Einbruchsspuren abzusuchen. Doch selbst als er Schloss und Türrahmen mit einer Lupe aus Brocks Schreibtisch betrachtete, konnte er keine Spuren entdecken. Wenn Merheimer in das Büro eingebrochen war und davon war Marius überzeugt, dann war er ein echter Profi. Interessant, welche Fähigkeiten die Mitarbeiter der Hochkirchen Beteiligungsgesellschaft besaßen. Er würde sich beizeiten intensiver mit Merheimer und seinem Hintergrund beschäftigen, beschloss Marius.

Kurz überlegte er, ob er seine Wohnung überprüfen sollte, verwarf den Gedanken allerdings. Dank einer übervorsichtigen Vormieterin besaß er neben zwei Türschlössern einen stabilen, abschließbaren Querbalken aus Metall auf der Türinnenseite, den Marius meist sogar benutzte. Falls Merheimer nicht die Außenfassade hochklettern würde, hatte er kaum eine Chance, in Marius' Wohnung zu gelangen. Daher beschloss der Detektiv, sich drängenderen Fragen zuzuwenden.

Er wollte mehr über die Soldaten wissen, die den Kunsttransport in Fischelbach abgeliefert hatten, und nach einer längeren Suche stieß er im Internet auf die Deutsche Dienststelle für die Benachrichtigung der nächsten Angehörigen von Gefallenen der ehemaligen deutschen Wehrmacht. Diesen Lindwurm von einem Namen musste er sich aufschreiben, um ihn nicht zu vergessen. Aber auch wenn der Name der Dienststelle ein wahres Monstrum war und Marius schwerste bürokratische Hürden erwartete, fiel die Frage nach der Auskunft erstaunlich leicht. Er erklärte einer ruhigen, freundlichen Stimme am Telefon sein Interesse mit allgemeinen Forschungszwecken, und der Sachbearbeiter am anderen Ende der Leitung nahm die Namen auf und versprach, sich darum zu kümmern. Wenn Marius Pech hatte, waren beide gefallen. Das war nicht unwahrscheinlich, aber da das Bild 25 Jahre nach dem Krieg noch existiert hatte, war es dennoch besser als nichts. Interessant würde die Sache vor allem dann werden, wenn die beiden Soldaten den Krieg überlebt hatten. »Wie lange dauert so eine Anfrage denn? Wann kann ich mit einem Ergebnis rechnen?«

»Ich denke, dass Sie so in zwölf Monaten von uns hören werden.« Marius fiel fast der Telefonhörer aus der Hand, als er das hörte.

»In zwölf Monaten? Ich will Sie nicht hetzen, aber ich bräuchte die Auskünfte ein klein wenig schneller.« Die Stimme am anderen Ende der Leitung klang, als würde sie diesen Satz öfter hören. Die Freundlichkeit verschwand augenblicklich.

»Gestern, oder was?«

»Morgen Abend würde mir reichen.«

»Dann müssen Sie selber vorbeikommen.« Ohne ein weiteres Wort legte der Mann auf. Marius überlegte, ob die vage Spur einen Flug nach Berlin wert wäre. Immerhin bestand die Möglichkeit, dass dieser Transport in den 40er-Jahren nicht das Geringste mit dem Verschwinden des Bildes zu tun hatte. Marius wusste nicht allzu viel über die Lage in Köln während des Krieges, dachte sich jedoch, dass es genug Chaos und damit genug Möglichkeiten gegeben haben konnte, Bilder aus dem Museum zu entwenden. Auf der anderen Seite hatte er nicht viel mehr.

Alternativ konnte er versuchen, mehr über das Zimmer herauszufinden, das auf dem Foto von 1970 zu sehen war, aber das war die sprichwörtliche Suche nach der Nadel im Heuhaufen. Außerdem musste er sich so langsam über seine Finanzen Gedanken machen. Brocks letzte Honorarzahlung war eine Weile her, einen Zugriff auf das Geschäftskonto der Detektei besaß Marius nicht. Wer sollte den Flug bezahlen?

Überhaupt musste er die aktuelle Situation der Detektei klären. Anschließend konnte er sich einmal Gedanken über seine eigene Zukunft machen. So oder so musste er sich mit der neuen Eigentümerin der Detektei unterhalten.

Doch Friederike Brock ging nicht ans Telefon. Marius legte auf und überlegte, was er als Nächstes tun sollte. Vielleicht konnte er jemand anderen beauftragen, in Berlin nach den Unterlagen in der Dienststelle zu suchen? Brock könnte eventuell noch Kontakte in Berlin haben. Marius erinnerte sich, dass der alte Mann ihm einmal von seiner Berliner Zeit erzählt hatte. Nur, wer konnte ihm dabei helfen? Er versuchte es erneut bei Friederike Brock. Diesmal ging sie mit dem obligatorischen »Ja« ans Telefon. Marius trug sein Anliegen vor. Er hatte Glück, Friederike war gerade in der Wohnung ihres Vaters. Seiner Frage, was sie da tat, wich sie aus. Allerdings erinnerte sie sich an einen alten Freund Brocks, irgendeinen Türsteher mit Namen »Charlie«.

»Das wird mir helfen, Charlie ist ein seltener Name und Berlin eine Kleinstadt.«

»Du kannst auch gerne allein suchen, Marius.« Der Privatdetektiv wiegelte ab, registrierte aber, dass sie seinen Namen genannt hatte. »Warte mal, hier habe ich was. Charlie Marx und eine Berliner Adresse.« Marius notierte sich die Adresse von Charlie Marx. Er war sich nicht ganz sicher, um wen es sich dabei handelte und ob er ihm den Auftrag geben sollte. Er selbst kannte niemanden in Berlin, den er fragen konnte. Außer einer Exfreundin, die er nicht unbedingt anrufen wollte und bei der er sich nicht nur sicher war, dass sie ihm diesen Gefallen nicht tun würde, sondern dass sie auch keinesfalls erfreut wäre, von ihm zu hören. Charlie Marx war also seine beste Chance. Er suchte im Internet die Telefonnummer zu Marx' Adresse und rief ihn an. Außer einem Tuten war nichts zu hören. Marius wollte gerade auflegen, als sich eine verschlafene Stimme meldete, müde und aggressiv. »Wer zum Teufel …?«

»Sandmann, Marius. Ich bin ein Mitarbeiter von Gunter Brock.«

»Gunter wer?«, antwortete die müde Stimme gereizt.

»Gunter Brock, Privatdetektiv aus Köln. Sie kennen ihn aus seiner Berliner Zeit.« Das Letztere hoffte Marius nach dem Gesprächseinstieg mehr, als dass er es glaubte.

»Kenn ich nicht. Wie hieß der?«

»Brock, Gunter Brock.«

»Woher soll ich den kennen?« Gute Frage. Das wusste Marius selber nicht. Er überlegte fieberhaft, was Brock eigentlich in Berlin gemacht hatte und wo es einen Anknüpfungspunkt für das Gedächtnis seines Gesprächspartners geben könnte. Wenn es einen gab. Marx redete sich mittlerweile in Rage. »Hören Sie mal, wenn Sie mir etwas verkaufen wollen. Sie wissen, das ist verboten. Die Leute in aller Herrgottsfrühe aus dem Bett zu schellen …«

»Es ist vier Uhr am Nachmittag.«

»Ja, sag ich doch! Verkaufen lasse ich mir von dir aber nichts, hörst du, Bürschchen?« Marius versuchte den Sermon auszublenden und sich auf das wenige Wissen über Brocks Berliner Zeit zu konzentrieren. Warum wusste er so wenig von seinem Chef? Warum war Brock so ein verschwiegenes Arschloch gewesen? Oder war er einfach ein desinteressiertes Arschloch? Sie hatten jahrelang zusammengearbeitet, Tür an Tür gesessen.

»Türsteher! Er war Türsteher!«

»Ha! Der Brocken! Warum sagst du das nicht gleich, Junge? Wie geht es dem alten Sack?« Marius erklärte kurz, was geschehen war, ohne allzu sehr ins Detail zu gehen. Die Stimme am anderen Ende reagierte nicht weniger aggressiv, aber dennoch klang sie anders. Wärmer. »Scheiße! Das hat er nicht verdient. Er war kein schlechter Kerl. Wirklich nicht.«

»Ich weiß.« Die beiden Männer schwiegen eine Weile am Telefon. Marius konnte von seinem Platz aus Brocks verschlossene Bürotür sehen.

»Weiß man schon, wer ihn gekillt hat?« Marius verneinte. »Jetzt suchst du selber, oder?«

»Ja.«

»Lass das, Junge. Ich kenn dich nicht, aber Mord ist eine Nummer zu groß. Ganz bestimmt. Lass die Polizei ihre Arbeit machen und such dir ein paar untreue Ehefrauen, die du überwachst. Lass die Finger von Mord. Das geht nicht gut aus. Glaub mir!« Marius war von der Fürsorge des Fremden ebenso überrascht wie gerührt. Er dachte einen kurzen Augenblick darüber nach, ob Charlie Marx nicht sogar recht hatte. Was tat er hier eigentlich? Noch während er darüber grübelte, sprach Marx weiter. »Aber du lässt sowieso nicht die Finger davon. Also was soll ich tun?« Marius erklärte Charlie Marx, worum es ging. Marx versprach, sich darum zu kümmern. Marius wollte schon auflegen, als Marx noch etwas sagte. »Er war kein schlechter Kerl.«

Paula Wagner saß derweil in Kalk an Hannes Bergkamps Computer und versuchte etwas Brauchbares über Lucca Matteo herauszufinden. An ihrem Rechner saß ein schwitzender Systemadministrator in einem rot-weiß karierten Hemd, dessen Anbaggerungsversuche sie in der letzten halben Stunde mit wachsender Übellaunigkeit gekontert hatte.

Da alle anderen Rechner ohne seinen persönlichen Service wieder mit dem Online-System verbunden waren, nahm sie an, dass der Einsatz des Administrators eher ihr galt. Die Blicke, die er ihr regelmäßig zuwarf, nährten diesen Verdacht. Sie aber hatte nun wirklich anderes zu tun, auch wenn sie nicht wirklich damit rechnete, etwas über diesen religiösen

Spinner im Computer zu finden, von dem ihr die Leute in der Ponderosa Bar erzählt hatten. Ihre einzige Chance bestand darin, dass Matteo mit seiner Religiosität in der Öffentlichkeit für Ärger gesorgt hatte. Was nicht unwahrscheinlich war, sich aber als falsch herausstellte.

Zumindest unter diesem Namen war er in keiner Datei gespeichert. Vielleicht war das auch nur eine falsche Spur? Sie sollte sich um das Opfer und seinen Mitarbeiter kümmern. Stattdessen jedoch versuchte sie Bergkamp über sein Handy zu erreichen, aber ihr Chef ging nicht ans Telefon.

Mit einem vernehmlichen Hüsteln schob der Administrator ihren Schreibtischstuhl zurück und donnerte ihn geräuschvoll gegen einen Aktenschrank. Dann stand er auf, murmelte etwas davon, dass er hier fertig sei und dass sie besser auf ihren PC achten solle, packte seine Tasche und stapfte grußlos aus dem Büro.

Immerhin. Den war sie los. Ihre Gedanken aber waren bei ihrer Arbeit und ihrem Chef. Sollte sie sich Sorgen machen oder saß er wieder einfach nur in einem Café und hatte keine Lust zu telefonieren? Sie schob den Gedanken beiseite und gab den Namen Marius Sandmann in den Computer ein. Nichts. Außer, dass er als Privatdetektiv in einem Register stand, gab der Polizeicomputer nichts über ihn her.

Dennoch wollte sie mehr über ihn wissen und öffnete ihren Internet-Browser. Routiniert startete sie mehrere Tabs und gab in verschiedenen Suchmaschinen den Namen des Privatdetektivs ein. Auch hier waren die Ergebnisse spärlich. Sandmann besaß keine eigene Homepage, immerhin ein Network-Profil, auf dem sie außer einem alten Foto nichts entdecken konnte. Ansonsten fand sie nur eine Telefonnummer auf der Homepage der Deutschen Telekom. Außerdem hatte er vor einigen Jahren ein paar Referate in der Universität gehalten, deren Inhaltsangaben noch auf den Servern der Universität zur Verfügung standen.

Paula Wagner ging gelangweilt die Titel durch, die ihr allesamt nichts sagten. Nur bei den letzten Referaten blieb sie hängen: ›Botticellis Bilderzyklus zu Dantes Göttlicher Komödie – Gewalt und Erlösung‹ und ›Mittelalterliche Malerei: Körper und Seele – Gewalt und Erlösung‹. Das klang, als sollten sie sich noch einmal genauer mit dem Herrn Kunststudenten unterhalten und ihn vielleicht einmal nach seinem Verhältnis zur Gewalt befragen. Hatte Marius Sandmann etwas mit dem Mord an seinem Chef zu tun? Ausschließen konnte sie es nicht, auch wenn sie noch kein richtiges Motiv hatten. Aber der Modus Operandi würde zu seinem Hintergrund passen. Kreuzigung und mittelalterliche Gewaltdarstellung – so allmählich fügte sich ein Bild vor den Augen der Polizistin zusammen. Vielleicht sollten sie den Tatort noch einmal nach Spuren von Marius Sandmann absuchen?

Sie versuchte erneut, Hannes Bergkamp anzurufen und ihn über ihre Ergebnisse und Gedanken zu informieren, erreichte ihn aber nicht. Stattdessen bekam sie Volker Brandt ans Telefon, aber auch der hatte keine Zeit für sie. Weiterarbeiten also. Sie gab den nächsten Namen in die Suchmasken ein, der Einfachheit halber begann sie diesmal im Internet. Brock jedoch war noch weniger im Netz präsent als Marius Sandmann. Von ihm gab es nicht einmal eine private Telefonnummer, nur die Adresse der Detektei in verschiedenen Firmenverzeichnissen.

Sie überlegte, ob Brock diese Eintragungen vorgenommen hatte, konnte es sich aber nicht vorstellen. Vermutlich hatte Marius Sandmann diese kostenlose Form der Werbung genutzt. Sie fragte sich, warum Sandmann sie über den Auftrag angelogen hatte. Er hätte doch wissen müssen, dass sie das herausfinden würden. Es war wie immer: Verbrecher waren nicht halb so schlau, wie alle glaubten. Eigentlich waren sie eher ein wenig dumm. Egal, was sie studiert hatten. Hannes Bergkamp ging immer noch nicht ans Telefon. Bevor sie Brock im internen System der Polizei suchen würde, könnte sie sich eigentlich auch einmal einen Kaffee gönnen.

Zwei Stunden nachdem Marius Sandmann das Büro verlassen hatte, stand er immer noch gegenüber auf einem mit Gebüsch und Unkraut überwucherten Brachgelände und übte sich im Schattenboxen. Er hatte kurz überlegt, eine der Matratzen, die irgendwer hier auf dem Gelände entsorgt hatte, aufzustellen und als Sandsackersatz zu nutzen, hatte aber aus hygienischen Gründen von dieser Idee Abstand genommen. Früher hatte er Schattenboxen immer als ein albernes Training empfunden, vermutlich weil er es nie gemacht hatte und nicht wusste, wie anstrengend es sein konnte, ins Leere zu boxen. Zwischendurch hatte er ein paar Liegestütze eingeschoben, und auch der einsetzende kalte Regen hatte ihn nicht abhalten können. Nun stand er durchnässt, verschwitzt und abgekämpft im Halbdunkel der Dämmerung, die Hände auf die Knie gestützt und hustete. Sein Handy klingelte, er brauchte einige Zeit, bis er es mit klammen Fingern aus der Hosentasche herausgefischt hatte. Eine unterdrückte Nummer. »Sandmann.« Ein mächtiger Hustenanfall, weitaus größer als sein eigener kleiner trockener Husten gerade, begrüßte ihn.

»Entschuldigung.« Marius brauchte einen Moment, bis er Charlie Marx' Stimme erkannte.

»Das ging schnell.«

»Ich dachte mir, ich erledige es gleich. Sonst schieb ich es doch nur auf und du gehst mir auf die Nerven.« Marius grinste. Er hörte ein Feuerzeug, dann einen tiefen Zug. Ein leichtes Husten. »Jedenfalls war ich bei dieser Dienststelle, Mann, staubiger Laden. Wer will denn freiwillig da arbeiten? Und immer wenn du denkst, es geht nicht schlimmer, wie grau ist das denn hier, dann führen sie dich in ihren Aktenkeller und lassen dich mit einem Haufen von Papier allein. Trotzdem gut organisiert sind sie, Wehrmacht eben.« Charlie lachte über seinen eigenen Witz. Marius lachte mit. Allerdings wartete er vor allem auf das, was Charlie Marx herausgefunden hatte. »Deine beiden Namen jedenfalls wirst du nicht mehr befragen können. Du hast mir übrigens gar nicht gesagt, was das Ganze mit Brocks Ableben zu tun hat.« Charlie machte eine Pause.

»Es hat mit dem Fall zu tun, an dem wir zuletzt gearbeitet haben.«

»Das dachte ich mir schon. Egal. Die beiden sind tot. Hauptmann Wilhelm Schulz ist am 14. März 1943 in der Nähe von Kiew gefallen. Josef Meingold starb ein paar Wochen früher schon im Januar 1943 bei einem Luftangriff auf seine Heimatstadt Braunschweig. Die arme Sau war wohl auf Heimaturlaub. Krasse Zeiten. Da kommt man von der Front nach Hause, endlich mal ein paar Tage weg von diesem ganzen Morden und Sterben und dann erwischt es einen zu Hause.«

»Das kann nicht sein.«

»Was kann nicht sein?«

»Die beiden sind im Januar und März 1943 gefallen?«

»Definitiv, ich kann dir die Kopien der Unterlagen zuschicken, wenn du mir nicht glaubst.«

»Aber sie haben fast ein halbes Jahr später im Juni 1943 einen Kunsttransport gesichert!«

»Nur als Gespenster, Junge, nur als Gespenster.«

25

Marius beendete das Gespräch. Er kannte Marx nicht und wusste nicht, wie zuverlässig er war. Aber was hätte er schon davon gehabt, wenn er ihn belog? Sie beide hatten ein Interesse daran herauszufinden, wer Gunter Brock umgebracht hatte, und Marx' Fürsorge ging sicher nicht so weit, dass er Marius auf eine falsche Spur bringen wollte. Wenn Marx also recht hatte, wovon Marius ausgehen musste, blieb nur eine Möglichkeit übrig, ließ man Charlies Gespenstergeschichte außen vor. Jemand hatte das Protokoll bei der Übergabe mit falschem Namen unterschrieben, und es gab eigentlich nur einen Grund, warum dieser Jemand das tun sollte.

Paula Wagner blickte interessiert auf ihren Bildschirm, neben sich eine halbleere Packung Kekse, die sie sich gleichzeitig mit ihrem Kaffee im Kiosk gegenüber gegönnt hatte. Das Internet hatte zwar nichts über Gunter Brock ausgespuckt, der Polizeicomputer allerdings war auskunftsfreudiger. Viel auskunftsfreudiger. Sie schüttete sich einen Kaffee aus der Thermoskanne in eine große Tasse mit dem Emblem des New York Police Departement, Erinnerungsstück an eine dreimonatige Hospitanz bei der amerikanischen Polizei vor fünf Jahren. Brock war zu dieser Zeit noch ein einfacher Kaufhausdetektiv auf der Schildergasse. Kurze Zeit später hatte er eine Lizenz für seine Detektei beantragt und sich selbstständig gemacht. Marius Sandmann wurde von Anfang an als freier Mitarbeiter der Detektei Brock geführt.

Diese Zeit war es aber nicht, die Wagners Aufmerksamkeit fesselte. Auch nicht die gemeinsame Zeit der beiden Detektive in einem Kölner Kaufhaus. Was sie interessierte und ihr wie eine völlig neue Spur erschien, war Brocks Zeit in Berlin, aus der die meisten der zahlreichen Einträge stammten, die Paula Wagners Bildschirm füllten.

Ihr Handy brummte und riss sie aus ihren Gedanken. Manchmal stellte sie es stumm, wenn sie in Ruhe arbeiten wollte, und vertraute darauf, den Vibrationsalarm zu spüren. Sie schaute auf das Display. Bergkamp. Endlich. »Ich hab versucht, dich zu erreichen.«

»Hab ich gesehen. Wir sollen zum Staatsanwalt, Brandt hat Neues über den Mordfall Brock.«

»O. K., ich hab auch ein paar interessante Sachen. Wann sollen wir da sein?«

»In zehn Minuten.«

»Der Mann spinnt.«

»Beeil dich.« Paula druckte die Daten aus ihrem Computer aus, während sie ihre Sachen zusammenpackte und nach einem letzten Keks griff. Dann eilte sie aus dem Büro hinunter in die Tiefgarage des Präsidiums. Auch wenn Thomas Stein ein Idiot war und keine Chance bestand, in zehn Minuten vom Polizeipräsidium in Kalk zur Staatsanwaltschaft auf der Luxemburger Straße zu gelangen, musste sie ihn nicht unnötig mit einer langen Wartezeit provozieren.

15 Minuten später betrat sie Steins Büro. Brandt und Bergkamp warteten bereits.

»Frau Kommissarin. Schön, dass Sie es auch geschafft haben. Dann können wir ja anfangen.« Die beiden Männer, die vor dem Schreibtisch saßen, schwiegen und schauten konzentriert auf die Tischplatte. Paula Wagner ertappte sich bei dem Gedanken, dass sie froh war, weil Volker Brandt sich wenigstens eine spitze Bemerkung verkniffen hatte. Sie wurde bescheiden und sie wusste nicht, ob das ein gutes Zeichen war.

Da alle Stühle belegt waren, lehnte sie sich an die Fensterbank. Hin und wieder lugte sie hinaus, denn der Blick über die Stadt war atemberaubend. Ihre Augen blieben an den goldgelben Hügeln hinter dem Mediapark hängen. Sie versuchte die Stelle zu finden, wo das Kreuz gestanden hatte, war sich aber aus der Entfernung nicht ganz sicher, ob sie den richtigen Platz entdecken würde.

»Erzählen Sie uns, was Sie herausgefunden haben, Doktor Brandt.« Brandt stand auf und ging auf und ab, während er sprach. Dabei schaute er durch seine Metallbrille von einem zum anderen und hob den Zeigefinger der rechten Hand dozierend in die Höhe.

»Was wir bisher wissen und was Sie noch nicht wissen, ist Folgendes: Das Opfer, der Privatdetektiv Gunter Brock, starb nicht an den Nägeln, die man ihm durch die Handflächen und die Füße geschlagen hatte. Er starb auch nicht an den Schlägen, die er vor seiner Kreuzigung zugefügt bekommen hatte.«

»Das heißt, er lebte noch, als er an das Kreuz genagelt war?« Paula Wagner schauderte.

»Davon gehen wir aus, ja. Die Stoffreste, die wir in seinem Mund gefunden haben, und die zu einem Tuch passen, das wir in der unmittelbaren Umgebung in einem Mülleimer gefunden haben, deuten darauf hin, dass er währenddessen bei Bewusstsein war. Der Täter wollte die Schmerzensschreie seines Opfers unterbinden.«

»Aber er hat ihm den Knebel abgenommen?«

»Richtig.«

»Also hat er mitbekommen, wie sein Opfer starb?«

»Ja.«

»Ich verstehe das noch nicht so ganz. Wie genau war denn nun der Tatablauf?«, fragte Stein.

»Exakte Angaben kann ich nicht zu allem machen.«

»Sagen Sie einfach, was Sie wissen, und vielleicht sagen Sie uns, was Sie über den Rest denken?« Paula Wagner fiel es von Mal zu Mal schwerer, Volker Brandt in der Öffentlichkeit zu siezen. Aber sie wusste, dass er ihre Affäre wegen seiner Frau und der beiden Kinder nicht an die Öffentlichkeit bringen wollte. Wenn sie ehrlich zu sich war, wollte sie das eigentlich auch nicht. Der Rechtsmediziner war gut im Bett, davon abgesehen ein unerträgliches Arschloch.

Brandt schaute Stein scharf an. Er mochte es nicht, Vermutungen äußern zu müssen. Was nicht exakt nachweisbar war, fiel nicht in seine Zuständigkeit. Bergkamp schien seinen Gedankengang zu ahnen.

»Ich denke, die ungewöhnlichen Tatumstände sprechen dafür, dem Vorschlag des Staatsanwaltes zu folgen. Nur damit wir uns ein Bild machen können, was da oben eigentlich passiert ist.« Der ausgleichende Bergkamp. Paula Wagner suchte die Hügel nach der Stelle »da oben« ab, war sich aber immer noch unsicher, ob sie sie gefunden hatte, oder nicht.

»Also gut. Was wir wissen: Der Mann wurde vor Ort an das Kreuz genagelt, mit kräftigen Zimmermannsnägeln, die kriegen Sie in jedem Baumarkt.«

»Also keine Chance, dass wir über das Werkzeug und das Holz für das Kreuz irgendetwas über den Täter erfahren können?« Brandt schüttelte den Kopf.

»Vergessen Sie es. Das ist alles Dutzendware, die bekommen Sie wirklich überall.«

»Dann fahren Sie doch einfach fort.« Staatsanwalt Stein schaute bereits auf die Uhr. Verabredung zum Mittagessen, dachte Wagner bei sich.

»Also gut. Ans Kreuz genagelt wurde er vor Ort. Wie lange das Kreuz auf dem Boden lag, können wir nur vermuten. Die Eindrücke im Boden lassen vermuten, dass es etwa eine Stunde so gelegen haben muss.«

»Warum so lange? Warum richtet er das Kreuz nicht direkt auf?«

»Das herauszufinden ist Ihre Aufgabe, Frau Kommissarin.«

»In dieser Zeit hat er ihm den Knebel aus dem Mund genommen?«

»Da wir keine Abdrücke einer Leiter oder von etwas Ähnlichem haben, können wir davon ausgehen, dass das so war. Ja.«

»Hat er den Knebel mehr als einmal herausgenommen? Können Sie das sagen?« Brandt schüttelte den Kopf.

»Nein, das wissen wir nicht.«

»Worauf wollen Sie hinaus?«, fragte Stein.

»Nun, wenn es sich nicht um jemanden handelte, der Spaß an den erstickten Schreien seines Opfers hat, dann besteht die Möglichkeit, dass er den Knebel aus dem Mund genommen hat, weil er etwas anderes hören wollte.«

»Daran erkennen Sie die Verhörexperten, Staatsanwalt. Wenn diese Leute könnten, wie sie wollten, würden sie vermutlich aus jedem ein Geständnis herausfoltern.« Brandt grinste Bergkamp breit an. Der ignorierte das Grinsen und blickte zu Paula Wagner am Fenster.

»Du meinst, der Täter hat Brock ans Kreuz genagelt, um ihm etwas zu entlocken, weil er etwas von ihm wissen wollte?«

»Genau das denke ich.«

»Das wäre möglich. Aber was könnte das sein? Und hat er erfahren, was er wissen wollte?« Bergkamp zuckte mit den Achseln.

»Hören wir einfach weiter, was unser Doktor uns zu sagen hat. Vielleicht können wir da noch etwas lernen. Über Verhörmethoden.« Brandt ignorierte nun seinerseits Bergkamps Bemerkung.

»Also gut. Eine Stunde etwa lag das Kreuz mit dem aufgenagelten Opfer auf dem Boden. Irgendwann nimmt der Täter, einmal oder mehrmals, den Knebel aus dem Mund, dann richtet er das Kreuz mithilfe einer provisorischen Seilwinde auf, die er über ein paar Äste der benachbarten Bäume gebaut hat – clever übrigens, der Kerl ist nicht dumm. Wahrscheinlich war das Opfer da schon tot. Gestorben übrigens an einem Herzinfarkt.«

»Also war es nicht die Kreuzigung, die ihn umgebracht hat?«

»Indirekt schon. Aber der Tod trat definitiv nicht durch die Verletzungen ein. Das wäre erst nach einigen Stunden der Fall gewesen.«

»Wenn wir einmal weiter davon ausgehen, dass der Täter etwas aus Brock herausfoltern wollte, dann heißt das, dass er entweder erfahren hat, was er wissen wollte, oder dass ihm Brock unter der Folter weggestorben ist.«

»Richtig.«

»Wenn Ihre These stimmt, handelt es sich nicht um einen Racheakt oder einen Ritualmord oder etwas Ähnlichem, sondern um ein gezieltes Verbrechen. Das erscheint mir abwegig. Wer würde einen solchen Aufwand betreiben und sich fast mitten in der Stadt einem so großen Risiko aussetzen, entdeckt zu werden?«

»Vielleicht steckt von allem etwas in diesem Verbrechen«, wandte Paula Wagner ein. »Ich habe mich einmal näher mit Gunter Brock und mit seinem Mitarbeiter Marius Sandmann beschäftigt. Sandmann ist ein ausgewiesener Mittelalterexperte, er hat sich für mittelalterliche Gewaltdarstellung interessiert und da spielt die Kreuzigung Christi, wie wir alle wissen, eine große Rolle. Vielleicht ist da einfach die Faszination für eine bestimmte Form der Gewalt mit jemandem durchgegangen?«

»Ich gebe zu, das ist ein Indiz. Aber haben Sie auch Beweise, mit denen ich vor die Presse treten kann, ohne dass die mich in zehn Minuten zerfleischen?« Die drei Männer blickten Paula Wagner an. Sie schwieg. »Liefern Sie uns Beweise, Frau Wagner.«

Paula Wagner wandte sich an Volker Brandt. »Wir sollten

vielleicht noch einmal den Tatort nach verwertbaren Spuren absuchen. Eventuell finden wir etwas, das Sandmann mit dem Ort in Verbindung bringt.«

»Ich weiß nicht, ob das sinnvoll ist, wir haben den Tatort nun wirklich gründlich abgesucht. Da dürfte nichts mehr zu holen sein.«

»Zumal es auch denkbar wäre, dass die neuen Spuren erst nach unserer ersten Untersuchung dort gelandet wären.«

»Dann würde mich die Presse auf jeden Fall zerreißen.«

»Dennoch sollten wir Marius Sandmann nicht aus den Augen lassen.«

»Das tun wir auch nicht, keine Sorge. Aber Sie sagten, Sie hätten auch noch etwas zum Opfer?«

»Allerdings.« Paula Wagner verließ ihren Platz auf der Fensterbank. Nachdem sie zuletzt in der Defensive gelandet war, konnte sie nun wieder Punkte sammeln. »Brock hat ein hochinteressantes Polizeiregister. Eigentlich erstaunlich, dass er eine Lizenz als Privatdetektiv bekommen hat.«

»Das lief wohl damals über das Kaufhaus«, sagte Stein.

»Verstehe. Jedenfalls hat Brock von 1977 bis 1991 in Berlin gelebt. Sieben Jahre davon war er Rausschmeißer und Türsteher in einigen höchst fragwürdigen Lokalitäten. Sein Name taucht in mehreren Ermittlungsverfahren wegen Körperverletzung, Zuhälterei und Vergewaltigung auf.«

»Ist er verurteilt worden?«

»Nein, das nicht. Er ist in zwei Fällen als Zeuge aufgetreten.«

»Also vielleicht doch ein Racheakt aus dem Rotlichtmilieu. Wir sollten diese Spur zumindest nicht außer Acht lassen. Gehen Sie dem weiter nach. Gibt es sonst noch etwas?« Staatsanwalt Stein drängte darauf, die Besprechung zu beenden.

»Eine Kleinigkeit. Brock hatte in einer Ehrenfelder Kneipe Stress mit einer Art religiösem Fanatiker, der sich Lucca Matteo nennt.« Brandt schnaubte kurz. »Schöner Name, und sein Zwillingsbruder heißt dann Giovanni Marcus?« Stein blickte Brandt fragend an. »Die vier Evangelisten: Lukas, Matthäus, Markus und Johannes.«

»Also ein falscher Name?« Paula Wagner schaute angestrengt aus dem Fenster, damit der Staatsanwalt nicht bemerkte, dass sie fassungslos die Augen verdrehte.

»Zumindest haben wir nichts über einen Lucca Matteo.«

»O. K., gehen Sie dem nach. Aber fürs Erste konzentrieren wir uns auf den Detektiv und diese Rotlichtgeschichte. Ich denke, das wird uns weiterbringen.« Stein erhob sich, Brandt und Paula Wagner, die zwischenzeitlich wieder ihren Platz auf der Fensterbank eingenommen hatte, taten es ihm gleich. Nur Bergkamp blieb sitzen.

»Was ist eigentlich, wenn dieser Sandmann uns die Wahrheit gesagt hat? Wenn er und sein Chef wirklich auf der Suche nach diesem Kreuzigungsgemälde waren und die Tat damit in Zusammenhang steht?«

»Was soll dann sein? Dann werden wir es herausfinden.«

»Das meine ich nicht, Paula. Wenn Sandmann die Wahrheit gesagt hat und der Täter etwas von Brock wollte, aber es nicht bekommen hat, dann wird er sich eine neue Quelle suchen müssen.« Paula Wagner schaute Bergkamp an. Daran hatte sie noch gar nicht gedacht. »Dann schwebt Sandmann in Lebensgefahr.« Stein schaute auf die Uhr.

»Darum können wir uns jetzt nicht auch noch kümmern. Liefern Sie mir etwas Konkreteres.« Demonstrativ stellte der Staatsanwalt seine Aktentasche auf den Tisch. Nun erhob sich Bergkamp, und gemeinsam verließen die vier das Büro des Staatsanwalts.

26

Marius Sandmann saß im Büro seines toten Chefs und dachte nach. Auf der abgewetzten hellbraunen Schreibtischplatte vor ihm lag das Buch über Kölner Kunst im Krieg neben einem halb aufgegessenen Vollkornbrot mit Salat und einer Flasche Mineralwasser, wieder blätterte er sich durch den Anhang. Wenn es eine Aktennotiz über die Abgabe der Kunstwerke gab, dann musste es auch eine Aktennotiz über die Ausgabe im Museum gegeben haben, und dazu gehörte, so verstand Marius das Buch, eine Art Inventarliste des Transports. Aber nichts Dergleichen fand Marius in den Unterlagen. Es war zwar möglich, dass die Soldaten, die den Transport begleitet und sich möglicherweise bedient hatten, die Unterlagen nicht im Bergischen abgegeben hatten, nichts desto trotz müssten Kopien oder Abschriften im Archiv des Museums zu finden sein.

Er musste Malven davon überzeugen, ihn ins Archiv zu lassen. Nur wie? Vielleicht versuchte er besser noch etwas anderes? Schließlich gab es jemanden, der im Archiv des Museums geforscht haben musste. Er schlug das Buch zu und schaute auf den Umschlag: ›Kunst im Bombenhagel‹ von Theodor Wirtz. Dann hielt er inne.

Er saß hier am Schreibtisch seines toten Chefs, hatte sich regelrecht breit gemacht, benutzte sein Auto, sein Büro, seinen Tisch. Mit einem Mal fühlte er sich wie ein Eindringling hier. Brock hatte durchaus Wert auf seine Privatsphäre gelegt, als er noch gelebt hatte, und Marius setzte sich nur wenige Tage nach seinem Tod locker darüber hinweg. Er packte Buch, Flasche und Brot zusammen, sammelte verlegen ein paar Krümel vom Tisch und verließ das Büro, das er hinter sich zuschloss.

Am Küchentisch klappte er sein Laptop auf, ging ins Internet und suchte nach Theodor Wirtz. Er fand ihn rasch als

Professor für mittelalterliche Kunst an der Universität in München. Universitäten waren, was das Internet anging, sehr offen mit den Angaben ihrer Mitarbeiter, also besaß Professor Wirtz auch eine öffentliche Telefonnummer. Marius wählte sie, zu seiner Überraschung meldete sich der Professor selbst. Marius erklärte ihm kurz sein Anliegen, der Professor dachte einen Moment nach.

»Bitte haben Sie Verständnis dafür, dass ich nicht jeden Auslagerungstransport, über den ich vor über 20 Jahren geschrieben habe, im Kopf habe. Helfen Sie mir kurz auf die Sprünge! Wann genau war das?« Marius wusste das Datum mittlerweile auswendig: »29. Juni 1943.«

Professor Wirtz wiederholte das Datum. »An den Transport erinnere ich mich. Am gleichen Tag kam der Kustos des Museums ums Leben.«

»Mord?« Marius war hellwach.

»Mord? Wo denken Sie hin, nein! Er wurde von einer Bombe zerfetzt, als er seine Haustür in der Südstadt aufschließen wollte.«

»Hätte er nicht in einem Schutzraum sein müssen?«

»Eigentlich schon, der Keller des Museums diente sogar als provisorischer Schutzraum, aber Rast war dennoch unterwegs.«

»Haben Sie eine Ahnung warum?«

»Nein, vielleicht war er nur kurz unterwegs und wollte etwas holen? Es war immerhin heller Tag, ungewöhnlich genug für einen Bombenangriff.«

Marius dachte nach. Am gleichen Tag, an dem mit großer Wahrscheinlichkeit Bilder aus dem Museum verschwanden, starb der für die Auslagerung verantwortliche Kustos, weil er entgegen allen Sicherheitsratschlägen, wider alle Vernunft, mitten in einem Bombenangriff auf der Straße herumlief. Aber was half ihm diese Information? Steckte der Kustos mit den Bilderdieben unter einer Decke?

»Vielleicht können Sie mir noch einmal kurz erzählen, wie diese Transporte abliefen?«

»Das ist recht einfach. Das Museum stellte bei der Reichskulturkammer einen Antrag auf Auslagerung, sofern die Kammer nicht von sich aus bestimmte Kunstschätze auf die Liste nahm. Manche Museen waren ganz und gar nicht begeistert davon, ihre Schätze aus den Händen zu geben. Im Kölner Dom zum Beispiel wurde vieles mit Holz provisorisch verkleidet, aber ob irgendetwas von Wert einen Bombentreffer überlebt hätte, wage ich zu bezweifeln. Den Priestern ging es eh eher um ihre Messen, weniger um ihre Kunst.«

»Und wenn ausgelagert wurde, sicherte die Wehrmacht die Transporte ab?«

»Manchmal, aber nicht immer. Je früher ausgelagert wurde, umso größer war die Wahrscheinlichkeit, dass Soldaten als Wachpersonal mitfuhren, später gab es einfach zu wenige. Da mussten die Museumsleute oft selber fahren. Was sie gerne taten, jede Möglichkeit aus den Städten herauszukommen, war willkommen. In Köln lebten am Ende des Krieges auch nur noch ein paar Tausend Menschen. Der weitaus größte Teil war an der Front, auf der Flucht, evakuiert oder tot.«

»Noch einmal zurück zum Transport. Müsste es nicht einen Beleg in den Akten des Museums geben, wer welche Bilder am 29. Juni '43 in Empfang genommen und nach Fischelbach gebracht hat?«

»Doch, müsste es, und das ist jetzt wirklich interessant, warten Sie bitte einen kurzen Moment!« Wirtz hielt offenbar die Hand über das Telefon oder drückte die Stummtaste, während er mit jemand anderem sprach. Marius blieb nichts anderes übrig als zu warten. Nach zwei Minuten war Wirtz wieder da. »Entschuldigen Sie bitte, aber wir stecken hier gerade mitten in den Vorbereitungen für eine Fachtagung. Wo waren wir stehen geblieben?«

»Es müsste in den Akten des Museums einen Beleg über diesen Transport geben. Sie sind in Ihrem Buch sehr sorgfältig, wenn es um Belege geht, aber für diesen einen Transport gibt es nur einen Beleg aus dem Bergischen, nichts aus dem Museum.«

»Richtig, und das ist nicht auf Schlampigkeit meinerseits zurückführen, möchte ich betonen. Es gab in den Unterlagen des Museums nichts über diesen Transport.« Marius seufzte leise. Er hatte auf das Gegenteil gehofft.

»Also sind auch Akten des Museums im Krieg verloren gegangen?«

»Nein, keine einzige.« Der Professor machte eine Pause.

»Das heißt, die Akte ist später verschwunden?«

»So ist es.«

»Warum?«

»Ich habe keine Ahnung. Damals hatte ich sogar die Möglichkeit in Betracht gezogen, dass sie einfach falsch weggeheftet worden war. Aber das Museum ist exakt, wenn es um seine Unterlagen geht. Der Beleg fehlt schlicht und ergreifend, und es ist der einzige Transportbeleg, der fehlt.«

»Hat Sie das nicht stutzig gemacht?«

»Und wie! Ich dachte, ich wäre einer Riesensache auf der Spur. Damals war Beutekunst noch kein Thema, und insgeheim hatte ich gehofft, eine Spur zu haben, die zu einem Teil oder vielleicht sogar zu allen in dieser Zeit aus dem Museum verschwundenen Gemälde führt.«

»Und?«

»Nichts und. Die Sache war zu vage und ich hatte auch keine Zeit, ihr nachzugehen. Außerdem tauchten zu der Zeit ein oder zwei Werke auf Versteigerungen auf, die sich offenbar Museumsmitarbeiter unter den Nagel gerissen hatten. Nicht alles ist bei diesem einen Transport verschwunden. Möglicherweise gar nichts.«

Marius legte auf. Frustriert. Wirtz hatte das Gegenteil von dem gesagt, was er sich erhofft hatte. Wenn er jetzt auch noch anfing, alte Museumsmitarbeiter zu überprüfen, würde er sich endgültig verrennen. Das war allein nicht zu schaffen. Warum zum Teufel hatte Brock ihn so wenig eingeweiht? Irgendetwas musste er herausgefunden haben. Deswegen war er ermordet worden. Daran zweifelte Marius keine Sekunde. Er musste versuchen, Brocks Ermittlungen zu rekonstruieren. Nachdenklich blickte er auf die Tafel mit der Familienübersicht der Hochkirchens. Es gab noch eine andere Möglichkeit. Einen Schuss ins Blaue.

Der Privatdetektiv schnappte sich den Mantel, zog ihn über das obligatorische Kapuzenshirt und verließ das Büro. Nach einem kurzen Fußmarsch stand er vor einem alten Gewerbehof auf der Leyendeckerstraße. In einem der hinteren Gebäude, einem alten heruntergekommenen, weiß getünchten Backsteinbau, dessen Farbe stark abblätterte, war er am Ziel.

Er klopfte an das morsche grüne Holztor, nach einigen Momenten wurde es von Innen mit einem zähen Knirschen beiseitegeschoben und ein kräftiger Mann Mitte 50 in schwarzer Bomberjacke, mit Glatze, schaute misstrauisch daraus hervor. Auf seinem linken Handrücken trug er ein selbst gemachtes Tattoo in Form eines Hakenkreuzes. Marius erinnerte sich, dass Brock und der alte Skinhead einmal einen heftigen Streit gehabt hatten, und Marius hätte auf diese Begegnung hier durchaus verzichten können. Aber er brauchte diesen Mann, und ein Blick in dessen verquollenes Gesicht zeigte ihm, dass der Mann das bereits wusste, bevor Marius ein Wort gesagt hatte. Dumm war Sven Bauernfeind nicht, beileibe nicht. Das machte es nicht besser.

»Was willst Du?«, nuschelte er, ohne das Tor weiter aufzuschieben, so als wollte er dem Besucher schon den Blick in sein Allerheiligstes verwehren. Marius wusste, dass Bauernfeind das nicht ohne Grund tat.

»Ich brauche ein paar Auskünfte.«

»Hier gibt's keine Auskünfte. Hier gibt es nur historische Fundstücke und Antiquitäten für Experten.« Marius ignorierte Bauernfeinds Einwand. Sven Bauernfeind spielte nach seinen eigenen Spielregeln und die sahen für alle anderen die Rolle des Bittstellers vor. Marius würde die Informationen, die er brauchte, am liebsten aus dem Mann herausprügeln, trotz der Massigkeit des Nazis zweifelte Marius nicht daran, dass er ihm körperlich überlegen war. Aber Bauernfeind würde schweigen, so sehr Marius auch auf ihn einprügelte. Und er würde nie wieder eine Information von ihm bekommen. Also blieb ihm nichts anderes übrig, als mit dem Teufel zu tanzen. Er ahnte nicht, dass dieser Tanz nur eine harmlose Ouvertüre war und noch ganz andere Teufel auf ihn warteten.

»Aber du kennst dich wie kein Zweiter mit der Deutschen Wehrmacht aus, Sven.« Bauernfeinds fetter Gesichtsausdruck verriet geschmeichelte Eitelkeit, gewecktes Interesse und aufflackerndes Misstrauen zur gleichen Zeit.

»Kann schon sein, dass ich mich auskenne, Sandmann.«

»Ich brauche Informationen über einen bestimmten Wehrmachtsangehörigen.«

»Ist das so eine Aufarbeitungsgeschichte oder so ein Scheiß? Für die Uni?«

»Nein, es geht um ein paar ganz allgemeine Infos.« Bauernfeinds Augen verengten sich kurz. »Ganz allgemeine Infos über einen bestimmten Wehrmachtsangehörigen.«

»Verscheißer deine Mutter, aber nicht mich.« Der Nazi zog den Kopf zurück und wollte das Tor schließen, aber Marius hielt einfach nur Hand und Fuß dazwischen. Dieses kurze Kräftemessen der beiden Männer verlor der Skinhead.

Widerwillig öffnete er das Tor, Marius blickte in eine dreckige, mit Krempel vollgestopfte Halle. Rostige Autos ohne Reifen, auf alten Ziegelsteinen aufgebockt, Kleiderständer mit

Uniformjacken, Regale mit Helmen, Landsermützen, Rucksäcken, Dolchen, Schubladen, halb offen, bis auf den letzten Platz voll mit alten Unterlagen, eine Reichkriegsflagge hing an der hinteren Wand, ein Spot war genau auf sie gerichtet, die einzige künstliche Lichtquelle. Unter der Flagge stand ein altes Feldbett, dessen Bettzeug zerknüllt war.

Sven Bauernfeind wohnt in dieser Scheiße, dachte Marius, sagte aber nichts. Auf einem wackligen Holzregal vorne neben einem speckigen Waschbecken standen Bücher und Zeitschriften, deren Buchdeckel teilweise abgefallen waren. Auf dem gestampften Boden lagen Gewehre und Pistolen zu kleinen Haufen aufgeschichtet. In einem Wäschekorb lagen ein paar Handgranaten. Marius fragte sich kurz, ob sie scharf waren.

»Aber das ist nicht so eine Kriegsgräuelsache? Ich verrate nämlich keine Kameraden. Auch nicht nach 60 Jahren.«

»Nein, es geht mir nur darum, herauszufinden, wann und wo eine bestimmte Person im Krieg gewesen ist.«

»Ja, klar, hab ich verstanden. Aber sagste mir nicht, wieso, kriegste hier gar nix geliefert. Dass das mal klar ist, Mann.« Marius überlegte kurz. Die Wahrheit kam nicht infrage. Bauernfeind würde auf stur stellen, wenn er erfuhr, dass es um einen Raub ging, und Marius wollte mit dem alten Nazi keine Diskussion führen müssen, ob sich die Soldaten, wenn sie die Bilder überhaupt geraubt hatten, an Volksvermögen vergriffen hatten. Er taugte nicht zum Advocatus Diaboli. Eine Notlüge musste her.

»Du weißt doch, dass ich als Privatdetektiv arbeite. Ein Bekannter hat mich gebeten, herauszufinden, was sein Großvater im Krieg gemacht hat. Er will eine Art Familienchronik schreiben und dazu will er das wissen. Sein Großvater muss sich so im Juni 1943 um Kameraden verdient gemacht haben. Das hat mir mein Bekannter zumindest erzählt. Also an der Zeit bin ich besonders interessiert.«

»Weißte denn, wo der Soldat gedient hat? Regiment wenigstens?« Marius schüttelte den Kopf. Bauernfeind seufzte. »Gib mal den Namen. Ich schaue, was ich tun kann. Kann aber ein paar Tage dauern.« Marius zog ein paar Zwanzigeuroscheine aus der Manteltasche und legte sie vor Bauernfeind auf den Tisch.

»Schaffst du es bis morgen?« Bauernfeind schaute auf das Geld, mit einer erstaunlich spitzen Zunge fuhr er sich über die Lippen.

»Wenn du morgen dasselbe noch einmal ablieferst, dann ja.« Er grinste Marius an und entblößte dabei ein paar erschreckende Zahnlücken zwischen tiefschwarz verfärbten Zähnen. Marius nickte und nannte den Namen des Vaters von Alexander und Walter Hochkirchen.

»Der Name ist Hermann Hochkirchen.«

27

Paula Wagner raufte sich die Haare. Sie hatte sich die Finger wund telefoniert, war ein weiteres Mal im Ponderosa gewesen und hatte sich von der blondierten Kellnerin eine genauere Beschreibung von Lucca Matteo geben lassen, hatte nach den Angaben eine eigene Zeichnung gemacht und war damit einen Abend lang durch Ehrenfelder Kneipen marschiert, immer auf der Suche nach jemandem, der diesen Lucca Matteo kannte. Die Geschichte dazu lautete: Ich habe diesen Mann in einer Kneipe kennengelernt, habe mich verliebt und will ihn wiedersehen. Eine rührende Geschichte, die ihr zahlreiche Hilfsangebote von Frauen, noch mehr Ersatzangebote von Männern und keinerlei brauchbare Informationen gebracht hatte.

Den letzten aufdringlichen Kneipengast hatte sie abgehängt, indem sie ihm ihre Polizeimarke vor die Nase gehalten hatte, nachdem er ihr fünf Minuten durch die nächtlichen Straßen Ehrenfelds hinterhergeschlichen war. Nun saß sie in ihrem Wagen, hatte die Heizung voll aufgedreht und überlegte, was der klügste nächste Schritt war. Sie startete schließlich den Wagen und fuhr ohne rechte Idee, warum, an Marius Sandmanns Büro vorbei, es brannte kein Licht. Sie blieb kurz stehen und betrachtete die dunklen Fenster im zweiten Stock. Sandmann verschwieg ihnen etwas, dachte sie.

Sie hätte nach Hause fahren können, um zu schlafen. Aber dann stünde wieder das Kreuz vor ihrem Auge, das seit dem Mord an Gunter Brock in jeder Nacht in jedem Traum auftauchte. Es war das Entsetzlichste, was sie bisher in ihrer Polizeikarriere gesehen hatte. Nicht nur wegen der Brutalität, es war die Symbolik und es war ein Bild, was ihr als guter bayerischer Katholikin seit Kindesbeinen vertraut war. Aber nicht in dieser Realität.

Sie drehte den Wagen und fuhr scheinbar ziellos durch Ehrenfeld, bis sie vor Sandmanns Wohnung stand. Hier brannte Licht. Sie überlegte, ob sie einfach hochgehen und schellen sollte. Einfach um zu fragen, was er wusste. Ein nächtlicher Besuch der Polizei konnte manchmal überraschende Offenheit bringen. Aber sie ließ es bleiben. Hätte sie es getan, hätte sie vielleicht erfahren, dass Marius Sandmann aus den gleichen Gründen nicht schlief wie sie. Den Mann, der in einem schwarzen Peugeot auf der gegenüberliegenden Straßenseite parkte und das Wohnungsfenster ebenfalls beobachtete, hätte sie aber auch dann nicht bemerkt.

Nach einer ruhelosen Nacht war Marius Sandmann erst im Morgengrauen eingeschlafen. Er erwachte nach einem traumlosen Schlaf gegen Mittag. Trotz der späten Stunde verzichtete er nicht auf seine Übungen, bei den Liegestützen stellte er fest, dass der Boden unbedingt gewischt werden musste. Staub knirschte sanft unter seinen Handballen.

Nach einem tiefen, gierigen Schluck aus der Wasserflasche verließ er das Haus. Obwohl es bereits Mittag war, hatte die Kälte die Stadt fest im Griff. Sein erster Gang führte ihn erneut zu Bauernfeinds Baracke. Der alte Nazi war seine beste Chance. Schwierig wurde es, wenn er keinen Treffer gelandet hätte mit seinem Verdacht. In dem Fall würde er sich noch einmal Brocks Wohnung anschauen müssen, vielleicht hatte er irgendetwas übersehen.

Mit Friederike musste er auch endlich reden. Er schob das Gespräch jetzt schon eine Weile vor sich her und war sich nicht sicher, ob es an der Frau oder an der offenen Frage lag, was sie mit der Detektei machen wollte. Zwischenzeitlich hatte Marius sogar mit dem Gedanken gespielt, sein Studium wieder aufzunehmen. Falls das überhaupt noch ging, er hatte sich nicht erkundigt. Alternativ könnte er als Ladendetektiv zurück ins Kaufhaus oder sich auf den Ringen als Türsteher bewerben. Die würden ihn nehmen, da war er sich sicher. Aber wollte er eine dieser Alternativen ernsthaft ins Auge fassen? Wenn er ehrlich zu sich war, dann nicht. Nur: Was sollte er sonst tun?

Marius klopfte an das grüne Holztor, Bauernfeind schob es auf, als er ihn sah, und ließ ihn herein. Der Raum hatte sich nicht großartig verändert, heute allerdings bemerkte Marius den leicht modrigen Gestank, der ihn beherrschte.

Bauernfeind stank nicht weniger, deswegen war Marius froh, dass der Nazi sich hinter seinem wackligen Tisch aufbaute. Offenbar wartete er auf die zweite Rate, Marius zog das Geld aus der Tasche und legte es in zusammengeknüllten Scheinen auf den Tisch, Bauernfeind nahm es und steckte es wortlos in die Taschen seiner Bomberjacke.

Marius musste hoffen, dass sich die Investition in den Nazi gelohnt hatte. Viel mehr Geld war auch nicht mehr übrig. Brocks Kasse in der Detektei wollte Marius nicht anbrechen, außerdem wusste er gar nicht, wie viel da drin war. Aber das Geld gehörte nun zunächst einmal Friederike. Deswegen streckte er selbst die Kosten für die Ermittlungen vor, ohne eigentlich eine Idee zu haben, wer ihm das bezahlen sollte.

Nachdem Bauernfeind das Geld eingesteckt hatte, ging er zu einem Regal im hinteren Teil der kleinen Halle und nahm einen dicken, erstaunlicherweise wenig verstaubten Wälzer hervor. Wie ein Messbuch trug er ihn zum Tisch, wo er ihn aufgeklappt vor Marius hinlegte. Mit dem Finger zeigte er auf eine Stelle in dem Buch. Marius konnte Namen, Dienstrang, Zugehörigkeit zum Truppenteil und Dienstzeit erkennen.

»Hast Glück gehabt, Sandmann. Dein Typ war kein ganz so kleines Licht. Das machte die Suche leichter. Einen Rittmeister findet man schon einmal. Hat sich auch durchaus ausgezeichnet im Kampf für die deutsche Sache, würde ich sagen. Willst du seine Parteikarriere auch haben?« Bauernfeind grinste zufrieden. Wahrscheinlich machte es ihm eine diebische Freude, Marius einen Geistesgenossen präsentieren zu können.

»Mich interessiert vor allem, was er im Juni 1943 gemacht hat.«

»Richtig, ja.« Bauernfeind wollte schon weiterreden, hielt aber plötzlich inne. »Ging es nicht um eine Familiengeschichte?«

»Genau. Für einen Freund.« Im Stillen dachte Marius, dass das nicht einmal gelogen war. Zumindest nicht wirklich gelogen.

»Warum dann das Interesse an dieser Zeit?« Marius grinste nun seinerseits.

»Eine Liebesgeschichte.« Bauernfeind nickte.

»Das passt. Im Juni und Juli 1943 war Rittmeister Hermann Hochkirchen in Köln. Er hatte Heimaturlaub, um sich von einer Schussverletzung zu erholen. Danach ging er mit seiner Einheit nach Italien, die Amerikaner bekämpfen.«

»Er war in Köln?« Bauernfeind bejahte unwirsch.

»Sagte ich doch. Glaubst du mir nicht, oder was?«

»Schon gut, ich glaub's ja.« Es passte einfach zu gut. »Du hast nicht zufällig ein Foto von Rittmeister Hochkirchen gefunden?« Bauernfeind deutete auf eine alte Armeekiste.

»Du kannst dich gerne da drin umsehen. Da liegen ein paar tausend alte Fotografien aus der Zeit, vielleicht ist er dabei. Kostet auch nichts extra, wenn du mir die Bilder sortierst.« Marius zog einen weiteren Fünfzigeuroschein aus der Hose.

»Hast du nicht irgendetwas über seine Einheit in Buchform?«

»Schau dich da hinten mal um.« Bauernfeind wies mit der Hand auf ein altes Regal an der Außenwand, die oberste Lage war mit alten Stahlhelmen belegt, die von der Nässe glänzten, die der Regen durch die kaputten Fenster oberhalb hereinwehte. Marius sah sich die Bücher an, es war die wahrscheinlich umfangreichste Bibliothek über den Zweiten Weltkrieg, die er jemals gesehen hatte. Unwillkürlich musste er daran denken, dass das Historische Institut der Universität kaum besser ausgestattet sein konnte. Allerdings dürften deren Bücher in weitaus besserem Zustand sein.

Der Detektiv brauchte drei Stunden, bis er auf etwas stieß, das ihm weiterhalf. Ein umfangreicher Wälzer, der die Geschichte des Zweiten Weltkriegs aus der Perspektive der verschiedenen deutschen Armeen beleuchtete. Auch Hochkirchens Truppenteil war vertreten und Marius konnte sein Glück kaum fassen, als er einen umfangreichen Bildteil mit Aufnahmen der Einheit des Rittmeisters entdeckte.

Er betrachtete die Fotos sorgfältig und fand schließlich auf zwei der Bilder einen Mann, der dem heutigen Stadtrat Walter Hochkirchen zum Verwechseln ähnlich sah. Marius hatte ihn zunächst übersehen, hatte er doch eher nach einem Mann Ausschau gehalten, der dem Älteren der beiden Hochkirchen-Brüder ähnlich sah. Dem Berggorilla, nicht dem Lemurenäffchen.

Leider waren die Aufnahmen nur vage beschriftet, sodass sich Marius nicht sicher war, ob es sich tatsächlich um Hochkirchen handelte. Aber das konnte er herausfinden. Mit seinem Handy fotografierte er beide Abbildungen ein paar Mal ab, bis er ein Foto hatte, von dem er hoffte, dass Hermann Hochkirchen darauf gut genug zu erkennen war. Eilig verabschiedete er sich von Bauernfeind. Als er an der Tür war, rief Bauernfeind ihm nach. Marius drehte sich um und sah, wie eine der Handgranaten aus dem Wäschekorb auf ihn zuflog. Marius sprang, um sie aufzufangen, und legte sie respektvoll auf den Tisch in der Mitte.

»Ist die scharf?«

»Ich hab keine Ahnung, Sandmann.« Noch draußen auf der Straße konnte Marius Bauernfeind lachen hören.

Es war ein Leichtes, das Foto aus dem Buch mit einem Bild des älteren Hermann Hochkirchen, dem Vater von Alexander und Walter Hochkirchen, abzugleichen. Die Homepage der Hochkirchen Beteiligungsgesellschaft erinnerte mit einer ausführlichen Biografie, in der der Krieg allerdings nur kurz erwähnt wurde und mehr auf das Wirken des Geschäftsmannes für seine Heimatstadt eingegangen wurde, an den Vater des heutigen Geschäftsführers. Zwei Bilder, eines des jungen Hermann vermutlich aus den 50er-Jahren und ein späteres aus den 80ern, als sich der Patriarch aus der Geschäftsführung zurückzog, ergänzten das Porträt.

Marius kopierte beide Bilder auf die Festplatte seines Laptops und druckte das ältere Foto aus. Dann kopierte er die Aufnahmen, die er bei Bauernfeind gefunden hatte, von seinem Mobiltelefon auf den Rechner. Aus einem der brauchbaren Fotos machte er eine Ausschnittvergrößerung, die er ebenfalls ausdruckte. Als dritten Ausdruck nahm er noch ein Bild aus dem Buch, das eine Gruppe von Soldaten zeigte, die um ihren Rittmeister herumstanden. Danach schnappte er sich Brocks Autoschlüssel, zögerte kurz und entschied sich schließlich doch, den Renault seines toten Chefs zu nehmen.

Nach etwas mehr als zwei Stunden saß er wieder in dem braunen Sessel und dem früheren Hitlerjungen Lutz Heilburg gegenüber, der aufmerksam die drei Fotos betrachtete, die vor ihm auf dem Couchtisch lagen. Er stützte seine Hände auf den Stock, den er zwischen seinen Beinen platziert hatte und sagte lange nichts. Marius wartete geduldig und schwieg ebenfalls. Er wollte Heilburg nicht bedrängen und nicht beeinflussen. Die Chance war vage genug, wenn er jetzt einen Fehler machte, würde er sich in einer völlig falschen Spur verrennen.

»Es ist Jahre her, wissen Sie«, sagte Heilburg schließlich. Er blickte Marius an, als wollte er sich entschuldigen. Dann tippte der alte Mann mit einem knochigen Zeigefinger auf die Vergrößerung, die Marius von Hermann Hochkirchen gemacht hatte. »Aber den würde ich immer noch erkennen. Ihn und seinen Kompagnon hier.«

Heilburg schob den Finger, ohne ihn anzuheben, auf das Gruppenfoto und blieb bei einem kräftigen Mann stehen, der sich neben Hochkirchen postiert hatte und etwas hinter diesem stand. Marius beugte sich vor, um sich das Gesicht genauer anzuschauen.

»Diese beiden Soldaten waren bei dem Transport dabei gewesen. Das waren die Männer.« Marius packte die Bilder ein und bedankte sich. Er war schon halb zur Tür hinaus, als Heilburg ihm hinterherrief.

»Sie sind übrigens nicht der Einzige, der sich für diese Geschichte interessiert. Gestern hat ein Mann angerufen, der sich ebenfalls nach dem Transport aus dem Juni '43 erkundigt hat.« Marius erstarrte in der Tür.

»Hat der Mann einen Namen genannt?« Heilburg schüttelte den Kopf.

»Nein, aber so alte Geschichten gehen nie zu Ende, oder?«

»Nein, das tun sie nicht«, bestätigte Marius, bevor er ging.

28

Marius parkte den Renault zwischen zwei Bäumen auf dem Seitenstreifen der Helmholtzstraße. Durch ein halb geöffnetes Metalltor ging es in einen schäbigen Hof, hinter dem fünf alte Industriehallen lagen. Er betrat die zweite Halle von links und gelangte in eine zu einem riesigen Atelier umfunktionierte alte Montagehalle. An den Wänden standen Stapel sehr unterschiedlicher Gemälde, den meisten Raum allerdings nahmen riesige, circa vier mal acht Meter große Malereien ein, die selbst die markanten Metallskulpturen in der Mitte der Halle in den Schatten stellten.

An der hinteren Wand prangte ein weiteres halb fertiges Gemälde von vier mal acht Metern, davor auf einer Leiter stand die winzig wirkende Friederike Brock und bearbeitete den Untergrund mit einem noch viel winziger wirkenden Pinsel. Marius stand im Eingang und beobachtete die Künstlerin eine Weile still. Weniger still war ein kräftiger Mann mit langen lockigen Haaren und in einem schwarzen Overall, der aus einem Kabuff an der Seite der Halle kam und über einen Eimer mit Pinseln stolperte.

»Verdammte Scheiße, Friede, machst du dich inzwischen nicht mehr nur mit deinen Bildern breit, sondern auch noch mit deinem ganzen restlichen Scheiß!« Mit einem scheppernden Tritt pfefferte er den Eimer in den Raum. Friederike Brock malte weiter, ohne eine einzige Regung zu zeigen. »Und deine verfickten Gigantomalereien verstopfen hier auch alles. Das hier ist immer noch eine verdammte Ateliergemeinschaft und keine Friede plus Gäste Nummer! Scheiße, verdammte!« Friederike beendete in aller Seelenruhe ihren Strich, dann säuberte sie kurz den Pinsel und drehte sich gemächlich zu dem Lockenkopf um.

»Wieso zahlst du nicht einfach endlich deinen Mietanteil und hältst die Klappe?«

»Weil ich – verdammte Scheiße – in diesem Atelier keinen Platz habe, um zu malen. Darum zahl ich nicht! Außerdem geht dich das doch wohl einen Scheißdreck an!« Friederike kletterte, immer noch die Ruhe selbst, von der Leiter, ging zu einem Waschbecken an der Seite und begann ihre Pinsel sorgfältig zu säubern. »Und guck mich gefälligst an, wenn ich mit dir rede! Es geht hier nicht immer nur um dich, dich, dich!«

»Benimm dich, wir haben Besuch.« Friederike deutete mit dem Kinn auf Marius, der weiterhin in der Toreinfahrt stand. Der Lockenkopf bemerkte den Detektiv erst jetzt, murmelte ein paar Flüche in sich hinein und stürmte an Marius vorbei ins Freie.

»Wir müssen reden, über …«, setzte Marius an, als ein Krachen ihn unterbrach. Marius drehte sich um und schaute aus dem offenen Tor des Ateliers hinaus auf den Hof. Draußen prügelte der Lockenkopf mit einer Eisenstange auf einen Haufen Schrott ein. »Du hast eine interessante Wirkung auf Männer.«

»Ich hole das Beste aus ihnen heraus.« Friederike Brock grinste. Sie rieb sich die Hände an der Hose ab, ein paar hellblaue Farbstreifen blieben zurück. Dann ging sie in das Kabuff und öffnete einen Kühlschrank. »Auch ein Kölsch?«

»Ein Wasser wäre nett.«

Friederike schaute kurz irritiert hoch.

»Oder einen Saft, wenn du hast.«

»Saft?«

Marius nickte. Manchmal liebte er es, wie die Leute auf Abstinenz reagierten. Doch Friederike schaute ein zweites Mal in den Kühlschrank und holte tatsächlich eine Flasche Orangensaft hervor.

»Ist wohl nicht frisch gepresst.«

»Geht schon. Ausnahmsweise.«

Die Künstlerin zog kurz die Augenbrauen in die Höhe und reichte Marius die Flasche. »Für ein Glas reicht's leider nicht.« Sie prosteten sich zu und tranken, ohne sich aus den Augen zu lassen.

»Trinkst du nie Alkohol?«

»Nie. Kein Alkohol, keine Drogen, kein Fleisch, keinen Kaffee.«

»Nicht mal Kaffee? Wie kommst du über den Tag?«

»Training.«

»Verstehe, ein Gesundheitsapostel.«

»Ich predige nicht. Ich lebe nur so. Das beschäftigt die Leute aber immer sehr.«

Friederike nickte, ein wenig zerknirscht. »Bist halt ein Exot. Er«, sie deutete hinaus zu dem Lockenkopf, der immer noch auf den Schrott einprügelte, »würde ohne Drogen keinen Tag durchstehen.«

Marius schaute hinaus auf den Mann im Hof. »Deswegen nehme ich keine.«

»O. K., du bist aber nicht hier, um mit mir über deinen Lebensstil zu quatschen, oder?«

»Nein, mir geht es um etwas anderes.« Draußen begann der Lockenkopf jetzt lautstark zu singen. Marius brauchte einige Sekunden, ehe er ›Beat It!‹ von Michael Jackson in dem Gegröle erkennen konnte. Friederike griff nach ihrer Jacke. Der Lockenkopf begleitete sein Singen mit rhythmischen Schlägen mit der Eisenstange.

»Lass uns woanders hingehen.«

Zehn Minuten später standen sie in einer heruntergekommenen, alten Punk-Kneipe an der Theke, Marius vor einem Wasser, das ihm die junge Kellnerin mit sichtlicher Missbilligung hingestellt hatte, Friederike mit einem weiteren Kölsch. Die Musik dröhnte, war aber erträglicher als der Gesang des Lockenkopfs. Für Marius sowieso.

Der Detektiv war nicht das erste Mal hier, dennoch beobachtete er neugierig die anderen, wenigen Gäste. Es war noch früh am Abend, die meisten Stammgäste kamen später. Neben ihm und Brocks Tochter waren nur ein alter Trinker am anderen Ende der Theke und ein seltsames Pärchen im Raum, die an einem Flipper lehnten und heftig knutschten. Er war circa 30 Jahre, schlank und trug einen grauen Anzug zum weißen Hemd, sie war wohl zehn Jahre jünger, ein etwas molliges Punk-Mädchen, von dem Marius nur die pink gefärbten Haare und ein kräftiges, in einer löcherigen Netzstrumpfhose steckendes Bein sah.

»Dritter Versuch: Du wolltest mit mir reden«, hob Friederike an.

»Es geht um die Detektei. Wenn ich das richtig sehe, erbst du Brocks Besitz, und das ist nun mal die Detektei. Ich würde gerne wissen, was du damit vorhast. Außerdem läuft das Geschäft weiter und ich weiß nicht, wie ich mich verhalten soll.« Friederike schaute einen Moment lang in ihr Glas.

»Ehrlich gesagt habe ich mir da noch gar keine Gedanken drüber gemacht. Eigentlich will ich mit all dem nichts zu tun haben. Ich leb mein Leben, das habe ich schon immer gemacht, und er hat da nie eine große Rolle gespielt. Aber jetzt auf einmal dreht sich alles nur um ihn. Wie immer, wenn er auftauchte.«

»Nur ist er dieses Mal ermordet worden.«

»Weißt du, was mir am meisten Angst macht?«

»Nein.«

»Dass mich das gar nicht berührt.« Jetzt war es an Marius, in sein Glas zu starren. »Hältst du mich für gefühlskalt?« Sie trank einen Schluck. Die Tür der Kneipe ging auf und ein abgewetzt aussehender Mann Anfang 50 kam herein. Er trug trotz der Kälte Sandalen und ein helles Leinenhemd ohne eine Jacke darüber. »Na, ist mir auch egal.« Friederike setzte das Glas ab. Der neue Gast stellte sich in die Mitte des Raumes und begann zu predigen.

»Lasst ab von den Sünden, ihr Heiden! Bekennt euch zu Jesus Christus, denn Christus ist die Erlösung.« Aus einem der hinteren Räume eilte ein kräftiger Mann im schwarzen T-Shirt hervor. Sanft aber bestimmt führte er den Prediger wieder aus der Kneipe heraus, ein letztes »Bereuet!«, dann schloss sich die Tür. Marius und Friederike hatten die Szene stumm beobachtet, während das Pärchen und der alte Mann an der Theke scheinbar gar nichts mitbekommen hatten.

»Was willst du denn tun?«

»Ich weiß es nicht. Zurzeit mache ich einfach weiter. Ich ermittle in dem Fall, an dem wir gearbeitet haben, und komme so allmählich weiter. Keine Ahnung, was die Polizei für Spuren verfolgt. Aber ich will wissen, was mit Gunter passiert ist.«

»Ich halte dich nicht ab. Nur erwarte nicht, dass mich das interessiert.«

»Das Problem ist ein anderes.« Marius trank einen Schluck. »Ich brauche Geld.«

»Ich werde dich bestimmt nicht dafür bezahlen, dass du den Tod meines Vaters untersuchst, mein Lieber. Dafür ist die Polizei zuständig und wie ich schon sagte: Es interessiert mich nicht besonders, was mit ihm passiert ist.«

»Darum geht's nicht. Ich brauche Zugriff auf das Geschäftskonto der Detektei.«

»Hast du das nicht?«

»Ich könnte natürlich einfach dran, aber es ist nicht mein Geld.«

»Hm, ein Mann mit Prinzipien. Nicht nur beim Trinken. Süß.« Die Künstlerin grinste. Marius schwieg. Ihm gefielen solche Diskussionen nicht. Er hatte sie oft genug geführt und sie brachten niemandem etwas. »Du willst also mein O. K., um an das Geld der Detektei zu kommen?«

»Ja.«

»O. K.« Sie trank einen Schluck und lächelte in sich hinein. Marius machte dieses Lächeln rasend.

»Also kann ich weitermachen und Spesen über das Konto abrechnen?«

»Klar, ist mir egal.« Sie setzte das Glas ab. »Aber mal was anderes.« Sie wandte sich Marius zu und schaute ihn ernst an. »Hast du dich noch nicht gefragt, was dabei herauskommt, wenn du hier herumläufst und Fragen nach dem Mord an meinem Vater stellst?« Friederike zögerte erneut, bevor sie die Worte ›mein Vater‹ aussprach.

»Wie meinst du das?«

»Ich meine, du suchst nach einem Mann, der meinen Vater an ein Kreuz genagelt hat. Machst du dir keine Sorgen, was dir passiert, wenn du ihn findest?«

Erleichtert schloss Marius die Wohnungstür auf, legte Schlüssel und Handy auf den Küchentisch. Zu seiner Überraschung hatte er eine Meldung über zwei Anrufe auf dem Display des Mobiltelefons. Er musste sie in der Kneipe überhört haben. Eine Nummer stand nicht auf dem Display, unbekannter Anrufer, eine Nachricht hatte er ebenfalls nicht hinterlassen.

Marius legte das Telefon zurück auf den Tisch und ging ins Bad, wusch sich das Gesicht mit kaltem Wasser, und während er sein müdes Gesicht im Spiegel betrachtete und darüber nachdachte, was Friederike Brock ihm eben gesagt hatte, klingelte das Telefon erneut. Marius ging zurück in die Küche und schaute auf die Uhr. Es war halb eins in der Nacht.

»Ja?« Marius' Anspannung klang in seiner Stimme und dem knappen Ja deutlicher durch, als er beabsichtigt hatte. Eine ältere männliche Stimme räusperte sich.

»Herr Sandmann?«

Marius überlegte, ob er die Stimme kannte. Er war sich ziemlich sicher, dass es nicht Lutz Heilburg war. Wer kam sonst infrage?

»Ja, der bin ich.«

»Gut, entschuldigen Sie bitte, dass ich Sie so spät noch anrufe. Ich weiß gar nicht, wie ich das erklären soll …«

»Vielleicht sagen Sie mir einfach erst einmal, wer Sie sind.« Marius klang gereizter als gewollt.

»Natürlich, natürlich, da haben Sie völlig recht. Ich weiß nicht, ob Ihnen mein Name etwas sagt, es wäre schon möglich.« Marius atmete tief ein. Er musste seine Gereiztheit unter Kontrolle bringen. Deswegen wartete er geduldig auf die weiteren Ausführungen des Mannes. »Aber früher oder später würden Sie sicher auf meinen Namen stoßen und vielleicht ist es auch gut so, vielleicht ist es an der Zeit, ein Ende zu machen, einen Schlussstrich zu ziehen, meine ich. Nach all den Jahren.« Der Mann machte eine Pause. »Mein Name ist Peter Ring.« Marius überlegte, ob er den Namen kennen müsste, ihm fiel jedoch nichts ein. Er war müde und Friederikes letzte Worte gingen ihm immer noch durch den Kopf.

»Es tut mir leid, aber Ihr Name sagt mir nichts.«

»Es ist nur eine Frage der Zeit, bis er Ihnen etwas sagt, und ich würde gerne mit Ihnen reden. Vielleicht können Sie einfach bei mir vorbeikommen?« Marius' erster Gedanke vermutete eine Falle. Wurde er panisch?

»Vielleicht sagen Sie mir erst einmal, worum es geht?«

»Ja, ja, ich bin nicht mehr der Jüngste, mit dem Alter kommen Sie manchmal durcheinander, das ist einfach so. Sie suchen nach einem Gemälde von Stephan Lochner, einer Darstellung des gekreuzigten Christus.«

»Wie kommen Sie darauf?«

»Es spricht sich herum. Ich habe von dem Tod Ihres Kollegen gelesen und gehört, dass ein Detektiv bei den Hochkirchens war und sich nach dem Bild erkundigt hat. Da war es nicht schwer, eins und eins zusammenzuzählen.«

»Und Sie wissen etwas über dieses Bild?«

»Mehr als ich wissen möchte.« Der Mann machte eine Pause. Marius meinte ein Schluchzen zu hören, war sich dessen aber nicht sicher.

»Vielleicht erzählen Sie mir einfach, was Sie über das Bild wissen und was Sie mit der ganzen Geschichte zu tun haben?«

Der Mann am anderen Ende der Leitung atmete hörbar und sammelte sich. »Ich habe zwei Menschen für dieses Bild sterben sehen. Und ich habe Ihnen nicht geholfen.« Jetzt war es an Marius, sich zu sammeln. Der alte Mann fuhr fort. »Auch wenn Ihnen mein richtiger Name nichts sagt. Sie kennen mich wahrscheinlich unter einem anderen Namen: Josef Meingold.«

»Sie haben im Juni 1943 mit Hochkirchen die Bilder aus dem Wallraf-Richartz-Museum ausgelagert.«

»Die Identität von Hauptmann Wilhelm Schulz haben Sie also schon herausgefunden. So etwas hatte ich befürchtet.«

»Wir sollten reden.«

»Deswegen habe ich Sie angerufen. Kommen Sie nun vorbei?« Marius schob den Gedanken an eine Falle beiseite.

Eine halbe Stunde später parkte Marius Brocks Renault im Schatten eines Chorweiler Hochhauses. Es verschlug ihn selten in Kölns nördliche Trabantenstadt. Mit Peter Ring alias Josef Meingold hatte er sich rasch darauf geeinigt, sofort vorbeizukommen. Er schliefe eh nicht viel, hatte der alte Mann ihm erklärt. Marius ging drei Stufen hoch zu einem Eingang und suchte auf dem riesigen Klingelschild den richtigen Namen.

Auf sein Schellen meldete sich fast ohne Zögern die Stimme, mit der er eben telefoniert hatte, der Summer ertönte und Marius betrat das Haus. Mit dem Fahrstuhl fuhr er hoch in den zwölften Stock, am Ende des Ganges war eine Tür nur halb angelehnt. Marius klopfte und ging hinein.

Die Wohnung bestand nur aus einem Raum, rasch warf Marius einen Blick in eine kleine Küche und ein noch kleineres Bad, bevor er einen Raum betrat, der dem alten Mann als Schlaf- und Wohnzimmer diente. Peter Ring stand in der Mitte des Raumes, trotz seines Alters ein körperlich kräftig wirkender Mann. Marius schätzte ihn dennoch auf mindestens 80 Jahre. Als er ihm näher kam und in die Augen schaute, hatte er allerdings das Gefühl, einem 100-Jährigen gegenüberzustehen. Rings Händedruck war nachlässig und schwach. Marius schaute sich um. Wenn das der Mann war, der gemeinsam mit Hermann Hochkirchen zwei Lkws mit Kunstschätzen ausgeraubt hatte, hatte er in seinem Leben nicht viel davon gehabt. Der Detektiv sprach das an.

»Ich wollte nichts. Eigentlich hätte mir die Hälfte zugestanden, aber nach diesem Tag wollte ich mit der ganzen Geschichte und mit Hermann nichts mehr zu tun haben.«

»Hermann Hochkirchen hatte das akzeptiert?« Marius zog überrascht eine Augenbraue hoch.

»Wir sind Cousins, müssen Sie wissen, fast gemeinsam aufgewachsen, zur Schule gegangen, zusammen im Krieg gewesen. Die Mitglieder der Familie Hochkirchen zeichnen sich nicht unbedingt durch allzu viele Skrupel aus, aber Hermann hat mich nie bedroht.« In den nächsten zwei Stunden erzählte Peter Ring das erste Mal in seinem Leben die gesamte Geschichte vom 29. Juni 1943, dem Peter-und-Paul-Tag. Danach wirkte er müde, noch müder als zuvor, aber auch deutlich erleichtert. Marius ließ sich eine Wegbeschreibung zu dem Stollen geben, auch wenn er sich sicher war, dort nichts mehr zu finden.

»Würden Sie das auch vor der Polizei aussagen?« Das erste Mal wirkte Ring verängstigt.

»Vor der Polizei? Nach so langer Zeit? Ich weiß nicht, was Hermann dazu sagen würde.«

»Aber Sie haben mit mir geredet?«

»Sie wären früher oder später sowieso hierhergekommen, und es war einfach an der Zeit, darüber zu reden. Über 60 Jahre habe ich geschwiegen, obwohl ich die beiden Gesichter jeden Tag vor mir sehe. Ich kann einfach nicht mehr.«

Ein paar Minuten später verließ Marius das Hochhaus bereits wieder. Er war sich sicher, dass Ring seine Aussage bei der Polizei nicht wiederholen würde, selbst wenn er sie ihm direkt auf den Hals hetzen würde. Marius fühlte sich wie ein Priester oder Beichtvater. Ring hatte sein Gewissen erleichtert, aber auch nach 60 Jahren fürchtete er seinen Vetter Hermann Hochkirchen noch so sehr, dass er öffentlich lieber weiter schwieg.

Der Detektiv hatte nun die Gewissheit, dass es der alte Hochkirchen selbst gewesen war, der die Bilder im Krieg geraubt hatte. Allerdings blieb eine entscheidende Frage offen, auch Peter Ring hatte ihm diese Frage nicht beantworten können. Wie hatte die Familie Hochkirchen das Bild nach dem Krieg erneut verloren? Marius war sich sicher, dass weder Alexander noch Walter Hochkirchen eine Ahnung hatten, wo sich Lochners Kreuzigung heute befand. Alexander hätte ein Vermögen bezahlt, wenn Marius etwas über das Bild gewusst hätte. Walter war ebenfalls an Informationen interessiert. War es möglich, dass der Vater das Bild vor den Söhnen versteckt hielt?

Das bezweifelte Marius. Es ergab auch keinen Sinn. Der Detektiv war überzeugt, dass die beiden Söhne das Bild nach dem Krieg gesehen hatten und zwar genau dort, wo es auf dem Foto hing. Er musste diesen Raum finden. Er musste mit Hermann Hochkirchen sprechen, wenn der mittlerweile 90-Jährige überhaupt noch ansprechbar war. Zunächst aber würde er morgen den Stollen untersuchen, von dem Ring ihm erzählt hatte.

Eine Gruppe lärmender Jugendlicher ging an Marius vorbei und machte ein paar provozierende Gesten in seine Richtung, als er den Renault aufschloss. Er ignorierte die Provokationen, stieg in den Wagen und fuhr heim. Weder er noch die türkischen Jungen beachteten den Mann, der nach Marius die Treppen zum Hochhaus hinaufging.

Am nächsten Vormittag stand Marius vor einem offenbar seit Jahren nicht mehr geöffneten Tor, das mitten in einen Berg hineinzuführen schien und musterte gründlich das Schloss, das ihm den Weg in den Berg versperrte. Nach reiflicher Überlegung entschied er sich für die rabiate Methode. Aus dem Kofferraum des Renault holte er ein schweres Brecheisen und brach das Tor mit roher Gewalt einfach auf. Dann schob er es auf und schaute in die Dunkelheit hinein. Nichts war zu sehen, Strom oder Licht schien es nicht zu geben. Er knipste eine Stablampe an und leuchtete einen roh aus dem Berg gehauenen Stollen entlang, der nach sieben oder acht Metern einen Bogen machte und sich sacht absenkte.

Der Detektiv stellte das Brecheisen hinter dem Tor ab und ging in den Stollen hinein. Linker Hand entdeckte er mehrere Durchgänge, die meisten führten zu vergitterten Türen, hinter denen kleine Kammern lagen, die alle leer waren. Ring hatte ihm den Weg zu der Kammer beschrieben, in der er und Hermann Hochkirchen vor fast 70 Jahren die Bilder versteckt hatten. Demnach musste Marius noch ein Stück weit gehen. Der alte Mann hatte von einer Holztür gesprochen, aber so weit wie Marius bisher in den Stollen vorgedrungen war, gab es nur mit Eisengittern versehene Türen. Marius leuchtete in jede einzelne Kammer, allerdings war nichts zu entdecken.

Er überlegte, ob er eine der Türen aufbrechen sollte. Dafür musste er zum Eingang zurückkehren und das Brecheisen holen. Was er sich davon versprach, wusste er selbst nicht so genau. Laut Ring war die Kammer, in der sie die Bilder versteckt hatten, doppelt so hoch wie der Stollen, aber alle Kammern, die Marius bisher entdeckt hatte, waren in etwa gleich hoch. Schließlich fand er in einem Nebengang, wonach er suchte. Auch hier versperrte eine Gittertür den Weg. Mit der Lampe leuchtete er in das Innere der Kammer, aber die Tür lag so ungünstig, dass Marius nicht viel sehen konnte. Er musste auch diese Tür aufbrechen. Also machte er sich im Dunkeln auf den Rückweg zum Eingangstor des Stollens, um das Brecheisen zu holen. Der Lichtkegel der Taschenlampe beleuchtete den immer gleich aussehenden Stein.

Schließlich bog er um die Ecke und sah den Lichtschimmer des aufgebrochenen Tores, das Marius nur angelehnt hatte. Er leuchtete in die Ecke, in der er das Brecheisen abgestellt hatte, sah es jedoch nicht. Vielleicht hatte er es auf der anderen Seite abgestellt? Doch da war auch nichts von einem Brecheisen zu sehen. Hatte Marius das Eisen vielleicht draußen liegen gelassen? Nein, er war sich sicher, dass er es in der rechten Ecke hinter dem Tor abgestellt hatte. Erneut leuchtete er dorthin, aber da war nichts.

Er drehte sich um, um den Eingangsraum systematisch auszuleuchten, als ihn ein Schlag traf. Der Detektiv hatte Glück. Mit seiner Drehung hatte der Angreifer nicht gerechnet, sodass der Schlag Marius nicht am Körper, sondern am Arm traf. Er ließ die Taschenlampe fallen, die einen Lichtkegel auf den Boden warf, in dem Marius, der halb gekrümmt dastand und sich den schmerzenden Arm hielt, ein paar Füße in schwarzen Arbeitsschuhen sehen konnte. Er blickte auf, konnte aufgrund der Dunkelheit jedoch nichts erkennen, außer das sich am Eisen, welches auf ihn niedersauste, reflektierende Licht der Stablampe. Marius hob den anderen Arm. Tatsächlich gelang es ihm, den Schlag abzuwehren.

Jetzt hätte er nach vorne stürzen und den Angreifer zu Boden werfen müssen. Stattdessen verharrte er starr in seiner Haltung. Er wusste genau, dass das ein Fehler war und er wusste genau, was er hätte tun müssen. Dennoch tat er nichts davon. Körperlich war er dem Angreifer zwar vermutlich überlegen, aber dass er tatsächlich angegriffen wurde, schockierte ihn mehr, als er das jemals erwartet hätte. Er war wie gelähmt, und so traf ihn der nächste Schlag an der Schulter. Marius sackte zusammen. Über Jahre hatte er seinen Körper trainiert und in diesem Moment wusste er ihn nicht einzusetzen. Obwohl ihn der Fremde in der Dunkelheit angegriffen hatte, wehrte sich Marius Sandmann nicht. Ein weiterer Schlag und er sackte ohnmächtig zusammen.

29

Paula Wagner war die Tochter eines fränkischen Waldarbeiters und als solche vielleicht etwas zu bodenständig, um den Mann, der ihr auf der anderen Seite des Schreibtischs gegenübersaß, und seine Ausführungen in der von ihm erwarteten Form zu bewundern. Sie schielte hinüber zu Hannes Bergkamp, der die Hände gefaltet vor der Nasenspitze hielt, und seinen belanglosesten und nichtssagendsten Gesichtsausdruck trug.

Den Mann vor ihr schien das Desinteresse des Hauptkommissars und die kaum verhohlene Skepsis Paula Wagners nicht weiter zu stören, er plauderte einfach weiter. Die Kommissarin überlegte, ob dem Mann ihre Zweifel an seinen Worten und Bergkamps mangelnde Aufmerksamkeit gar nicht auffielen. Was bedeutete, dass er von seinem Fachgebiet möglicherweise genauso wenig verstand, wie es sein Geschwafel vermuten ließ.

Ihre Gedanken schweiften ab zu dem anderen Experten in diesem Fall, zu Volker Brandt. Brandt war ein Arsch, aber ein kompetenter Arsch. Und ein geiler Arsch, ergänzte sie im Stillen, und ein befriedigtes Lächeln huschte über ihr Gesicht.

»Sehen Sie, Frau Kommissarin, so reagieren die meisten Laien auf die Ausführungen eines psychologischen Profilers.«

»Wie bitte?« Aufgeschreckt blickte Paula Wagner den Polizeipsychologen Dr. Oliver Röder an. Ein hübscher Kerl eigentlich, nur leider mit einer viel zu hohen Stimme und einer nervtötenden Selbstgefälligkeit gesegnet. Selbst Thomas Stein kam ihr im Vergleich zu Röder kompetent vor.

»Die meisten Leute, die nichts von meinem Fach verstehen, verraten irgendwann durch ein leichtes, wissendes

Lächeln, dass sie mir eben doch zustimmen.« Röder grinste zufrieden. Bergkamp nahm die Hände von der Nasenspitze, schaute dahingegen genauso ausdruckslos wie zuvor.

»Vielleicht können Sie uns noch einmal kurz zusammenfassen, was Sie über den Täter in unserem Fall vermuten.«

»Wissen, Herr Hauptkommissar, nicht vermuten«, erwiderte der Psychologe mit erhobenem Zeigefinger. Paula Wagner beschloss auf Schmusekurs zu gehen, hoffte sie doch, auf diese Weise das Gespräch abkürzen zu können. »Dann erzählen Sie uns doch einfach noch einmal kurz«, hier machte sie eine kleine Pause, »und für uns Laien verständlich, was Sie wissen, Herr Doktor.«

»Aber gern! Ihr Täter ist männlich, zwischen 25 und 50 Jahren alt, handwerklich begabt, ein Einzelgänger, christlich geprägt. Mit ziemlicher Sicherheit Katholik, vielleicht mit einer starken Mutterpersönlichkeit im Hintergrund. Er geht viel spazieren, kennt sich in der Stadt aus, ist vielleicht sogar hier geboren, vermutlich triebgesteuert, aber auch«, Röder hob erneut den Zeigefinger, »ein planender und vorausschauender Mensch.«

»Das ist alles?« Bergkamps Stimme hob sich nicht um eine Winzigkeit. Paula Wagner bewunderte ihn dafür. Röder zuckte mit den Achseln und strich sich mit der Hand über die Glatze.

»Nun, wenn ich mit ihm sprechen könnte, könnte ich Ihnen noch viel mehr über diesen Mann erzählen.« Zum Glück meldete sich in diesem Augenblick das Faxgerät, sodass Paula Wagner aufspringen und sich abwenden konnte. Sie lief hinüber zu dem Gerät und nahm die erste Seite auf. Röder plauderte fröhlich weiter. »Aber bestimmt kann ich Ihnen noch mit der ein oder anderen Antwort weiterhelfen! Was wollen Sie denn noch wissen?«

»Eine Adresse wäre nett«, murmelte Bergkamp und die Kommissarin war froh, dass das Rattern des Faxgerätes ihn übertönte. Sie stand davor und sammelte mit wachsendem Interesse die einzelnen Seiten ein. Bergkamp verabschiedete den Psychologen und kam zu ihr hinüber. »Was für ein Schwachkopf! Wer hat den angestellt?«

»Stein.«

»Na, prima. Und was haben wir hier?« Er deutete auf das Papier in Paula Wagners Hand.

»Mehr über die Rotlichtkontakte von Gunter Brock.«

Sein ganzer Körper schmerzte, als er wieder aufwachte. Marius lag auf einem harten, staubigen Boden in völliger Dunkelheit. Langsam öffnete er die Augen, aber es machte keinerlei Unterschied. Alles um ihn herum war schwarz. Er war sich nicht einmal sicher, ob er blind war oder tatsächlich im Dunkeln lag.

Einige Minuten blieb er so liegen. Regungslos und blind. Dann versuchte er sich vorsichtig zu bewegen. Es schmerzte, aber es ging. Offensichtlich war er nicht ernsthaft verletzt. Er tastete langsam seinen Körper ab, im Gesicht griff er mit den Fingern in getrocknetes Blut. Seine Arme und sein Rücken fühlten sich an, als habe sie jemand mit einem Ziegelstein bearbeitet, dennoch presste er seine Hände neben seine Schultern auf den Boden und versuchte, sich aufzurichten. Es gelang ihm nicht. Ächzend sackte er wieder zusammen und schloss müde die Augen.

Erst beim dritten Versuch schaffte er es, für ein paar Sekunden Brust und Bauch vom Boden zu heben, weiter aufrichten konnte er sich nicht, ohne laut aufzuschreien. Er lauschte in die Dunkelheit, aber außer seinem eigenen Stöhnen und den kratzenden Geräuschen seiner Bewegungen auf dem steinigen Untergrund hörte er nichts.

Vorsichtig setzte er sich auf und tastete den Boden um sich herum ab. Leer. Langsam erinnerte er sich wieder. An den Stollen, an das Eisen und an den Angreifer. Die Panik, die die

Schläge in ihm ausgelöst hatten, kam wieder hoch. Marius begann am ganzen Körper zu zittern. Mühevoll stützte er sich mit den Händen auf dem Boden ab, um wenigstens ein bisschen Festigkeit zu spüren.

Wie lange lag er wohl schon hier? Er brauchte eine Uhr. Sein Handy! Das wäre nicht nur eine Uhr. Wenn es hier unten Empfang gab, konnte er Hilfe rufen, wenn nicht, konnte er den Blitz der Kamera als Taschenlampe benutzen.

Hektisch suchte er seine Hosentaschen ab, tatsächlich steckten Schlüssel, Portemonnaie und auch das Mobiltelefon da, wo er sie vermutet hatte. Marius konnte sein Glück kaum fassen. Er kramte das Telefon hervor, wollte es anschalten, aber es blieb tot. Kein Licht. Vielleicht war er doch blind?

Mit leicht zitternden Fingern tastete er das Handy ab, wog es in der Handfläche. Es lag ungleichmäßig in seiner Hand. Marius hielt es auf zwei Fingern in der Waage, doch es fiel mit einem scheppernden Geräusch auf den Boden. Er brauchte einige Minuten, bis er es tastend wiedergefunden hatte. Dann öffnete er das Akkufach und griff ins Leere. Sein Angreifer hatte offenbar einen ganz eigenen Sinn für Humor. Er hatte ihm das Handy gelassen, aber den Akku mitgenommen.

Wütend wollte Marius das nutzlose Telefon von sich schleudern, doch die Bewegung schmerzte so sehr, dass er aufschrie und den Arm sinken ließ, das Handy immer noch in der Hand.

Was für ein Arschloch, dachte er bei sich und seine Wut brachte ihm neue Energie. Er schob sich an der Wand hoch und machte erste tastende und wacklige Schritte in der Dunkelheit. Er war sich nicht sicher, wo er war. Falls er noch in dem alten Stollen war, dann abseits des Eingangs, denn er sah kein Licht, nirgends.

Langsam tastete er sich die steinerne, raue Wand entlang, bis er eine Kante fühlte. Hier ging ein Gang ab. Marius wusste nicht, ob dieser Gang in die richtige Richtung führte, aber er ließ es drauf ankommen. Solange er sich an der Wand hielt, konnte er sich orientieren. Zur Sicherheit tastete er die Kante gründlich von oben bis unten ab – der Gang, der hier anfing, war offensichtlich nicht sehr hoch – und prägte sich einige Stellen ein. So hoffte er, im Zweifelsfall seinen Ausgangspunkt wiederfinden zu können. Dann schob er sich langsam, vorsichtig Fuß vor Fuß setzend, an der Wand weiter den Gang hinein.

Nach zwei Metern jedoch stieß er auf ein Hindernis: Eine Gittertür versperrte ihm den Weg. Marius rüttelte an ihr, aber sie blieb verschlossen. Seine Finger tasteten nun schon routiniert und zügig die Tür ab und fanden bald ein neues Vorhängeschloss, das an einer Kette hing und das die offenbar zuvor aufgebrochene Tür verschloss. Jedenfalls wusste Marius nun, wo er war. Der Angreifer hatte ihn im Stollen zurückgelassen und in eine der Kammern gesperrt. Vermutlich weit genug weg vom Eingang, sodass ihn draußen niemand hören konnte. Marius rief trotzdem und bekam außer einem müden Echo keine Antwort. Der Detektiv hatte nichts anderes erwartet. Erschöpft sank er am Gitter zu Boden.

Frustriert blätterten Paula Wagner und Hannes Bergkamp in den Unterlagen aus Berlin. Jeder saß mit einem Papierstapel an seinem Schreibtisch, inzwischen hatten sie die Stapel schon getauscht, aber etwas Nützliches hatte keiner von ihnen entdecken können.

»Das ist alles nur ein Haufen Scheiße«, fluchte Paula Wagner und Bergkamps Schweigen war ihr Zustimmung genug. »Damit sind wir genauso weit wie vorher. Brocks damalige Kontakte sind entweder im Knast, tot oder haben ein wasserdichtes Alibi. Ein paar scheinen mir sogar alles gleichzeitig anbieten zu können.«

»Vielleicht macht sie gerade das verdächtig?«, warf Bergkamp ein, aber überzeugt klang er nicht.

»Keiner von denen hätte es in der fraglichen Zeit nach Köln geschafft, und für einen Auftragsmord hat keiner von denen die Klasse.« Wütend knallte sie den Stapel auf den Tisch, einige Papiere landeten auf dem Fußboden. Paula Wagner beachtete das nicht. Draußen vor der Bürotür setzte Geschrei ein und fesselte ihre Aufmerksamkeit.

»Tu dein Schwert an seinen Platz. Denn alle, die zum Schwerte greifen, werden durch das Schwert umkommen!«, brüllte es im Flur, ein Polizist in Uniform öffnete die Tür und schob gemeinsam mit einem Kollegen einen erstaunlichen Mann herein.

Die Beamten konnten sich ein Grinsen nicht verkneifen. Fragend wandte sich der erste Polizist an Paula Wagner: »Erfüllt das schon den Straftatbestand der Beamtenbedrohung?« Der Mann in ihrer Mitte ließ sich allerdings nicht beirren.

»Wie gegen einen Räuber seid ihr ausgezogen mit Schwertern und Knütteln, um mich gefangen zu nehmen.«

»Ja, ja, nun setz dich erst einmal hin«, antwortete der zweite Streifenbeamte auf die Tirade des Mannes und drückte ihn sanft in einen Stuhl vor Hannes Bergkamps Schreibtisch. »Es heißt, Ihr seid auf der Suche nach einem, der sich Matteo Lucca nennt? Den haben wir auf der Domplatte für Euch aufgelesen.«

»Er hat dem Kardinal gepredigt«, schob sein Kollege hinterher und lachend verließen die beiden Beamten das Büro.

Paula Wagner musterte Matteo Lucca aufmerksam. Der Mann trug ein nicht mehr ganz weißes Leinenhemd, eine weite Hose aus einem ähnlichen Stoff, und wie sie beim Reinkommen gesehen hatte, offene Sandalen. Er konnte keine Sekunde stillsitzen, immer war irgendetwas an ihm in Bewegung, die Augen, die Hände, die Finger, die Beine, der Kopf.

Seine Haare waren lang und standen in alle Richtungen ab, rasiert hatte er sich schon länger nicht mehr. Gewaschen auch nicht, wie sie aus seinem Körpergeruch schloss, der sie an eine Wohnung in Ehrenfeld denken ließ.

»Nun, wir hätten da ein paar Fragen an Sie.« Wie von der Tarantel gestochen sprang Matteo Lucca auf. Mit einer überraschend schnellen Bewegung war Hannes Bergkamp bei ihm und drückte ihn sanft, aber bestimmt in den Stuhl zurück.

»Von nun an werdet ihr den Menschensohn sehen, sitzend zur Rechten der Kraft und kommend auf den Wolken des Himmels«, zitierte er. Hannes Bergkamp stand an seinem Schreibtisch und machte sich die Hände mit einem Erfrischungstuch aus seiner Schublade sauber.

»Das Matthäus-Evangelium, richtig?«, fragte Paula Wagner höflich, und das einzige Mal in ihrem Gespräch saß Matteo Lucca still da und blickte sie an. Doch die Ruhe hielt nur kurz. Dann sprang der Mann im Leinenhemd erneut auf. Diesmal bewegte sich Hannes Bergkamp nicht. Die beiden Polizisten ließen ihn gewähren und beobachteten ihn stumm, wie er um ihre Schreibtische hinkte. Dieser Mann konnte niemanden an ein Kreuz nageln, dachte Paula Wagner und strich seinen Namen von der Liste ihrer Verdächtigen, auf der damit nur noch ein Name übrig blieb.

Ein Rascheln weckte ihn erneut auf. Wieder brauchte Marius einige Momente, ehe er wusste, wo er sich befand. Immer noch umgab ihn völlige Dunkelheit. Aber etwas war da. Wieder raschelte es.

Marius versuchte das Geräusch zu orten, es kam draußen aus dem Gang. Vielleicht waren es Ratten, er wusste es nicht. Jetzt hörte er das Geräusch wieder, es kam näher. Ein Rascheln – und nun hörte er auch ein leises Schnüffeln. Er zuckte kurz zurück, merkte erneut die Schmerzen, als etwas Kaltes ihn durch die Gitterstäbe hindurch berührte.

Auch wenn sich seine Augen ein wenig an die Dunkelheit gewöhnt hatten, konnte er kaum etwas erkennen. Er ahnte die Bewegung auf der anderen Seite der Gitterstäbe mehr, vielleicht bildete er sie sich auch nur ein. Nur dem Geräusch konnte er vertrauen.

Er versuchte nach dem Tier zu greifen, aber es lief wieder ein Stück weit weg. Marius hörte es bellen, hell und aufgeregt. Ein Hund, und wo ein Hund war, war auch ein Mensch. Marius rief, er hörte schwere Schritte. Für einen Moment packte ihn wieder die Panik. Was, wenn sein Angreifer zurückgekommen war? Er war kaum in der Lage sich zu wehren, erinnerte sich erneut mit Erschrecken daran, dass er sich überhaupt nicht gewehrt hatte, als der Angreifer ihn mit dem Brecheisen zusammengeschlagen hatte.

Was war da mit ihm los gewesen? Er hatte wie versteinert alles über sich ergehen lassen. Wahrscheinlich konnte er froh sein, dass er überhaupt noch lebte.

Die Schritte kamen näher, eilig und dennoch schlurfend auf dem unsicheren und dunklen Grund des Stollens. Wenige Minuten später leuchtete eine Taschenlampe Marius direkt ins Gesicht. Er hielt die Hand vor die Augen, aber auch so konnte er nur eine Silhouette hinter dem Lichtschein wahrnehmen. Was ihn beruhigte, war die braune Hundeschnauze, die sich erneut durch das Gitter nach vorne schob. Wer auch immer ihn zusammengeschlagen hatte, er hatte bestimmt keinen fröhlich hechelnden Jagdhund an seiner Seite.

30

»Sie haben Glück gehabt, dass das Eisentor am Eingang der Grube aufgebrochen war. Sonst hätte ich nicht hereingeschaut und Sie wären wahrscheinlich erst in ein paar Wochen gefunden worden. Verdurstet vermutlich!«, erklärte der Förster, der Marius in seinem Gefängnis im Berg entdeckt und schließlich einen Mitarbeiter der Stadt geholt hatte, um die Gittertür mit einem Dietrich zu öffnen.

Marius resümierte, dass sich Einbruch manchmal doch lohnte, außerdem war er überaus erleichtert, wieder frei und der Dunkelheit entkommen zu sein. Dem Polizisten, der einige Zeit später vor dem Stollen erschien, erzählte Marius die gleiche Geschichte wie dem Förster. Dass er auf der Durchreise gewesen war, kurz zum Pinkeln an den Straßenrand gefahren war, neugierig den Schienen gefolgt sei und das aufgebrochene Tor gesehen hatte. Er hatte nur kurz hereingeschaut und war sofort zusammengeschlagen worden. An mehr könne er sich nicht erinnern.

Der Polizist nahm die Aussage auf, was sollte er auch sonst tun? Er nahm ihn mit zu einem Arzt im nächsten Dorf, der sich seine Wunden anschaute. Hier auf dem Parkplatz vor dem kleinen stillgelegten Bahnhof fand Marius den Renault wieder. Nur der Schlüssel fehlte. Sein Gegner wusste, wie man jemanden lahmlegte. Also fuhr er mit einem Bus zurück nach Köln.

Vom Büro aus rief er als Erstes Friederike Brock an. Immerhin musste er sie nach einem Zweitschlüssel für den Renault fragen. Sie verabredeten sich in Brocks Wohnung. Eine Viertelstunde später war er da. Er wartete vor der Haustür, Friederike kam nach einigen Minuten. Ihre blondierten kurzen Haare und die kräftig rot geschminkten Lippen überstrahlten ihr ansonsten wie üblich ausschließlich schwarzes Outfit. Neugierig beäugte die Künstlerin Marius' aufgeschlagene und lediglich provisorisch verarztete Augenbraue. Er hatte ihr nur kurz erzählt, was ihm im Stollen passiert war. So interessiert wirkte sie nicht an seinem Schicksal, als dass er ausführlicher werden musste. Die Wohnung erschien Marius nach der Kälte des Stollens warm, er legte seine Jacke im Wohnzimmer über einen Stuhl, während Friederike sich auf die Suche nach dem Zweitschlüssel für den Renault machte. Als sie zurückkam, musterte sie die Blutergüsse auf Marius' Armen.

»Tut das weh?«

»Es geht.« Sie berührte den Bluterguss auf dem linken Arm mit dem Zeigefinger. Marius zuckte leicht, woraufhin sie ihre Hand auf den Erguss legte und sanft darüberstrich. Die beiden sahen sich in die Augen, küssten sich und fielen auf dem Sofa des toten Detektivs übereinander her.

Mit dem Zweitschlüssel für Brocks Wagen und mit höchst widersprüchlichen Gefühlen verließ Marius am nächsten Morgen die Wohnung. Bevor er ins Büro fuhr, besorgte er sich bei einem der zahlreichen Mobilfunkläden auf der Venloer Straße einen preiswerten neuen Akku für sein Handy. Im Büro baute er ihn ein und war fast ein wenig überrascht, dass er einwandfrei zu funktionieren schien. Erst dann zog er sein morgendliches Trainingsprogramm durch. Er wollte noch einmal mit Ring reden, bevor er die Familie Hochkirchen mit dem Raub der Bilder und dem Angriff im Stollen konfrontierte.

Kurz hatte er überlegt, ob der Angriff gar nichts mit der alten Geschichte zu tun hatte und es sich einfach nur um einen willkürlichen Angriff handelte. Aber den Gedanken hatte er rasch verworfen. Da ihn jemand draußen im Stollen zusammengeschlagen hatte, konnte das nur heißen, dass Marius dort hätte etwas finden können, was jemand anderes zur gleichen Zeit verschwinden lassen wollte oder, was wahrscheinlicher und beängstigender war, dass ihn jemand beschattete und auf eine Gelegenheit gewartet hatte, um ihn aus dem Weg zu räumen. Er erinnerte sich an Friederikes Warnung.

Aber irgendetwas stimmte nicht, irgendetwas passte nicht zusammen. Brock war spektakulär gekreuzigt worden, und er selbst wurde zusammengeschlagen und in einem abgelegenen Stollen eingesperrt. Vielleicht gab es doch einen Zusammenhang? Vielleicht sollte er sogar überleben? Der Gedanke war absurd, doch Marius Sandmann war zu sehr Kunsthistoriker, mit mittelalterlicher Gedankenwelt und christlicher Mythologie vertraut, um die Serie nicht zu erkennen. Brock wurde gekreuzigt, Marius in einem Steingrab beerdigt und war nun wieder auferstanden.

Aber warum? Das ergab alles keinen Sinn und er glaubte nicht, dass irgendwem ähnlich versponnen-mystische Gedanken durch den Kopf gingen wie ihm. Ausschließen konnte er jedoch nicht, dass er vielleicht schon längst Teil einer Inszenierung war, einer Inszenierung des Mannes, der Gunter Brock gekreuzigt hatte, ihn nun beerdigt hatte und wiederauferstehen ließ, um anschließend was mit ihm anzustellen? In was für eine irrwitzige Geschichte waren sie da hineingeraten, er und sein toter Chef? Wie passte diese uralte Kölner Familie in dieses Bild? Was plante der Mörder als Nächstes, und ging das alles nicht viel zu weit über einen einfachen Bilderraub hinaus?

Mit diesen Gedanken wählte Marius die Telefonnummer Rings. Es dauerte einige Zeit, bis der Hörer abgehoben wurde. Marius wartete geduldig, er wusste, dass der alte Mann nicht der Schnellste war. Zu seiner Überraschung meldete sich eine jüngere Männerstimme. Marius bat darum, mit Ring sprechen zu können.

»Es tut mir leid«, antwortete der Mann am anderen Ende der Leitung, »aber mein Vater ist in der vergangenen Nacht gestorben.«

»Gestorben? Woran?«

»Woran alte Menschen so sterben. Herzinfarkt. Der Arzt meinte, es müsse im Schlaf gewesen sein. Er ist einfach sanft eingeschlafen und nicht wieder aufgewacht.«

»Verstehe. Dann entschuldigen Sie bitte, dass ich Sie gestört habe.« Marius schob rasch drei Worte nach, bevor er auflegte. »Und mein Beileid.«

Peter Ring alias Josef Meingold war tot. Der einzige Zeuge, der die beiden Morde und den Raub aus dem Juni 1943 bezeugen konnte, würde also für immer schweigen. Marius überlegte kurz, dass er sich auch noch um die Geschichte der beiden Opfer von damals kümmern musste. Aber vorher wählte er noch eine andere Telefonnummer. Margot Heilburg meldete sich nach dem zweiten Klingeln.

»Marius Sandmann hier, aus Köln, kann ich bitte mit Ihrem Vater sprechen.« Die Frau schluchzte kurz auf.

»Mein Vater ist tot. Er ist in der vergangenen Nacht an Herzversagen gestorben und …« Die folgenden Worte der Frau gingen in einem Weinkrampf unter. Marius ließ sich nur noch kurz bestätigen, was er schon vermutete. Auch hier ging der behandelnde Arzt von einem natürlichen Tod aus. Marius drückte sein Bedauern über den Tod des Mannes aus, den er gemocht hatte. Dann legte er auf.

Konnte es ein Zufall sein, dass die beiden einzigen Zeugen des Bilderraubs von '43 so kurz nacheinander starben? Immerhin hatten beide Ärzte unabhängig voneinander eine natürliche Todesursache in den Totenschein geschrieben. Allerdings vermutete Marius, dass bei Männern über 80 kaum etwas anderes untersucht würde. Zumal, wenn sie scheinbar friedlich im Bett entschlafen waren.

Es war einfach, alte Männer zu ermorden, dachte der Detektiv. Nur beweisen konnte er das nicht. Auch wenn die Gleichzeitigkeit förmlich danach schrie, dass es sich um Mord handelte und dass jemand die letzten lebenden Zeugen eines Bilderraubs aus dem Zweiten Weltkrieg für immer zum Schweigen gebracht hatte.

Marius' Einschätzung nach gab es nur einen Menschen, der ein Interesse daran haben konnte, dass Ring und Heilburg schwiegen. In Gedanken korrigierte er sich: Möglicherweise besaßen auch die Söhne dieses Mannes ein Interesse daran. Wie würde die Polizei reagieren, wenn er ihnen diese Geschichte auftischte? Konnte er Malven überreden, doch mit der Wahrheit herauszurücken? Immerhin ging es mittlerweile um drei Morde, fünf, wenn er die Toten von 1943 mitzählte. War ein Bild fünf Morde wert? Marius wusste, wen er das fragen wollte.

Staatsanwalt Thomas Stein hätte sich zur gleichen Zeit gewünscht, dass ihm niemand eine Frage stellen würde. Er saß in einem Saal, vollgestopft mit Journalisten, neben sich ein schweigsamer Hannes Bergkamp, und sah sich einer ganzen Kaskade von Fragen ausgesetzt, die im Grunde auf zwei Fragen hinausliefen. Erstens: Wie konnte jemand mitten in Köln einen Mann kreuzigen? Zweitens: Wie konnte es sein, dass Polizei und Staatsanwaltschaft bei einer so spektakulären Tat so im Dunkeln tappten?

Die erste Frage hatte Bergkamp souverän und präzise beantworten können. Wie genau die Tat abgelaufen war, wussten sie mittlerweile ziemlich gut. Was sie nicht wussten, war: Wer hatte diese Tat begangen und warum? Stein sah sich zunehmend unter Druck gesetzt, er hatte das Gefühl, die Presse trieb ihn vor sich her und er würde ihnen etwas liefern müssen, damit sie Ruhe gaben.

»Bluffen Sie oder haben Sie wirklich keine Spur, Herr Staatsanwalt?« Ein alter Lokalredakteur, der in Steins Augen aussah, als würde er sich an den Ausweichmanövern des Staatsanwaltes weiden. Stein überlegte, Bergkamp sagte schon seit mehreren Minuten gar nichts mehr. Der Staatsanwalt fragte sich, ob es nicht besser wäre, eine Frau wie Paula Wagner mit zu den Pressekonferenzen zu nehmen. Aber er traute der meist schlecht gelaunten und reizbaren Kommissarin nicht über den Weg. Weder, wenn es darum ging, sich an Absprachen zu halten, noch, wenn Diplomatie im Umgang mit den Medien gefordert war.

»Verstehen Sie bitte, dass ich dazu nichts weiter sagen kann.«

»Aber ist es richtig, dass christliche Fundamentalisten hinter diesem abscheulichen Verbrechen stecken?« Ein jüngerer Kollege des Lokalredakteurs von einer der Kölner Boulevardzeitungen. Bergkamp schnaubte leicht, als er die Frage hörte. Noch bevor Stein antworten konnte, rief ein weiterer Journalist eine Frage in den Raum.

»Oder handelt es sich um islamistischen Terror?« Jetzt ging alles durcheinander.

»Handelt es sich um einen Serienmörder?«

»Besteht Gefahr für die Bürger unserer Stadt?«

Stein zuckte zusammen. Vor dieser Frage hatte er sich am meisten gefürchtet. Seine Reaktion entging der Meute nicht.

»Was verheimlichen Sie uns?«

»Werden die Täter wieder zuschlagen?«

»Gibt es bereits weitere Opfer?«

»Sind andere Menschen in Lebensgefahr?« Der alte Lokalredakteur erhob sich von seinem Platz. Das sorgte einen Augenblick für Aufsehen und Stille. Alle schauten auf diesen Mann. Die auf dem Podium aus Angst vor dem, was er nun sagen würde, die im Saal voller Hoffnung, dass er ihnen den Staatsanwalt waidwund schießen würde.

»Sie wissen, dass Sie sich strafbar machen, wenn Sie Informationen zurückhalten und dadurch Menschenleben gefährden.« Stein blickte sich Hilfe suchend zu Bergkamp um, der wiederum starrte stur und stumm geradeaus.

»Bitte haben Sie Verständnis, dass wir zum jetzigen Zeitpunkt der Ermittlungen keine näheren Angaben machen können.« In der ersten Reihe sah Stein in das hübsche Gesicht Verena Talbots, die bisher geschwiegen hatte. Anders als seiner Mitarbeiterin Paula Wagner vertraute er der Journalistin. Sie würde ihn nicht in Schwierigkeiten bringen.

Nun hob sie ruhig die linke Hand und hielt einen Kugelschreiber hoch, als würde sie sich in einer Schulklasse zu Wort melden. Sie lächelte freundlich und Stein gab ihr sogleich das Wort, in der Hoffnung, dass Verena Talbots Frage ihm einen Ausweg eröffnen würde.

»Welche Rolle spielt der Mitarbeiter dieses ermordeten Detektivs? Es heißt, er habe Ihnen bei seiner Vernehmung eine ziemlich wilde Geschichte aufgetischt?«

Marius Sandmann hatte bis zu diesen Zeitpunkt in der Pressekonferenz noch keine Erwähnung gefunden, für den Staatsanwalt war er trotz Paula Wagners Ansichten eher Zeuge als Verdächtiger, die Presse hatte dem beruflichen Umfeld des Opfers bisher kaum Beachtung geschenkt. Stein jedoch war dankbar über den Themenwechsel.

»Sie verstehen sicher, dass ich Ihnen keine Auskunft über den Inhalt einzelner Vernehmungen machen kann, Frau Talbot.«

»Natürlich, aber stimmt es, dass er behauptet hat, im Auftrag des Wallraf-Richartz-Museums zu arbeiten?«

»Dazu kann ich Ihnen nichts sagen.«

»Aber ist es richtig, dass das Museum in Wirklichkeit nicht mit diesem Detektiv zusammenarbeitet?«

Woher wusste sie das alles? Er hatte es ihr nicht erzählt, und bei Bergkamps Stummheit und Paula Wagners Misstrauen war Stein sich ziemlich sicher, dass auch die beiden geschwiegen hatten. Offensichtlich verstand Verena Talbot etwas von ihrem Job und es ging für ihn nun darum, sich diese Fähigkeiten zunutze zu machen. Er musste Verena Talbot und der Meute etwas liefern, um hier halbwegs unbeschadet herauszukommen.

»Nun, davon können Sie ausgehen.«

»Also hat dieser Detektiv, Marius Sandmann, gelogen?«

Stein schaute sich ein drittes Mal zu Hannes Bergkamp um, der weiter jeden Blickkontakt mied. Er musste hier raus.

»So könnte man das ausdrücken. Bitte haben Sie Verständnis, dass ich nichts weiter zu diesem Fall sagen kann.« Stein erhob sich im Stimmengewirr der Journalisten, die sich auf diesen neuen Hinweis stürzten wie ein Rudel ausgehungerter Wildhunde. Eilig verließ er den Sitzungssaal, ohne sich noch einmal umzusehen. Die Presse hatte ihre Story, die Ermittlungen hatten für einen kleinen Moment die Ruhe, die sie brauchten. Bergkamp war Stein gefolgt. Auf dem Flur sprach er das erste Mal wieder.

»Wir wissen nicht, ob Marius Sandmann gelogen hat. Was ist, wenn er die Wahrheit gesagt hat?« Aber Stein hörte ihm nicht zu. Er rannte einfach weiter.

31

In der anbrechenden Dunkelheit des späten Nachmittags stand Marius Sandmann vor dem verschlossenen Gittertor eines Anwesens im Kölner Süden, eine hohe, grau verputzte Mauer umschloss den nur durch das Tor einsehbaren Garten. Marius drückte auf die Klingel rechts neben dem Eingang und wartete, bis sich nach einiger Zeit eine weibliche Stimme meldete. Er stellte sich kurz vor und bat, hereingelassen zu werden. Doch die Stimme verweigerte ihm den Einlass und der Summer blieb stumm.

Marius allerdings war nicht mehr bereit, sich abspeisen zu lassen. Kurz ging ihm der Gedanke durch den Kopf, hier erneut auf seinen Angreifer aus dem Stollen zu treffen, aber er schob die Angst beiseite, blickte rechts und links die Straße herunter, auf der keine Menschenseele zu entdecken war. Selbst aus den Nachbarhäusern war dieses Tor kaum einsehbar. Alle lebten hier zurückgezogen und versteckt hinter Mauern oder hohen Hecken. In kaum eines der Grundstücke konnte man hineinsehen, was bedeutete, dass man aus den meisten Häusern auch nicht auf die Straße hinaussehen konnte.

Marius kam das entgegen, er stellte einen Fuß auf die untere Querstrebe des Eisengitters, umklammerte mit beiden Händen zwei Gitter kurz unterhalb der mit Falschgold bemalten stilisierten Speerspitzen, die ihren Abschluss bildeten, und zog sich hoch. Sein Rücken und seine Arme schmerzten, eine Erinnerung daran, warum er hier war. Dann schwang er sich über das Tor und sprang auf der anderen Seite hinunter.

Ein gepflasterter Weg führte in einer sanften Kurve durch einen schlichten, aber akkurat gepflegten Gartenpark zu einer alten, gedrungen und abweisend wirkenden Villa aus den 30er-Jahren. An der Haustür gab es neben einer weiteren Klingel auch einen schweren eisernen Klopfer auf der Tür.

Marius pochte mit ihm mehrfach fordernd gegen das Holz, statt die Klingel zu benutzen. Hinter der Tür hörte er trippelnde Schritte, die Tür ging auf und eine blonde Frau um die 50 blickte zu Marius auf.

»Ich möchte Hermann Hochkirchen sprechen.« Marius ließ die Förmlichkeiten beiseite, aber die Frau blieb kühl. Sie sprach mit einem osteuropäischen Akzent.

»Wie sind Sie hier hereingekommen?«

»Das Tor war offen.«

»Sie lügen.« Bevor Marius antworten konnte, erklang eine Stimme aus dem Inneren des Hauses. Eine alte, kratzige Stimme, deren Schärfe den Privatdetektiv kurz zusammenzucken ließ.

»Wer ist da, Elena?« Hinter der Frau konnte Marius die Silhouette eines Mannes im Rollstuhl erkennen. Bestimmend schob der Detektiv die Frau, die nur schwach protestierte, beiseite und ging hinein. Der alte Mann sah ihn aus wässrigen, blauen Augen feindselig an. »Wer sind Sie und was wollen Sie hier?«

Wenn auch der körperliche Verfall Hermann Hochkirchens offensichtlich war, hatte er doch nichts von seiner inneren Stärke und Autorität eingebüßt. Marius musste an Lutz Heilburg denken, der sich von der Autorität des jungen Rittmeisters hatte überwältigen lassen. Spätestens jetzt verstand er den ehemaligen HJler. Hochkirchen war auch im Alter und in all seiner körperlichen Schwäche eine beeindruckende Erscheinung, Rollstuhl hin oder her. Beeindruckend und beängstigend.

»Ich will mit Ihnen über Lutz Heilburg sprechen, über Josef Meingold oder besser Peter Ring, über zwei erschossene Soldaten in einem Straßengraben im Jahr 1943 und über dieses Bild.« Er hielt dem alten Mann eine Fotokopie des Gekreuzigten Christus hin, die dieser ihm fast wütend aus der Hand riss.

»Ich habe nicht die leiseste Ahnung, wovon Sie sprechen.« Die Kopie hielt er fest mit seinen mageren, von Altersflecken übersäten Fingern umklammert und wandte sich seiner Betreuerin zu. »Elena, rufen Sie die Polizei!« Elena bewegte sich zum Telefon, einem alten Wählscheibenapparat am anderen Ende des Flurs. Marius ließ sie gewähren. Stattdessen hielt er Hochkirchen ein anderes Bild hin, die Fotografie des Zimmers, in dem Lochners Kreuzigung in den 60er-Jahren gehangen hatte.

»Tun Sie das. Dann können wir gleich nachschauen, wo in diesem Haus sich dieser Raum befindet.«

Der alte Mann betrachtete das Bild und hob leicht die Hand. Elena blieb einfach mitten im Raum stehen und wartete auf weitere Anweisungen.

»Was wollen Sie? Geld?«

Marius schüttelte den Kopf. »Antworten will ich.«

Hochkirchen lachte höhnisch. »Die wollen wir alle.«

»Aber ich werde sie bekommen.«

Hochkirchens Augen glänzten vor Feindseligkeit. Marius nahm dem Patriarchen das Foto aus der Hand, ließ den alten Mann stehen, und machte sich auf die Suche nach dem Raum. Er war sich sicher, ihn in diesem großen Haus zu finden, das früher einmal Wohnsitz und Repräsentationsort einer reichen Familie gewesen war. Marius kam es aber mittlerweile vor wie ein Mausoleum, ein Mausoleum mit nur einem einzigen, lebendigen Bewohner, dem Patriarchen, dem letzten Bindeglied einer zerrütteten Familie.

Im Untergeschoss wurde Marius fündig. Der Raum sah aus wie auf dem Foto, die gleichen Möbel, die gleichen Tapeten. Nur das Bild an der Wand fehlte. An seiner Stelle hing eine belanglose Kopie einer Kölner Stadtansicht aus dem 19. Jahrhundert. Marius schob den Druck ein Stück weit beiseite, auf der Tapete zeichnete sich die Umrandung eines kleineren Bildes, das hier ursprünglich einmal gehangen hatte, als helles Viereck deutlich ab.

»Es hängt schon seit Jahrzehnten nicht mehr hier.« Marius drehte sich um, Walter Hochkirchen stand in der Tür, die linke Hand spielte unruhig mit dem Türknauf.

»Ich hätte nicht gedacht, dass Ihr Vater Sie ruft.« Der Stadtrat zuckte mit den Achseln, sagte aber nichts. »Wie ist das Bild verschwunden?«

»Ich weiß es nicht. Unsere Schwester hat immer geglaubt, dass Alexander es sich unter den Nagel gerissen hat. Wie alles andere auch.«

»Zumindest besitzt er heute das Bild nicht mehr.«

»Vermutlich hat er es tatsächlich nie besessen. Nicht einmal er hätte sich getraut, unserem Vater sein Liebstes zu rauben.« Walter Hochkirchens Hand ließ den Türknauf los, als er das sagte, und spielte etwas hilflos an der Jacketttasche. Marius erinnerte er in diesem Augenblick an einen kleinen Jungen, den seine Eltern irgendwo vergessen hatten.

»Wer hat sich dann getraut?« Der Kommunalpolitiker sah sich kurz um.

»Kommen Sie mit mir in den Garten, dann erzähle ich Ihnen eine Geschichte.« Marius fotografierte mit dem Handy rasch den Raum, ohne dass Hochkirchen etwas merkte, und folgte ihm die Treppe hinunter durch das Wohnzimmer in den Garten, dessen Rasen im Schatten der alten dunklen Bäume und der heraufziehenden Abenddämmerung kalt, grau und tot wirkte.

Marius konnte den alten Hochkirchen nirgends sehen, Gardinen verwehrten den Blick ins Haus, aber er fühlte die Augen des alten Mannes. Ihn fröstelte.

Hochkirchen zündete sich eine Zigarette an, zog hektisch an ihr, damit die Glut nicht gleich erkaltete, und bot Marius ebenfalls eine an. Er schüttelte den Kopf und der Stadtrat steckte das Zigarettenpäckchen zurück in die Sakkotasche.

»Vorweg: Ich weiß wirklich nicht, wer das Bild damals gestohlen hat oder wo es heute sein könnte. Ich habe nur einen Verdacht, und Sie sind der Erste, mit dem ich darüber rede. Ob Sie mir glauben oder nicht, das weiß ich nicht. Ich weiß auch nicht, ob Sie – oder sonst jemand – in der Lage sind, meine Geschichte zu beweisen. Sowohl mein Vater als auch mein Bruder werden sie abstreiten.« Er saugte an seiner Kippe, bevor er weitersprach. »Elena ist, wie Sie sich denken können, nicht die erste Haushaltshilfe meines Vaters. Heute ist er auf sie angewiesen, es gibt nicht viele Frauen, die sich mit einem alten, mürrischen Greis abgeben. Egal, wie viel er ihnen bezahlt. Früher war das anders. Die Hilfen bei uns im Haus gaben sich die Klinke in die Hand, ich habe schon früh aufgehört, mir ihre Namen zu merken. Bei den meisten kenne ich nur noch den Vornamen – wenn überhaupt. Das Zimmer, nach dem Sie so lange gesucht haben, ist jedenfalls das alte Arbeitszimmer meines Vaters. Wir Kinder durften dort nur selten rein, und als Jugendliche war das nicht anders. Deswegen weiß ich nicht genau, wann das Bild verschwunden ist. Ich erinnere mich aber, dass mir sein Verschwinden das erste Mal im Herbst 1970 aufgefallen ist. Als ich meinen Vater beim Abendessen darauf ansprach, gab es eine Ohrfeige, schließlich hatte ich in seinem Arbeitszimmer nichts verloren, und eine ausweichende Antwort, das Bild sei beim Restaurator. Sie werden verstehen, dass ich danach nie wieder nach dem Bild gefragt habe.«

»Also ist das Bild irgendwann in der zweiten Hälfte des Jahres 1970 verschwunden?«

»Das nehme ich an. Zur gleichen Zeit gab es eine heftige Auseinandersetzung mit einer jungen Haushälterin. Elke war ihr Name, ich erinnere mich, weil sie wunderschön war.« Walter Hochkirchen hob entschuldigend die Hände. »Ich war ein hormongesteuerter Junge, damals.«

»Worum ging es bei dieser Auseinandersetzung?«

»Können Sie sich das nicht denken?«

»Denken kann ich mir eine Menge, Herr Stadtrat. Ich will es wissen.« Hochkirchen schürzte die Lippen.

»Ja, vermutlich. Lassen Sie es mich so sagen: Ich war nicht der Einzige, der Elke attraktiv fand. Mein Vater und wohl auch mein Bruder sahen das ähnlich. Nun …« Wieder zog Hochkirchen an seiner Zigarette. »… sie ließen es sie wohl auch spüren. Mehr als deutlich. Wenn Sie verstehen, was ich meine.« Marius hob leicht die Augenbrauen. »Verdammt, Sandmann, wir Hochkirchens stehen uns wirklich nicht nahe, aber erwarten Sie nicht, dass ich meine Familie, meinen Vater und meinen Bruder, hier eines Verbrechens bezichtige! Nicht einmal nach so langer Zeit!«

»Sie wissen, dass ich diese Elke finden werde.«

»Was Sie dann machen, ist mir egal. Aber ich will nichts damit zu tun haben. In jedem Fall gab es einen lautstarken Krach am Abend, Elke schrie wie am Spieß, fluchte, dass es durch das ganze Haus zu hören war, und einige Tage später war sie verschwunden. Ein paar Monate danach habe ich das erste Mal das Fehlen der Kreuzigung bemerkt.«

»Sie wollen mir erzählen, dass eine einfache Haushaltshilfe mit dem Prunkstück der Kunstsammlung einer der reichsten Kölner Familien unterm Arm einfach so aus dem Haus verschwindet?«

»Sie hat es ja nicht gleich mitgenommen. Aber ich weiß, dass sie einen eigenen Schlüssel fürs Haus hatte. Den hat sie nie zurückgegeben, und sie war rachsüchtig.«

»Aber ihre Familie hätte sich das doch denken können!«

»Meine Familie ist so im Hass mit sich selbst gefangen, dass sie überhaupt nicht auf die Idee gekommen ist, dass jemand außerhalb der Familie hier hereinspaziert und das Bild abhängt. Zumal es ja keinerlei Einbruchsspuren gab. Wir haben uns alle 40 Jahre lang gegenseitig verdächtigt.«

»Nur Sie nicht.«

»Nein«, der Stadtrat lächelte, »ich war cleverer.« Achtlos warf er die Zigarette auf den Rasen seines Vaters und trat sie aus.

Zurück in der Stadt hatte Marius das Gefühl, die zwei losen Enden eines Seils in den Händen zu halten. Anders als beim Seilchenspringen ging es jetzt aber darum, die beiden Enden zu verknüpfen. Möglicherweise hielt er auch die beiden Enden zweier Stromkabel zwischen den Fingern. Dann würde alles um ihn herum explodieren.

Was er vor allen Dingen brauchte, war der Name dieser Haushälterin, die Walter Hochkirchen verdächtigte, und er hatte auch schon eine Idee, wie er an diesen Namen kommen könnte. Hermann Hochkirchen hätte es ihm sagen können, aber Marius wusste, dass der alte Mann ihm diese Auskunft nie gegeben hätte. Was hätte er davon gehabt, eine vage Spur zum Lochner zu haben und dafür sich selbst und vielleicht die Familie in den Abgrund zu stürzen? Er musste das andere Ende des Seils betrachten. Brocks Ende. Brock hatte seine Ermittlungen mit dem Nachlass begonnen, aus dem das Foto stammte.

Jetzt saß er auf der Wohnzimmercouch von Museumsdirektor Anton Malven im Dunkeln und wartete auf den Hausherrn. Einbrechen wurde so langsam zur Routine, dachte der Privatdetektiv bei sich, als er das Türschloss hörte. Anton Malven kam allein und erschrak nicht wenig, als er das Licht anknipste und Marius auf seinem Sofa entdeckte.

»Was wollen Sie von mir?«

»Nur einen Namen, dann bin ich sofort wieder weg.«

»Und wenn ich Ihnen den nicht gebe?«

Marius stand auf, die Wunde an seiner Stirn funkelte im Licht der Halogenscheinwerfer. »Sie werden ihn mir geben. Glauben Sie mir.« Malven nickte nur.

Am nächsten Morgen besuchte Marius das Pflegeheim, in dem die Erblasserin gestorben war, deren Nachlass die ganze Suche ausgelöst hatte. Ihr Name war Hanna Berndt. Der Detektiv saß der Leiterin des Heims gegenüber, einer Frau um die 50 mit langen, offenen dunkelblonden Haaren, einem verhärmten Gesicht, die dem Detektiv ruhig zugehört hatte, als er ihr so offen wie möglich seine Geschichte erzählt hatte.

»Sie nehmen es mir nicht übel, dass ich Ihre Geschichte für abenteuerlich halte, Herr Sandmann.« Sie betrachtete die Fotos und die Kopien der alten Dokumente aus dem Krieg, die Marius vor ihr ausgebreitet hatte. Das waren im Grunde alle Beweise, die er hatte. Die Polizei würde ihn wahrscheinlich auslachen, und er war sich nicht sicher, ob Angelika Schwert-Holzheim das insgeheim nicht auch tat.

»Vielleicht gehen wir einfach nur ein paar Minuten davon aus, dass ich recht habe? Was mir fehlt bei diesem Rätsel, ist eine Verbindung zwischen ihrer Frau Berndt und meiner Familie Hochkirchen. Hatte sie keine Verwandten?«

»Nur eine Schwester und einen Neffen. Der Vater des Jungen, also ihr Schwager, ist früh gestorben. Auch die Schwester lebt nicht mehr.«

»Vielleicht haben Sie die Namen dieser Verwandten? Das könnte mir unter Umständen schon weiterhelfen und ich nehme nicht an, dass Sie damit ein Geheimnis preisgeben oder Ihre Berufsehre verletzen.« Marius lächelte freundlich. Schwert-Holzheim hob leicht die Augenbrauen.

»Meine Berufsehre lassen Sie mal meine Sorge sein. Ich kann Ihnen die Namen natürlich heraussuchen. Aber das wird Ihnen nicht viel helfen, wie Sie wissen. Die sind alle tot.«

»Auch der Neffe?«

»Ja, auch der.« Schwert-Holzheim hatte sich mit ihrem Bürostuhl von Marius abgewandt und suchte in einem Hängeregister hinter ihrem Schreibtisch nach Papieren. Schließlich zog sie eine knallorange Mappe hervor. Sie bemerkte Marius' irritierten Blick auf das grelle Orange. »Warum soll der Tod immer schwarz sein? Bei mir ist er orange.« Sie schlug die Mappe auf und fuhr mit dem Finger das erste Blatt herunter. »Hier ist es. Elke Jonas, geboren in Köln 20.11.1949, gestorben am 24. Dezember – oh Gott, arme Sau, an Weihnachten – 1996. Sie hat geheiratet am …«

»Wissen Sie etwas darüber, wo Frau Jonas 1970 gearbeitet hat?«

»Nein, junger Mann, ich weiß nun wirklich nicht alles. Frau Jonas war nie Gast bei uns. Deshalb kann ich Ihnen da nicht weiterhelfen. Jedenfalls hat sie nicht viel hinterlassen. Soweit ich das sehe. Erbin war ihre Schwester, unsere Insassin.«

»Die ihr gesamtes Erbe dem Stadtmuseum vermacht hat.«

»Ihr Neffe hat das ein oder andere abbekommen. Ich vermute mal, was wertvoll war, hat sie ihm überlassen. Schon vor ihrem Tod. Das Museum hat nur die Reste bekommen.«

»Warum vermacht jemand seinen Papierkram dem Museum?«

»Ach, die Leute vermachen ihre Sachen den unmöglichsten Erben. Manchmal ist das auch besser, als wenn die Familie das Erbe in die Finger bekommt. In ihren Neffen war sie allerdings regelrecht vernarrt. Ich hab's leider nicht so mit Namen. Ah, hier ist er. Ja, er hat den Mädchennamen seiner Tante angenommen. Als Künstlername. Christian Alberti. Sagt Ihnen das was?«

Marius saß einen Moment mit offenem Mund und großen Augen vor der Frau. »Der Schauspieler?«

»Genau. Schauspieler war er. Kannten Sie den? Ich kenne mich mit so etwas ja überhaupt nicht aus.«

»Ich habe von ihm gehört.«

TEIL 3
SCHMERZENSMANN

32

Paula Wagner saß auf ihrem Bürostuhl, den linken Fuß unter dem rechten Oberschenkel eingeklemmt, und beobachtete Marius Sandmann, wie er mit schnellen Bewegungen ein Diagramm auf das Whiteboard zeichnete. Ein weiteres Mal fiel ihr auf, wie geschmeidig sich der Privatdetektiv bewegen konnte und welche Kraft er ausstrahlte. Trotzdem mochte sie ihn nicht.

Nun ließ Marius den Stift sinken und schaute sie, Hannes Bergkamp und Staatsanwalt Thomas Stein fragend an. Er schien die Skepsis in ihren Gesichtern lesen zu können. Die beiden Männer schwiegen, es war einmal mehr an ihr, zu sprechen.

»Sie meinen also, dass ein Mitglied der Familie Hochkirchen, einer der einflussreichsten und angesehensten Familien dieser Stadt, Ihren Chef Gunter Brock, Christian Alberti und Julia Stolz ermordet hat, um an dieses Stephan Lochner-Bild zu kommen?«

»Ich vermute, Brock wurde ermordet, weil er dem Täter auf der Spur war.« Paula Wagner nickte kurz. »Obendrein hat der Täter in einer Nacht zwei alte Männer in Chorweiler und draußen im Wittgensteiner Land umgebracht, die offenbar eines natürlichen Todes gestorben sind?« Stein schaltete sich ein.

»Meinen Sie, das war der gleiche Mann, der vor 60 Jahren im Krieg zwei Soldaten ermordet hat, weil er das Bild damals schon geraubt hat?« Die Zweifel hingen wie eine Dunstschwade im Raum. Stein fuhr fort. »Eine reichlich abenteuerliche Geschichte, wenn Sie mich fragen.«

»Wir bräuchten schon ein paar Beweise.« Marius wies auf die Fotos von Hermann Hochkirchens Arbeitszimmer.

»Da haben Sie Ihre Beweise.« Paula Wagner nahm die beiden

Fotos vom Schreibtisch und betrachtete sie. Bis auf das neue Bild im Hintergrund war das tatsächlich derselbe Raum.

»Dieses Foto haben Sie also in der Villa der Familie Hochkirchen gemacht?«

»Vorgestern Abend, ja.« Paula Wagner ließ das Bild sinken. Sie wollte schon etwas sagen, aber Stein kam ihr zuvor. Er stand auf und gab Marius die Hand.

»Wir bedanken uns für diese Hinweise, aber ehrlich gesagt: Wir verfolgen schon eine andere vielversprechende Spur im Mord an Ihrem Chef, und den Fall des ermordeten Schauspielerpärchens Alberti und Stolz haben wir, wie Sie ja wissen, bereits aufgeklärt.« Stein strich sich kurz über das Jackett, dann brachte er Marius zur Tür, die er hinter dem Privatdetektiv schloss. Paula Wagner und Hannes Bergkamp schauten sich an.

»Was halten wir jetzt davon?«, wandte sich Stein an die beiden Ermittler.

»Schwer zu sagen«, erwiderte Hauptkommissar Bergkamp.

Paula Wagner ergriff das Wort. »Vielleicht war er es und ahnt, dass wir ihm auf der Schliche sind. Möglicherweise setzt ihm der Mord an seinem Chef aber auch wirklich zu. Mit dem Bild aus dem Arbeitszimmer hat er allerdings einen interessanten Aspekt hereingebracht.«

»Wenn es Hochkirchens Arbeitszimmer war«, murmelte Bergkamp.

»Mir erscheint er höchst verdächtig. Um es einmal deutlich zu sagen. Kommt hier rein mit dieser abenteuerlichen Geschichte. Wenn Sie mich fragen, der Mann hat Panik, und die hat er, weil er sich entdeckt glaubt. Da stimme ich hundertprozentig mit Ihnen überein, Frau Wagner. Haben wir andere Spuren?« Bergkamp zuckte mit den Achseln. »Was ist mit dieser Geschichte aus der Kneipe?« Paula Wagner schüttelte leicht den Kopf.

»Dieser Matteo Lucca scheidet als Täter aus. Die Kollegen von der Streife haben ihn aufgegriffen und ins Präsidium gebracht. So wie er hinkt, nagelt der niemanden an ein Kreuz.«

»Also ist Marius Sandmann die beste Spur, die wir haben. Was uns fehlt, ist ein Motiv.«

»Und Beweise«, ergänzte Wagner.

»Die müssen Sie uns beschaffen. Vielleicht gab es Streit in der Detektei, vielleicht wollte Brock ihn rausschmeißen? Dann hätte der junge Mann gar nichts mehr. Studium abgebrochen, Job verloren.«

»Was ist eigentlich mit der Tochter?«

»Sie meinen, er hatte etwas mit ihr, Bergkamp?«

»Wäre doch denkbar.«

»Und Big Daddy war dagegen.« Stein hielt sich den Zeigefinger ans Kinn, eine Geste, die Nachdenken ausdrücken sollte. Paula Wagner war sich allerdings nicht ganz sicher, ob Stein tatsächlich jemals nachdachte. Sie wiederholte einen Gedanken, den sie vor ein paar Tagen schon einmal hatte.

»Was ist, wenn er recht hat?«

»Hören Sie auf, die Geschichte ist abstrus und lächerlich!«

»Eben deswegen. Wenn er uns einen Bären aufbinden wollte, würde er eine einfachere Geschichte erzählen.«

»Wenn er klug wäre, ja«, wandte Bergkamp ein, »aber du sagst selbst immer, dass die meisten Verbrecher vor allem eins sind: dumm.«

Draußen vor der Tür des Polizeipräsidiums stand Marius Sandmann in der Kälte und zog sich die Kapuze seines Sweatshirts über den Kopf. Die Polizisten und der Staatsanwalt hatten ihm kein Wort geglaubt. Er würde selber weitersuchen müssen. Daran führte kein Weg vorbei.

»Hast du denn auch einen Ausweis?« Marius zeigte Verena Talbot seine Lizenz, obwohl er wusste, dass sie die Karte nur aus Neugier sehen wollte, nicht weil sie an seiner Tätigkeit zweifelte. Sie nahm sie ihm mit perfekt manikürten und lackierten Fingern aus der Hand und betrachtete sie ausgiebig. »Ich hab so etwas noch nie gesehen. Interessant.« Sie lächelte Marius an und reichte ihm die Karte über den Tisch. »Wir sind doch noch per du, oder?«

Marius nickte und steckte die Lizenz zurück in sein Portemonnaie.

»Gern.« Verena Talbot lächelte erneut und beugte sich leicht vor, während sie Marius anschaute. Unwillkürlich dachte der Privatdetektiv an eine Schlange, die ein Kaninchen fixiert.

»Und weswegen wolltest du mich noch einmal gleich sprechen?«

»Christian Alberti.«

»Ja, richtig! Aber du willst mir nicht sagen, worum es geht, oder?«

»Ein Fall, an dem ich arbeite.«

»Immer noch der alte Geheimniskrämer!«

»Immer noch viel zu neugierig!«

»Wenigstens eine Gemeinsamkeit zwischen uns beiden. Du hast mit diesem Gekreuzigten zusammengearbeitet, nicht wahr?« Das Lächeln wurde breiter. Unpassenderweise, wie Marius fand. »Und jetzt suchst du nach Informationen über Christian Alberti. Interessant.« Sie lehnte sich zurück und schwieg einen Augenblick.

»Ich kann im Moment noch nichts Genaueres sagen«, wich Marius aus.

Die Journalistin beugte sich wieder ein Stück nach vorne und legte die Ellbogen auf die Tischplatte, die gefalteten Hände der jungen Frau zeigten auf Marius. »Aber wenn du etwas Genaueres weißt, erzählst du es als Erstes mir. Wenn da etwas dran ist, ist das eine Riesengeschichte: Christian Alberti und der Gekreuzigte! Wow!«

»Bevor ich da irgendwem etwas Genaueres sagen kann, muss ich erst noch ein paar Informationen haben über Alberti. Über seinen Bekanntenkreis, seine letzte Nacht, die Umstände seines Todes.«

»Ich möchte auch nur, dass dir die Spielregeln klar sind. Quid pro quo. Eine Hand wäscht die andere.«

Marius nickte. »Also gut.«

»Sehr gut.« Verena Talbot schlug kurz mit beiden Händen auf den Tisch und stand auf. Sie ging zu einem schwarz lackierten Wandschrank hinter ihrem Schreibtisch und zog eine Schublade auf. Nach kurzem Suchen hatte sie eine dicke Mappe in der Hand, die sie vor Marius auf den Tisch warf. »Da ist alles drin, was du brauchst. Du kannst es dir in Ruhe durchlesen, du kannst dir Notizen machen. Nur kopieren darfst du es nicht. O. K.?«

»O. K. Habt Ihr einen Raum, wo ich mich in Ruhe hinsetzen kann?«

»Du kannst einen der Schneideräume haben.« Verena Talbot führte Marius zu einer kleinen Kammer am anderen Ende des Flurs. Die eine Seite des Raumes wurde von einem Schneideplatz beherrscht. Marius schaute auf eine unübersichtliche Anzahl von verschiedenfarbigen Knöpfen und Scrollrädern unter zwei Monitoren. Neben der Tür stand ein kleiner Tisch mit einem Stuhl. Dorthin legte Talbot die Unterlagen für Marius. »Es ist nicht gemütlich, aber ich denke, es reicht.«

»Geht schon«, Marius nickte. Er wollte in Ruhe die Unterlagen durchsehen, wo, war ihm völlig egal.

»Dann lass ich dich jetzt mal allein.« Die Blondine ließ die Tür zum Flur halb angelehnt, als sie ging. Marius hörte ihre Absätze in dem hallenden Gang und machte sich ans Werk. Seite um Seite fotografierte er mit dem Handy ab.

»Ratte!« Verena Talbot beobachtete Marius auf ihrem Computer. Wie die meisten Arbeitsräume der Produktionsfirma war auch dieser mit einer kleinen Kamera ausgestattet, die sich mit einem Passwort geschützt über das Intranet der Firma steuern ließ. Dennoch ließ sie ihn gewähren.

Sie hatte genug, worüber sie jetzt nachdenken musste. Eine Verbindung zwischen Alberti und dem Gekreuzigten war der Hammer, und vor ihren Augen machte ein Privatdetektiv fleißig verbotenerweise Fotos von ihrem Recherchematerial. Ein Privatdetektiv und vielleicht sogar ein Mörder. Ein Prickeln lief ihr den Rücken hinunter. Sie war sich nicht sicher, ob das nur das Jagdfieber war, das eine gute Story bei ihr auslöste.

Ein paar Stunden später saß Marius Sandmann an seinem Küchentisch und studierte Talbots abfotografierte und auf den Rechner überspielte Unterlagen. Er suchte nach einer Verbindung zur Familie Hochkirchen, aber fand niemanden außer der verstorbenen Tante Elke, bei der er inzwischen fest davon ausging, dass sie 1970 als Hausangestellte bei den Hochkirchens gearbeitet hatte.

Er stützte das Kinn auf die Faust und scrollte planlos durch die einzelnen Fotos. Nirgendwo wurde das Gemälde oder überhaupt ein Interesse für Kunst, von spätmittelalterlicher Malerei ganz zu schweigen, erwähnt. Nichts in Albertis oder Stolz' Biografie, nichts in ihrem Umfeld deutete auf eine Verbindung zu den Hochkirchens oder zur Kreuzigung. Hätten Sie das Bild besessen, wäre das erwähnt gewesen. Irgendetwas fehlte also in diesen Unterlagen.

Der Detektiv war sich sicher, dass irgendjemand aus dem Umfeld der beiden toten Schauspieler es auf das Bild abgesehen hatte. Dafür aber hätte er den Wert, den das alte Gemälde Stephan Lochners nicht nur für die Familie Hochkirchen besaß, erkennen müssen. Nicht nur das, er hätte das Gemälde auch bei den Schauspielern sehen müssen. Wenn sie es in der Wohnung aufbewahrt hatten, wovon Marius ausging, dann musste er mit denjenigen anfangen, die in der Wohnung zu Besuch waren. In Verenas Unterlagen fand er eine Liste der Gäste, die an der letzten Party des Schauspielerpärchens teilgenommen hatten. Er fragte sich, wie Verena an diese Namen gekommen war. Entweder war sie eine exzellente Rechercheurin oder sie hatte eine sehr gute Quelle im Ermittlungsteam. So wie Marius die Journalistin einschätze, beides. Er druckte die Übersicht der Personen aus. Leise ratterte der Drucker. Das war immerhin ein Anfang.

Um es sich etwas leichter zu machen, beschloss er, mit den männlichen Gästen zu beginnen. Brock konnte unmöglich von einer Frau gekreuzigt worden sein. Falls der Mörder wirklich unter den Gästen der Party zu finden war, müsste es einer der Männer sein. Marius wusste, dass dieses Vorgehen alles andere als exakt war, und der gescheiterte Wissenschaftler in ihm sträubte sich dagegen. Aber er war klug genug zu wissen, dass es jetzt nur darum ging, irgendwo anzufangen und sich von dort aus weiterzubewegen.

Sechs Namen standen auf seiner Liste. Über das Internet suchte er die Adressen dieser Männer. Je prominenter sie waren, umso schwerer fiel das. Zum Glück hatte er nur einen Schauspieler auf der Liste: Peter Wiedemann, dessen Adresse er zwar nicht fand, aber immerhin stieß er auf die Information, dass Wiedemann als Gastschauspieler an einem der freien Theater arbeitete, praktischerweise unter der Regie von Jan Thielbeck, der ebenfalls Gast der Party gewesen war. Neben diesen beiden hatte Alberti offenkundig wenige Freunde unter seinen Berufskollegen. Das passte zu dem Ruf, den er hatte.

Albertis Cousin Michael Johnen traf Marius auf einem Spielplatz in der Nähe dessen Hauses an, wo er die beiden Kinder hütete. Er gab sich als Detektiv für eine Versicherung aus, die einige Fragen zum Ableben der beiden Schauspieler hatte. Johnen schien sich über ein derartiges Vorgehen nicht weiter zu wundern. Vielleicht war er auch einfach nur abgestumpft? Johnen war gelernter Bankkaufmann und zurzeit arbeitslos. Seine Frau arbeitete inzwischen wieder halbtags, wie er erzählte.

Der Frust über seine Situation war ihm deutlich anzumerken. Waren sie zu Beginn des Gesprächs noch eine willkommene Ablenkung, wie Marius schien, steigerten die Fragen des Detektivs Johnens Gereiztheit immer mehr, sodass einige der Mütter, die in dicken Winterjacken um sie herumsaßen, aufmerksam wurden. Der Kinderlärm tat sein Übriges. Marius war froh, als das Gespräch vorbei war, allerdings war er sich sicher, dass er sich mit Michael Johnen noch näher beschäftigen musste. Auch wenn er vorgab, nichts von einem Bild zu wissen.

Drei weitere Gespräche schaffte er noch am gleichen Abend. Den Barbesitzer Samuel Schorch traf er in seinem Arabella-Club, nachdem er eine üppige russische Blondine abgewimmelt hatte.

»Magst du meine Mädchen nicht, Junge?« Der Ton in der Stimme des Barbesitzers passte so gar nicht zu dem sanften Säuseln, das als Musik leise aus den Boxen drang.

»Ich bin nicht wegen Ihrer Mädchen hier.«

»Jeder ist wegen meiner Mädchen hier.« Schorch stützte sich demonstrativ mit einer kräftigen Pranke auf der Theke ab, sein Jackettärmel rutschte ein Stück weit hoch und gab den Blick frei auf eine schwere, goldene Rolex.

Marius war ein bisschen erstaunt, dass es so etwas noch gab. »Oder er ist schnell wieder weg.«

Die grauen Augen des Barbesitzers versuchten streng unter der getönten Brille hervorzuschauen. Marius wusste, dass er hier Ärger bekommen konnte, der Bluterguss auf seinem Unterarm pulsierte leicht. Das Beste würde sein, schnell zur Sache zu kommen.

»Ich bin wegen Christian Alberti hier.«

»Ah, Christian! Bist Du ein Bulle? Siehst nicht so aus.«

»Ich bin Privatdetektiv.«

»Privatdetektiv, so, so. In wessen Auftrag bist du denn unterwegs?«

»Es ist eine persönliche Angelegenheit.«

»Also doch ein Mädchen.«

Marius seufzte und blickte auf die verspiegelte Auslage hinter der Theke. Das würde ein schwieriges Gespräch werden. »Vielleicht erzählen Sie mir einfach, woher Sie Christian kannten und in welcher Beziehung Sie zu ihm standen?«

»Christian war ein Freund, verstehst Du?«

Marius verstand. Er kannte den Code. Über einen Freund wurde nichts Schlechtes gesagt. Was gleichzeitig bedeutete, dass es etwas Schlechtes über ihn zu sagen gab.

»Erinnern Sie sich an den letzten Abend, als Sie bei ihm waren?« Das erste Mal hatte Marius das Gefühl, so etwas wie eine Regung bei seinem Gegenüber feststellen zu können. Nur deuten ließ sie sich nicht.

»Ja klar. Den letzten Abend mit einem Freund vergisst man nicht!«

Marius zog das mittlerweile leicht zerknitterte Bild der Kreuzigung hervor, das er bereits Johnen auf dem Spielplatz vergeblich gezeigt hatte. »Haben Sie dieses Bild vielleicht gesehen an dem Abend?«

Verdutzt nahm Schorch die Kopie in seine Hände. »Ja, ich erinnere mich. Das stand im Schlafzimmer auf dem Boden und lehnte an der Wand.«

»Was haben Sie im Schlafzimmer gemacht?«

»Ich habe die Stolz gevögelt, was denn sonst?« Schorch lachte schallend. »Nun guck nicht so bescheuert, Junge, war nur Spaß! Ich hatte mit Christian ein Geschäft zu regeln. Aber das geht dich nichts an.«

»Hat er bezahlt?«

Die joviale Freundlichkeit, die Schorchs Scherz folgte, verschwand augenblicklich. »Worauf willst Du hinaus?«

»Auf gar nichts. Aber so wie es aussieht, war Alberti knapp bei Kasse und Sie wären nicht der Einzige, bei dem er Schulden gehabt hätte.«

»Hau ab!« Marius nahm seine Fotokopie und steckte sie in die Tasche. Sinnlos, hier weiter zu fragen. Beim Aufstehen schaute er noch einmal kurz in den Spiegel über der Theke. Der Mann, der hinter ihm in den hinteren Bereich der Bar huschte, geführt von einer jungen Schwarzen, kam ihm nur zu bekannt vor. Wo sich Stadträte überall herumtrieben.

33

Thielbeck und Wiedemann waren deutlich angenehmere Gesprächspartner als Samuel Schorch. Marius traf den Regisseur und den Schauspieler nach einer Aufführung an der Bar des kleinen Theaters an der Aachener Straße. Peter Wiedemann wirkte aufgekratzt, Marius nahm an, dass es an der vorhergehenden Aufführung lag.

»Sie sind einer der wenigen Kollegen, die mit Christian Alberti befreundet waren.«

»Das liegt daran, dass wir nicht zusammengearbeitet haben.« Wiedemann lachte kurz schnatternd auf. »Verstehen Sie mich nicht falsch, wir waren gute Freunde. Aber mit Christian zu arbeiten war die Hölle. Nicht wahr Jan?«

Jan Thielbeck kam mit zwei Kölschgläsern zu ihnen zurück und stellte sie auf den kleinen silberfarbenen Tisch. »Er war ein lieber Kerl, aber die Pest bei der Arbeit, das stimmt.«

»Der liebe Kerl neigte auch im Privatleben durchaus zu Ausbrüchen, nach dem, was man so hört«, wandte Marius ein.

»Das sind die Drogen. Die machen uns alle kaputt.« Die beiden Künstler prosteten sich zu und tranken. »Eigentlich war Christian ein Seelchen, doch wenn er zugekokst war, war er ungenießbar. Und zugekokst war er zuletzt öfters.«

»Sie halten es also für möglich, dass er Julia Stolz und sich erschossen hat.« Peter Wiedemann zögerte sichtlich mit seiner Antwort, Thielbeck nicht.

»Auf jeden Fall. Leider.«

»Haben Sie dieses Bild an dem Abend gesehen?« Die beiden Männer schauten auf die Kopie und schüttelten den Kopf.

»Nein, das Bild passt auch gar nicht zu Christian.«

»Und zu Julia schon einmal gar nicht«, ergänzte Wiedemann seinen Regisseur. »Wie sollte er denn daran gekommen sein?«

»Er hat es geerbt.«

»Ich wusste gar nicht, dass Christian geerbt hat.« Wiedemann stellte sein leeres Kölschglas ab und stand auf. »So, ich muss los. Ich will morgen laufen gehen.« Mehr aus Höflichkeit, vielleicht aber auch aus Intuition stellte Marius seine nächste Frage, während Thielbeck unbeteiligt an seinem Mobiltelefon herumspielte.

»Wo laufen Sie denn?«

»Zwischen Nippes, Mediapark und Ehrenfeld, über den Hügel, dann rüber in den Grüngürtel.«

»Die Strecke kennst du inzwischen doch im Schlaf.« Thielbeck schaltete sich wieder ins Gespräch ein. »So oft wie du die läufst.« Wiedemann schaute kurz verunsichert von einem zum anderen.

»Ich mag Routinen.«

Als Wiedemann die Bar verlassen hatte, drehte sich Thielbeck zu Marius um.

»Ich würde ja nicht da laufen, wo ein Mann gekreuzigt wurde.«

Der Versuch, in der Nacht noch mit DJ Ambassador zu reden, war aussichtslos. Der Club, in dem er auflegte, war zu voll und zu laut. Marius sah den DJ ganz am anderen Ende des Raums auf einem Podest in seine Arbeit vertieft und beschloss, den fünften Mann auf seiner Liste erst am nächsten Tag zu treffen.

Doch bevor der Privatdetektiv DJ Ambassador alias Georg Friedrichs besuchte, traf er sich mit dem Vermögensberater Boris Lenau in dessen Büro, einem zurückhaltenden Mann im schlichten grauen Anzug, der ein paar Jahre älter als Marius war. Lenau schenkte sich einen Kaffee ein und bot Marius ebenfalls einen an. Der Detektiv wählte allerdings das alternativ angebotene Wasser. Die neugierige Reaktion des Bankers war Marius mittlerweile schon gewohnt.

»Privatdetektiv? Interessant. Manchmal beschäftigen wir hier selber welche. Vielleicht kommen wir da ins Geschäft?«

Marius lächelte. Auch wenn Lenau ein Verdächtiger war, hatte er sich noch keinerlei Gedanken gemacht, wie er eigentlich weiter vorgehen sollte, wenn er Detektiv bliebe. Ein neuer Kunde oder zumindest ein neuer Interessent wäre vielleicht gar nicht verkehrt. Er drückte Lenau eine Visitenkarte in die Hand.

»Gerne. Um ehrlich zu sein: Ich weiß allerdings nicht, wie lange die Detektei noch existiert.«

»Oh, Sie wollen Ihren Laden gleich wieder dicht machen?«

»Mein Chef lebt nicht mehr und ich schließe hier eigentlich nur ein paar Ermittlungen für ihn ab. Aufräumarbeiten sozusagen.«

»Verstehe. Das tut mir leid. Standen Sie sich nahe?«

Marius zuckte mit den Achseln. Taten Sie das? »Ich vermisse ihn.«

»Dann ist er überraschend gestorben?«

»Er wurde ermordet.«

Boris Lenau holte sichtlich Luft. »Heftig.« Er sammelte sich rasch wieder. »Verzeihen Sie bitte, aber so etwas hört man nicht alle Tage. Schrecklich. Ich habe fast das Gefühl, so etwas verfolgt mich. Sie wissen, Alberti und Stolz.«

»Ja, deswegen bin ich hier. Sie waren an dem Abend vor ihrem Tod bei den beiden.«

»Eine Party, richtig. Ich war ehrlich gesagt überrascht, dass Herr Alberti mich eingeladen hat. Er ist hier Kunde und eigentlich sind wir keine so engen Freunde.«

»Haben Sie eine Idee, warum er Sie eingeladen haben könnte? Wollte er etwas von Ihnen? Geldgeschäfte oder Ähnliches?«

»Geldgeschäfte wollen alle meine Kunden machen. Nein, damit hatte das glaube ich nichts zu tun. Ich denke einfach, Christian Alberti versammelte gerne Leute um sich, die er exotisch fand, und in seiner Welt war ich als Vermögensberater definitiv ein Exot.« Lenau pustete und trank dann einen Schluck aus seiner Tasse. »So habe ich mich an diesem Abend auch gefühlt. Wie ein Exot.«

»Es war nicht Ihre Art von Party?«

Lenau lachte. »Nein, wirklich nicht. Glauben Sie mir, ich habe Dinge gesehen, auf die hätte ich gut verzichten können. Sie wissen schon … Es war eine exzessive Feier.«

»Ja, das habe ich gehört.«

»Ich bin dann auch früh gegangen. In der Woche kann man ja eh nicht so lange ausbleiben als arbeitender Teil der Bevölkerung.« Marius nahm das Bild der Kreuzigung aus seiner Mappe und legte es vor Boris Lenau auf den Schreibtisch.

»Haben Sie dieses Bild an dem Abend vielleicht gesehen?« Lenau nahm die Kopie und betrachtete sie lange. Dann schüttelte er den Kopf.

»Nein, ist mir nicht aufgefallen. Ich habe aber auch nicht darauf geachtet. Ich bin ein Mann der Zahlen, Herr Sandmann. Von Kunst habe ich keine Ahnung.«

»Verstehe. Ist Ihnen sonst noch etwas aufgefallen an dem Abend?«

»Mir ist jede Menge aufgefallen an diesem Abend, aber nichts, was Ihnen weiterhelfen könnte, würde ich sagen. Das waren alle sehr exaltierte, nicht sehr prüde, nicht sehr gehemmte Menschen. Wie gesagt: Ich habe mich dort nicht wirklich wohl gefühlt und bin recht früh wieder gegangen. Das war nicht so meine Welt.«

»Ehrlich gesagt, war die Party ein wenig fad.« Georg Friedrichs, der als DJ Ambassador in mehreren Kölner Clubs auflegte, hatte eine völlig andere Meinung zu Christian Albertis letztem Abend als der Mann im grauen Anzug, den Marius zuvor befragt hatte. »Verstehen Sie mich nicht falsch. Christian war ein lieber Kerl, aber der Abend war mau. Außerdem haben er und Julia sich vorher wohl schon gestritten und die Spannung hing die ganze Zeit in der Luft. Ich war nicht überrascht, als ich dann in der Zeitung las, dass er sie erschossen hat. Er war ein Arsch, aber sie war auch ein Biest.«

»Haben Sie das Bild hier an dem Abend vielleicht gesehen?« Marius legte ein Foto auf das Mischpult. Clubs am Tag irritierten ihn. Er war immer nur als Gast in diesen Läden. Dann war es laut, meistens voll, es stank. Im Augenblick war der große Raum leer bis auf ihn und Friedrichs, der Geruch von Putzmittel hing in der Luft, und obwohl es draußen Tag war, imitierten die schwarzen Wände der Diskothek und die mondfarbene Discokugel an der Decke die Nacht.

»Nee. Passt auch nicht zu Christian. Gehört das Julia?«

»Nein, Christian Alberti. Wieso meinen Sie, dass es Julia Stolz gehört hätte?«

»Keine Ahnung, sie war die Frau, die entweder nutzlose Typen oder sinnlosen Kram anschleppte. Am besten beides.«

Während Marius Sandmann bei einem Satz Liegestützen über die Gespräche der letzten Stunden nachdachte, ging Paula Wagner eigenmächtig einer in den Augen Bergkamps und Steins vagen Spur nach. Allerdings musste sie zugeben, dass sie einige Zweifel hatte, ob an der Geschichte etwas dran war. Doch sie wollte sich nicht vorwerfen müssen, nicht alles probiert zu haben. Sollte Stein doch seine Pressekonferenzen geben und Bergkamp im Café herumsitzen.

Noch wartete sie auf ihren Gesprächspartner, betrachtete mäßig interessiert die Auslage der Buchhandlung und studierte teils schmunzelnd, teils zynischen Gedanken nachhängend die mehr oder weniger kunstvollen oder komischen Postkarten, die in der Ecke des Ladens auf einem eigenen kleinen Regal aufgebaut waren. Ihr kam schon die Präsentation dieser Karten in einem edlen, graubrauen Holzregal wie die Zurschaustellung von Kunst vor und sie hoffte, dass in den Sälen des Museums die Kunst der Präsentation eher gerecht würde als hier in diesen Regalen.

Ein Mann Mitte 50, ganz in schwarz gekleidet und mit einem sorgfältig gestutzten weißen Dreitagebart bog um eines der höheren Regale. Suchend blickte er sich um, ohne seinen Schritt nennenswert zu verlangsamen. Um diese Zeit waren nur wenige Besucher hier, doch Paula Wagner wollte es Museumsdirektor Malven nicht unnötig schwer machen und nickte ihm zu, als sie sich von den Karten abwandte. Sie streckte ihm die Hand entgegen, die er mit einem für Wagner überraschend schlaffen Druck nahm. Anschließend rieb er die Hände unauffällig in der Jacketttasche ab, wie die Polizistin bemerkte.

»Kommissarin Wagner, nehme ich an? Interessieren Sie sich für Bilder?«

»Um ehrlich zu sein: nicht besonders. Ich verstehe nicht viel von Kunst. Es reicht vielleicht gerade, um einen Picasso von einem Lochner zu unterscheiden.« Malven hob kurz die Augenbraue.

»Nun, wenn Ihnen der Name Stephan Lochner geläufig ist, dann wissen Sie, fürchte ich, schon mehr als die meisten anderen Menschen in dieser Stadt. Aber vielleicht haben Sie Lust, sich unser Museum einmal anzuschauen?«

»Eine Privatführung vom Direktor persönlich?« Paula Wagner war überrascht. Sie hatte einen reservierteren Menschen erwartet. »Da sage ich nicht nein!«

»Dann kommen Sie!« Anton Malven führte die Polizistin an einem Wärter in bordeauxroter Uniformjacke vorbei durch eine einfache Glastür in ein schlichtes, mit dunklem Stein ausgelegtes Treppenhaus. »Dieses Treppenhaus liegt übrigens genau über der Straße, auf der Stephan Lochner zuletzt gelebt und gearbeitet hat. Die Bilder in unserem Museum hängen also quasi wieder da, wo sie entstanden sind.« Neugierig blickte Paula Wagner aus den schmalen Fenstern an den Seiten des Treppenhauses. Sie sah keine Straße. Malven schien ihre Gedanken zu erraten. »Das irritiert jeden. Die Gasse wurde im Lauf der Jahre überbaut und geriet völlig in Vergessenheit.«

»Obwohl ein so prominenter Künstler dort gelebt hat?«

Malven zuckte etwas verlegen mit den Achseln. »Das spielte keine so große Rolle, nein.«

»Köln geht recht nachlässig mit seinem Kunsterbe um.«

»Köln geht allgemein recht nachlässig mit seiner Geschichte um.«

»Ich dachte immer, die Kölner lieben ihre Stadt?«

»Sie sind nicht von hier, oder?«

»Nein, ich bin aus der Nähe von Fürth.«

»Eine Fränkin? Was hat Sie nach Köln verschlagen?«

»Ein Mann, was sonst? Und Sie?«

Malven lachte. »Die Arbeit, was sonst?«

Mittlerweile standen die beiden in einem blau getünchten kleinen Saal, an dessen Wänden Bilder hingen, die für Paula Wagner alle gleich aussahen. Malven redete fröhlich weiter, erklärte Wagner die Unterschiede der Bilder, ihre Geschichte, ihre Besonderheiten. Er war sichtlich in seinem Element, und Paula Wagner begann sich zu langweilen.

»Das ist eine sehr beeindruckende Sammlung, über die Ihr Museum verfügt. Was man so hört, muss sie früher noch viel beeindruckender gewesen sein.«

»Wie meinen Sie das, Frau Kommissarin?«

Paula Wagner mochte es, wenn der Direktor ihren Titel mit seinem niedlichen und völlig unpassenden niederländischen Akzent nannte. »Es ist doch sicherlich viel im Krieg verschwunden oder zerstört worden?«

Malven hielt kurz inne. »Manches ist verschollen, ja, aber die allermeisten Werke haben den Krieg Gott sei Dank heil überstanden.«

»Und die Lochners? Alle vollständig und heil?«

»Worauf wollen Sie hinaus, Frau Kommissarin?«

Ein niedlicher niederländischer Akzent und eine gewisse Schärfe in der Stimme. Interessante Mischung, fand Paula Wagner, ließ sich aber nicht aus ihrem Konzept bringen.

»Um ganz offen zu sein: Wir haben in einem Fall einen jungen Mann, der steif und fest behauptet, Sie hätten ihn als Privatdetektiv beauftragt, um ein verschollenes Bild von Stephan Lochner zu finden.«

»Das ist absurd! Die Stadt und unsere Stifter würden uns die Hölle heiß machen, wenn wir für einen solchen Unfug Geld ausgeben würden. Mal davon abgesehen, dass wir das Geld gar nicht haben.«

»Lassen Sie es mich so sagen, Herr Malven: Unser Zeuge ist sehr überzeugend.« Das war zwar gelogen, diente aber der Wahrheitsfindung, und war deswegen in Paula Wagners Urteil durchaus erlaubt. »Außerdem hat er eine Menge Ärger deswegen auszustehen. Denn wenn sich seine Geschichte als falsch entpuppt, ist er Verdächtiger in einem Mordfall.«

Malven schaute angestrengt auf ein Bild, das einen kargen schwarzen Baum in einer Winterlandschaft zeigte, als suchte er darin eine Antwort zu finden. Paula Wagner schien es, als wollte er sich am liebsten hinter diesem schwarzen Baum verstecken. Sie hatte nicht die Absicht, das zu erlauben.

»Es tut mir leid um Ihren Zeugen, aber er lügt, und vielleicht haben Sie in ihm ja Ihren Täter gefunden?« Bei den letzten Worten hatte sich Malven von dem Bild ab- und

Paula Wagner wieder zugewandt. So als habe er irgendwo im Schnee diesen Ausweg für sich entdeckt. Paula Wagner schaute kurz auf das Bild und entschied, dass dort kein Ausweg für Direktor Malven zu finden war.

»Das Problem ist nur Folgendes: Sollte seine Geschichte wahr sein und Sie hätten vielleicht doch den Auftrag gegeben, wäre er vielleicht unschuldig.« Sie schenkte Malven ihr herzigstes Lächeln. »Sie allerdings würden sich dann der Behinderung der Justiz und der Falschaussage schuldig machen. Das wäre eine Straftat, die Ihnen gut und gerne drei Jahre Gefängnis einbringen kann. Was weder die Stadt noch Ihre Stifter sonderlich gern sehen würden. Da bin ich mir sicher.«

Malven schaute sie mit großen Augen unter seiner schwarzen Brille an. Ob dieser Blick Hass, Angst, Überraschung oder sonst etwas ausdrücken sollte, konnte Paula Wagner nicht sicher sagen. Es war ihr allerdings auch egal. Sie hatte ihren Schlag gesetzt. Jetzt musste er reagieren. Malven wählte seine Worte mit Bedacht.

»Sehen Sie«, fing er an, dann machte er eine kleine Pause. »Sie bringen mich da vielleicht in eine schwierige Lage mit Ihren Behauptungen. Natürlich hat man als Direktor eines Museums immer ein großes Interesse daran, die eigenen Bilder im Haus zu haben, und wenn sich eine Spur auftut, wäre es vielleicht auch fahrlässig, ihr nicht nachzugehen. Auch nicht, wenn der Weg vielleicht etwas unorthodox wäre.« Paula Wagner schwieg. Das war oft das Beste. »Da kommt man vielleicht schon einmal auf Gedanken oder Ideen, die in der Öffentlichkeit unter Umständen für Irritationen sorgen könnten.« Jetzt schwieg Malven wieder. Hilfe suchend schaute er die Polizistin an.

»Wir können das hier ganz inoffiziell betrachten, Herr Direktor.« Manchmal war Paula Wagner selber überrascht, mit welcher Leichtigkeit sie mittlerweile log.

»Das wäre gut.« Malven atmete erleichtert aus.

»Also haben Sie Marius Sandmann und Gunter Brock beauftragt, das Bild ›Die Kreuzigung‹ von Stephan Lochner zu suchen?«

»Wir hatten völlig überraschend eine vielversprechende Spur, aber zu wenig Konkretes, um offiziell Ermittlungen einzuleiten. Deshalb dachte ich, dass es eine gute Idee wäre, erst einmal sozusagen unter der Hand suchen zu lassen.«

»Und suchen lassen haben Sie die beiden Privatdetektive?«

»In der Tat, ja, so war das.« Malven wirkte in Paula Wagners Augen fast erleichtert, als er das sagte. Marius Sandmann hatte also nicht gelogen. Das heißt, sie standen mit ihren Ermittlungen wieder am Anfang.

34

Kurze Zeit später klopfte Kommissarin Paula Wagner an die Bürotür von Staatsanwalt Stein, doch niemand reagierte. Sie drückte die Klinke herunter, die Tür war verschlossen. Nachdenklich ging sie den langen Flur im Gerichtsgebäude entlang und wählte die Nummer von Steins Mobiltelefon. Auch hier erreichte sie ihn nicht, sondern nur seine Mailbox. Mit dem Fahrstuhl fuhr sie zurück in den ersten Stock, um sich dort in der Cafeteria einen Espresso zu holen und zu überlegen, was sie als Nächstes tun sollte. Vielleicht hätte sie erst mit Bergkamp reden sollen, aber den Hauptkommissar hatte sie wieder einmal weder an seinem Arbeitsplatz angetroffen noch über sein Mobiltelefon erreicht.

In einer Fensternische entdeckte sie Stein im Gespräch mit einer Blondine, die sie nach kurzem Grübeln als die Fernsehjournalistin Verena Talbot erkannte. Paula Wagner überlegte nur kurz, ob sie die beiden unterbrechen sollte. Sie war nicht extra in dieses Gebäude gekommen, um ohne Ergebnis wieder abzurauschen. Bei einer nicht besonders freundlichen Kassiererin bezahlte sie ihren Espresso und ging zu den beiden hinüber. Überrascht blickten beide hoch, Talbot neugierig, Stein ertappt und verärgert.

»Kommissarin Wagner, Sie kennen Frau Talbot?«

»Wir hatten einmal das Vergnügen, ja.« Die beiden Frauen gaben sich kurz die Hand, Paula Wagner war überrascht, Verena Talbot besaß einen ausgesprochen festen Händedruck, was sie dem Püppchen gar nicht zugetraut hätte.

»Was kann ich für Sie tun, Frau Kommissarin?« Stein nahm das Gespräch wieder auf, in der Hoffnung, die Polizistin bald loszuwerden.

»Es geht noch einmal um unseren aktuellen Fall. Ich habe ein paar neue Erkenntnisse, die wir besprechen sollten.«

»Lassen Sie sich von mir nicht stören«, wandte Verena Talbot mit ihrem freundlichsten Lächeln ein. Paula Wagner schaute sie kurz an, Talbot nahm ihre große Umhängetasche und stand auf. »Schon gut, ich lasse Sie dann mal lieber Ihre Arbeit machen. Ich melde mich später noch einmal, Thomas.« Mit diesen Worten stakste sie davon, ohne Wagner noch einmal eines Blickes zu würdigen.

»Was gibt es so Wichtiges, das Sie mir zu sagen haben, Kommissarin Wagner?« Paula Wagner ignorierte den gereizten Unterton in der Frage des Staatsanwaltes. Das hier war schließlich sein Job, und Turteln mit Journalistinnen gehörte nicht zu seinem Aufgabengebiet.

»Ich habe noch einmal mit Direktor Malven vom Wallraf-Richartz-Museum gesprochen. Er hat zugegeben, Brock und Sandmann beauftragt zu haben, dieses Lochner-Bild zu suchen.«

»Ja und?« Der Staatsanwalt war aufgestanden und brachte das braune Plastiktablett mit seinem und Verena Talbots Kaffeebecher zur Geschirrrückgabe, Paula Wagner ging neben ihm her.

»Marius Sandmann hat uns die Wahrheit gesagt. Der Mord an Brock könnte tatsächlich etwas mit dem verschwundenen Gemälde zu tun haben.«

Stein stellte das Tablett auf einen Wagen, drehte sich zu Wagner um und schaute auf sie herab. »Mir scheint eher, dass dieser Detektiv uns glauben machen will, dass der Mord etwas mit dem Bild zu tun hat. Mal ganz ehrlich: Wenn es um Kunstschätze gehen würde, würde doch niemand so einen Aufwand betreiben und sein Opfer mitten in Köln an ein Kreuz nageln. Wenn überhaupt würden diese Leute Brock abknallen und es dabei belassen. Je weniger Aufsehen, desto besser.«

»Aber welches Motiv sollte Sandmann haben, seinen Chef zu ermorden?«

»Was weiß ich? Vielleicht haben die beiden das Bild wirklich gefunden und Sandmann wollte es verkaufen? Oder er hat Hintermänner?«

»Würde er dann einen Mord begehen, der quasi direkt auf die Spur des Bildes führt?«

»Wahrscheinlich nicht, aber würde jemand anderes das tun, der das Bild besitzt?« Mittlerweile standen sie vor den Fahrstühlen und nach wie vor hatte Paula Wagner den Eindruck, Staatsanwalt Stein verfolgen zu müssen. Sie hatte sich nach der Journalistin umgeschaut, sie jedoch nicht mehr gesehen.

»Vielleicht fühlt sich der Mörder sehr sicher.« Mit einem Pling öffnete sich eine der Fahrstuhltüren.

»Vielleicht, vielleicht, vielleicht. Wir brauchen Beweise, Frau Kommissarin, keine Vermutungen. Das sollten sie eigentlich wissen.« Die metallene Schiebetür vor dem Fahrstuhl schloss sich vor einem abschätzig blickenden Staatsanwalt. Paula Wagner drückte den Fahrstuhlknopf erneut, die Tür öffnete sich wieder.

»Ich würde der Sache trotzdem gerne nachgehen.«

»Keine Alleingänge. Wir stehen in diesem Fall genug unter Druck, da sollten wir unsere Kräfte bündeln.«

»Das heißt?«

»Das heißt, wir haben einen Tatverdächtigen und wir sollten alles dransetzen, ihm die Tat auch nachweisen zu können.« Ein zweites Mal schloss sich die Aufzugtür vor Paula Wagner.

Der Tatverdächtige ahnte von alldem nichts. Er lag neben Friederike Brock in den Kissen und sah ihr dabei zu, wie sie sich wieder anzog. Friederike bemerkte seinen Blick, als sie sich das schwarze Kapuzenshirt überzog.

»Guck mich nicht so an.«

»Wie guck ich denn?«

»Verliebt.« Sie schnürte ihre schwarzen, mit roter Farbe verzierten Chucks und ging in die Küche. Marius stand nun ebenfalls auf, zog sich an. Kurz schaute er in die Küche hinein, Friederike beachtete ihn nicht. Sie saß mit einer Tasse kalten Tees am Küchentisch und blätterte nachlässig in ein paar Fotos, die vor ihr lagen. Marius erkannte einige ihrer Arbeiten auf den Fotos.

»Dann gehe ich mal.«

»Mach das.«

Marius drehte sich in der Küchentür um und ging hinaus. Friederike Brock hörte die Wohnungstür ins Schloss fallen. »Es tut mir leid«, brüllte sie ihm hinterher, nicht sicher, ob er sie gehört hatte.

In schlechte Gedanken vertieft ging Marius durch die nächtlichen, leeren Straßen von Ehrenfeld. Der Wind hatte inzwischen die meisten Blätter von den Bäumen geweht, der Regen hatte sie auf der Straße in goldbraune Schmiere verwandelt. Es war kalt, Marius zog die Jacke enger um sich und die Kapuze über den Kopf. Der Mann, der ihm unauffällig folgte, fiel ihm nicht auf. Ebenso dass der Mann später fast die ganze Nacht in einem Hauseingang gegenüber seiner Haustür stand und wartete.

Als Marius am nächsten Morgen nach seinem Training das Haus verließ, war der Mann allerdings verschwunden. Im Büro angekommen, machte sich der Detektiv eine Übersicht seiner Verdächtigen, die er in den vergangenen Tagen befragt hatte. In den nächsten drei Stunden überprüfte er über das Internet den Hintergrund der männlichen Gäste von Christian Albertis letzter Party und stellte zu jedem ein kleines Dossier zusammen.

Im Großen und Ganzen gab es da nicht viel Spannendes, auch wenn der Detektiv erstaunt war, was die Leute mehr oder weniger freiwillig im Netz über sich preisgaben. In erster Linie sammelte er Angaben zu Beruf, Werdegang,

Lebenssituation, die er von Homepages, aus Social Networks und von Veranstalter- und Firmenseiten zusammentrug. Bei seinem letzten Verdächtigen machte er eine interessante Entdeckung. Zweimal überprüfte er, was er las, aber es schien zu stimmen, und wenn es stimmte, war er angelogen worden. Einer der Partybesucher hatte ihm nicht die Wahrheit gesagt. Marius hatte einen Verdächtigen, und er machte sich sogleich auf den Weg, seinen Verdacht zu überprüfen.

35

Marius Sandmann hatte das Büro erst wenige Minuten verlassen, als Hannes Bergkamp in Begleitung von Paula Wagner an seiner Tür schellte. Unverrichteter Dinge kehrten sie ins Polizeipräsidium zurück, und mit einem mulmigen Gefühl informierte Paula Wagner Staatsanwalt Thomas Stein telefonisch, dass sie Marius Sandmann weder im Büro noch zu Hause angetroffen hatten, um ihn zum Verhör ins Präsidium zu bringen. Ihr schien es, als klang die Antwort des Staatsanwalts beinahe triumphierend.

»Ist der Vogel also ausgeflogen? Na, den holen wir uns schon. Sie haben die Schlagzeilen von heute schon gelesen?«

Paula Wagner verneinte das. Nachdem sie aufgelegt hatte, ging sie gegenüber in den Kiosk und kaufte die gesamte Palette der lokalen Zeitungen. Für die Boulevardblätter war die Kreuzigung Brocks wieder das Thema Nummer 1, das in großen Buchstaben auf der Titelseite prangte. ›Neue Spur im Kreuzigungsmord‹ titelte die eine, ›Was weiß dieser Mann?‹ die andere, beide zeigten neben der Überschrift ein altes Foto Marius Sandmanns. Paula Wagner hätte ihn mit den langen Haaren darauf fast nicht erkannt, aber bei näherem Hinsehen war klar, dass es sich um den Detektiv handelte.

Staatsanwalt Stein und die Presse hatten also zur Jagd geblasen. Empört stapfte sie mit den Zeitungen unterm Arm aus dem Kiosk hinaus. Der kurze Fußweg zurück ins Büro sorgte nicht dafür, dass sie sich abreagierte, ganz im Gegenteil. Sie knallte die Zeitungen Hannes Bergkamp auf den Schreibtisch.

»Stein geht auf die Jagd und er nutzt die Presse als Meute.« Bergkamp nahm eine der Zeitungen und blickte gelangweilt auf die Schlagzeile.

»Ja, vielleicht bringt uns ein wenig Druck weiter.«

»Wir können nicht mit halben Informationen und Verdächtigungen an die Presse gehen. Mich staucht er zusammen, weil ich ihm keine Beweise gegen Sandmann liefere, und er geht mit dieser halbgaren Scheiße an die Öffentlichkeit. So geht das nicht.«

»Was ist mit dir los, Paula? Hältst du Sandmann jetzt für unschuldig? Du magst ihn doch genauso wenig wie ich.«

»Ob ich ihn mag oder nicht, spielt überhaupt keine Rolle. Der Mann hat uns zumindest nicht angelogen und einen echten Verdacht haben wir auch nicht.«

»Er hat gelogen. Darauf basiert ja unser Verdacht.«

»Hat er nicht. Malven hat mir gegenüber zugegeben, dass er Brock und Sandmann beauftragt hat, und Stein weiß das.«

»Verdammt.«

Marius saß derweil in Malvens Büro im Wallraf-Richartz-Museum. Er hatte mit mühevoller Überzeugungsarbeit gerechnet, vor allem nach ihrem letzten nächtlichen Zusammentreffen, aber der Direktor war überraschend kooperativ.

»Sie wollen also wissen, wer in den frühen 90ern bei uns ein Praktikum gemacht hat?«

»Und vielleicht womit er sich beschäftigt hat, wenn sich das noch feststellen lässt?« Der Detektiv nahm einen Schluck von dem Wasser, das ihm Direktor Malven bereitwillig angeboten hatte.

»Das war vor meiner Zeit, wie Sie wissen. Aber ich will sehen, ob wir etwas für Sie tun können.« Er wählte eine kurze Durchwahl, wenige Augenblicke später betrat eine unscheinbare junge Frau das Büro und reichte Malven einen Aktenordner. »Das ging ja schnell, Esther, wunderbar.« Nicht nur Marius empfand Malvens Enthusiasmus als aufgesetzt.

Die Frau beachtete ihn kaum und ging ebenso leise wie sie gekommen war.

»Vielleicht sollte ich kurz damit rausgehen?«, schlug Marius vor.

Aber Malven schüttelte den Kopf. »Nein, bleiben Sie ruhig. Ich muss eh gleich zu einem Termin.«

Marius zuckte mit den Achseln und vertiefte sich in die Akte. Schon bald fand er, wonach er gesucht hatte. Die Kopie eines Praktikumsberichts, vor allem aber eine Inventarliste der im Krieg verschollenen Bilder des Museums, zusammengestellt von eben diesem Praktikanten des Museums. Eine Fleißarbeit ohne Anspruch, allerdings mit möglicherweise weitreichenden Folgen.

Als Marius einige Stunden später das Museum wieder verließ und an der Haltestelle Heumarkt auf eine Bahn in Richtung Neumarkt wartete, schenkte er den roten Kästen, in denen die Boulevardzeitungen ihre Ausgaben zum Verkauf anboten, zunächst kaum Beachtung. Doch das Foto, das eine der beiden Zeitungen auf die Titelseite gepackt hatte, irritierte ihn. Tatsächlich brauchte er einen Moment, um zu begreifen, dass er sein eigenes Bild betrachtete. Er trug die Haare deutlich länger als heute und sah wesentlich jünger aus, aber er kannte das Foto und fragte sich, wo die Presseleute es überhaupt herbekommen hatten.

Schließlich erinnerte er sich daran, dass er vor Jahren einmal einen Account in einem Internetverzeichnis für Studenten angelegt hatte. Im Enthusiasmus des ersten Semesters. Seit fast genauso langer Zeit hatte er in diesen Account nicht mehr hineingeschaut. Jedoch hatte er auch nie darüber nachgedacht, ihn zu löschen.

Mit Erstaunen schaute er auf diese alte Version seiner selbst, die auf einmal wieder so aktuell war. Er sammelte sein Kleingeld zusammen, warf es in den Münzeinwurf des

Kastens und nahm eine Zeitung heraus. In der Bahn las er den Artikel mit wachsender Fassungslosigkeit. Noch während des Lesens achtete er darauf, dass das Foto auf der ersten Seite für die anderen Fahrgäste nicht sichtbar war. Der Text war eine geschickt zusammengestellte Auflistung von altbekannten Fakten, vagen Aussagen des Staatsanwaltes, mit dem Marius Sandmann vor Kurzem noch gesprochen hatte, und Vermutungen und Zuspitzungen seitens des Schreibers. Es entstand der Eindruck, als wisse Marius mehr über den Mord an Brock, als er der Polizei gegenüber zugegeben hatte, und schuf damit den Eindruck, er, Marius, habe Brock getötet.

Am Neumarkt stieg er aus der Bahn aus, die Zeitung zusammengerollt in der Jackentasche, und verschwand in der anonymen Masse, die die enge und nasse Treppe hinab in die U-Bahn-Station stieg. Er konnte nur hoffen, dass ihn niemand aufgrund des Fotos erkannte. Was sollte er jetzt tun? Eigentlich müsste er auf direktem Wege zur Polizei gehen, dachte Marius. Ihnen seine Hinweise präsentieren und ihnen die restliche Arbeit überlassen.

Aber er vertraute den Polizisten, die er bisher in diesem Fall getroffen hatte, nicht besonders. Nicht dem schlaksigen, in allem vagen Hauptkommissar, schon gar nicht der kleinen, schlecht gelaunten Kommissarin. Der Staatsanwalt, der offensichtlich mit dem Fall betraut war und der Presse gegenüber vage Andeutungen über seine Rolle in dieser Geschichte gemacht hatte, war ebenfalls nicht sehr vertrauenswürdig. Außerdem hatte er der Polizei bereits gesagt, was er wusste. Nur hatten sie ihm nicht geglaubt, und er bezweifelte stark, dass sie es nun tun würden. Warum sollten sie? Er hatte nicht mehr als einen Zusammenhang zwischen einem von Albertis Partygästen und dem Wallraf. Einen Mord konnte er damit nicht beweisen, und das wusste er. Er würde allein weiter ermitteln müssen. Unter dem Fahndungsdruck einer ganzen Stadt.

Mit dem Rücken zum Bahnsteig und den anderen Wartenden, studierte Marius die Fahrplanaushänge. Die Kapuze hatte er sich über den Kopf gezogen, in der Hoffnung, so die Gefahr zu verringern, entdeckt zu werden. Nachdem seine Bahn nach Ehrenfeld durchgesagt wurde und er hinter sich das Geräusch des einfahrenden Zuges hörte, drehte er sich um, und ging mit gesenktem Kopf über den Bahnsteig, um in die hinterste Tür einzusteigen. Zum Glück fand er einen Platz in der vorletzten Reihe mit Blick auf die rückwärts liegende Fahrerkabine, sodass er von den meisten Fahrgästen nicht gesehen werden konnte.

Am Friesenplatz stiegen zwei Schülerinnen ein und setzten sich ihm gegenüber. Sie musterten ihn neugierig. Marius nahm die Zeitung aus der Tasche und schlug sie so auf, dass die Titelseite nicht zu sehen war, er aber sein Gesicht unauffällig hinter ihr verstecken konnte. Der Bericht, den er aufgeschlagen hatte, fesselte seine Aufmerksamkeit fast genauso wie die Titelseite: ›Was macht ein Stadtrat im Bordell?‹, lautete die Schlagzeile, daneben ein Foto von Walter Hochkirchen, wie er halb unter einem Mantel verdeckt von einem uniformierten Beamten in ein Polizeiauto verfrachtet wurde. Im Hintergrund konnte Marius die bekannte Leuchtreklame des Arabella-Clubs erkennen, den Eingang verließ gerade eine Gruppe Prostituierter in Begleitung mehrerer Beamter in Zivil. Der Detektiv erkannte die Schwarze, mit der er Hochkirchen in der Bar gesehen hatte. Er las den Artikel zu Ende, offenbar war der Stadtrat in eine Razzia geraten. Ob diese zufällig stattfand, als Walter Hochkirchen im Club war, bezweifelte Marius.

Am Ende des Artikels las er den Namen der Autorin und musste so laut lachen, dass er erschreckt zur Kenntnis nahm, dass er die Aufmerksamkeit mehrerer Fahrgäste erregte. Schnell duckte er sich wieder hinter seine Zeitung. Aber Alba N. Vettore war ein zu schöner Name.

Drei Stationen später stiegen die beiden Mädchen endlich aus, aus dem Augenwinkel hatte Marius den Eindruck, als würden sie ihn noch einmal anschauen und über ihn reden. Er konnte nur hoffen, dass sie ihn nicht erkannt hatten. Am Gürtel stieg er aus, mittlerweile dämmerte es, die Dunkelheit kam ihm entgegen, erleichterte sie es ihm doch, unerkannt zu bleiben. Dennoch hielt er den Blick auf dem Heimweg konsequent gesenkt.

Fast hätte er deshalb den unauffällig geparkten Ford Mondeo vor seinem Haus übersehen. Erst im Vorbeigehen registrierte er die beiden Männer, die in dem Wagen saßen und warteten. Ohne sich eine Reaktion anmerken zu lassen, ging er an seiner Haustür vorbei. Wohin jetzt? Er könnte versuchen, ins Büro zu gehen, aber er war sich ziemlich sicher, dass auch dort jemand auf ihn wartete.

Als er wenige Minuten später vor dem Büro ankam, bestätigte sich sein Verdacht. Auch hier hatte er Glück, niemand beachtete ihn, als er an den Polizisten vorbeiging. Nachdem er um die Ecke gebogen war, blieb er einen Augenblick stehen, atmete durch und überlegte. Er könnte versuchen, über einen anderen Hauseingang in den Innenhof seines Wohnblocks zu gelangen, und über die Mauern in den Hinterhof seines Hauses klettern. Dann könnte er sich durch die Hoftür ins Haus und in die Wohnung schleichen. Allerdings war sich Marius nicht sicher, ob die Polizei diese Möglichkeit in Betracht gezogen hatte. Obwohl er nicht wusste, wie sie den Hof überwachen wollten. Immerhin war es möglich, dass sich jemand im Hausflur aufhielt. Er verwarf den Plan, stattdessen ging er die Straße weiter und schellte ein paar Minuten später bei Friederike Brock.

Dass sie nicht sonderlich erfreut war, ihn zu sehen, hatte er nach seinem letzten Besuch erwartet. Aber er wusste beim besten Willen nicht, wo er sonst hätte hingehen können. Außerdem war er sich ziemlich sicher, dass Friederike ihn nicht bei der Polizei verpfeifen würde. Um einer Abfuhr vorzubeugen, hielt er die Zeitung neben sein Gesicht, als sie die Tür öffnete. Die Künstlerin würde sicher keinen von der Polizei und der Boulevardpresse Gejagten im Stich lassen.

»Hab ich schon gesehen«, war alles, was sie dazu sagte. Aber wenigstens ließ sie ihn herein. Sie machte ihm einen Tee, dann setzten sie sich an den ramponierten alten Resopal-Küchentisch. »Was willst du jetzt tun?«

»Ich werde weiter nach dem Mörder deines Vaters suchen. Was sonst?«

»Du könntest dich stellen. Immerhin bist du unschuldig, und auch wenn die Bullen doof sind, verknacken werden sie dich schon nicht.«

»Ich will's nicht drauf ankommen lassen«, erwiderte Marius und trank aus der Tasse, die er mit beiden Händen umklammert hielt, um möglichst viel von der Wärme des Getränks aufzunehmen.

»Hier kannst du jedenfalls nicht bleiben.« Marius hatte sich immer noch nicht daran gewöhnt, mit welcher Deutlichkeit Friederike Brock ihre Standpunkte vertrat. Auch wenn sie darin sehr ihrem Vater ähnelte. Mehr als ihr vermutlich lieb war.

»Was ist mit dem Atelier?« Friederike überlegte einen Augenblick und zupfte an ihrem langärmeligen schwarzen Kleid.

»Da kannst du übernachten. Wenn dich das Michael Jackson-Imitat nicht stört«, fügte sie grinsend an. »Aber auch das ist keine Dauerlösung. Es sei denn, du wärst mit einem der Bauwagen zufrieden.«

»Das ist mir gleich. Ich brauch nur einen sicheren Platz, um ein paar Stunden zu schlafen. Verdammt!« Marius klopfte sich mit der Faust auf die Stirn, zuckte aber sofort zusammen, weil er seine Wunde aus dem Stollen getroffen hatte.

»Was ist los?«

»Ich brauch den Laptop.«

»Und?«

»Der steht im Büro. Da komme ich nicht ran.«

»Da kann ich dir auch nicht helfen.«

»Du könntest ihn für mich holen.«

»Vergiss es.« Friederike schaute auf die Küchenuhr, nahm einen Schlüssel von ihrem Schlüsselbund und reichte ihn Marius. »Hier, das ist der Schlüssel für das Gelände und die Halle. Irgendwo im Kabuff müssten auch noch ein paar Decken liegen. Wenn du morgen gehst, kannst du den Schlüssel in die kleine Lücke legen, die sich in der Ziegelmauer an der Straße befindet. Ich werde nicht allzu früh da sein, also warte nicht auf mich.«

Marius blieb zunächst noch ein paar Minuten vor dem Haus stehen, bevor er sich auf den Weg zum Atelier machte, und er wartete nicht umsonst. Etwa fünf Minuten, nachdem er das Haus verlassen hatte, schellte ein Mann in Anzug und schwarzem Wintermantel an der Klingel des Hauses. Marius bemerkte, dass der Mann hier nicht zum ersten Mal war, da er ohne hinzuschauen, zielsicher die Klingel von Friederike drückte. Einige Momente später ging in Friederikes Schlafzimmer das Licht an. Er sah den Mann kurz am Fenster, bevor Friederikes nackter Arm die Jalousien herunterließ.

Noch in Gedanken über das Gesehene ging er die Straße hinunter in Richtung Atelier. Wollte er dort wirklich hin? An einen Ort, der mit Friederike Brock verknüpft war und ihn unablässig an diesen nackten Arm erinnerte, den er eben noch gesehen hatte, diesen Arm, der sich vor Kurzem genüsslich an seinen Oberarmmuskeln gerieben hatte und jetzt jemand anderen umschlang?

Er brauchte eine Möglichkeit, sich abzureagieren, und mitten auf der nächtlichen Straße ließ er sich auf den Boden hinab und begann eine Serie schneller und aggressiver Liegestütze. Seine Muskeln brannten, sein Atem ging schneller, aber er machte weiter. Stur, verbissen, alle schlechten Gedanken, allen Druck wegpumpend. Erschöpft stand er nach zehn Minuten wieder auf. Im ersten Augenblick dachte er, es wäre die Polizei, als er das kalte Metall eines Pistolenlaufs im Nacken spürte.

»Ganz ruhig bleiben, langsam aufstehen und die Hände hoch nehmen«, sagte eine männliche Stimme hinter ihm. Er kannte diese Stimme, hatte sie schon einmal gehört, aber konnte sie nicht klar zuordnen. Er tat, was man ihm sagte. Der Mann packte Marius' Arme, drehte sie auf den Rücken und streifte ihm mit einer fließenden, scheinbar routinierten Bewegung ein paar Plastikfesseln über die Handgelenke. Mit einem kurzen Ruck zog er die Fesseln fest, der Schmerz brannte sich in die Gelenke.

Erst als ihm der Fremde einen dunklen Sack über den Kopf stülpte, wurde ihm klar, dass es nicht die Polizei war, die ihn hier aufgriff. Blind führte der Mann ihn zu einem nahe geparkten Wagen. Als Marius sich bückte, um einzusteigen, schlug der Fremde mit der Waffe zu, bewusstlos sank Marius auf die Rückbank.

36

Er wusste nicht, wie lange er bewusstlos gewesen war. Langsam erwachte er und versuchte zu erfassen, in welcher Situation er sich befand. In der Ferne hörte er eine Maschine arbeiten, vermutlich eine Säge oder ein Bohrer, so genau konnte er es nicht erkennen. Doch seine unmittelbare Umgebung schien leise zu sein, zumindest hörte er kein Geräusch. Nur langsam klärte sich sein verschwommener Blick und er erkannte eine leere, verfallene Fabrikhalle.

Seine Hände waren immer noch gefesselt und stützten auf einer Betonmauer vor ihm. Er selbst stand in einem Trog mit gefesselten Füßen und zudem hatte sein Entführer ihn mit einem dünnen Seil an einen Holzpfahl gebunden, sodass er während seiner Bewusstlosigkeit aufrecht stehen blieb. Bis auf ein Tuch um die Hüften war er nackt, und die feuchte Kälte der Halle hatte ihn ein Stück weit ausgekühlt.

Doch so langsam klärte sich sein Blick und er sah den Mann, der ihn entführt hatte. Er saß auf einem kleinen Klapphocker und betrachtete den Detektiv im Trog, so wie er ein Kunstwerk betrachten würde. Neben sich stand eine Thermoskanne mit Kaffee, in der Hand hielt er einen Becher, aus dem er langsam nippte. Die Pistole lag auf seinem Schoß. Statt des Anzugs, in dem Marius Boris Lenau zuletzt gesehen hatte, trug der Vermögensberater einen schwarzen Overall, jedoch blickte er ihn mit den gleichen analytisch forschenden Augen an wie bei ihrem letzten Gespräch.

»Das hat ja gedauert, bis du wieder aufgewacht bist.«

»Glauben Sie, Sie kommen hiermit durch?«

Lenau grinste kurz.

»Glaubst du, dass dir das irgendwie hilft, wenn nicht?« Marius versuchte sich in der Halle umzuschauen, allerdings ließ die Schnur das kaum zu. Schmerzhaft brannte sie sich in seinen Hals.

»Was haben Sie vor?«

»Ich werde dich töten.«

»Das hätten Sie einfacher haben können.« Lenau stand auf und ging zu einer alten rostigen Maschine auf der linken Seite der Halle. Marius sah ein paar lange Nägel, eine Art Lanze und etwas, was er nicht klar erkennen konnte, auf der Ablage der Maschine liegen.

»Vorher hätte ich noch ein paar Fragen. Dein Kompagnon ist leider gestorben, bevor er sie mir beantworten konnte. Aber du bist fitter, du hältst länger durch.« Mit dem Gegenstand in der Hand, den Marius zunächst nicht erkennen konnte, drehte sich Lenau zu ihm um und kam langsam auf den Trog zu. Es schien so etwas wie eine Schlinge, oder eine Art geflochtenes Seil zu sein. Erst als Lenau nur noch wenige Schritte von ihm entfernt war, erkannte Marius, was der frühere Kunstgeschichtsstudent in seinen Händen hielt.

In Panik drehte er den Kopf, schüttelte sich, um Lenau daran zu hindern, zu tun, was er beabsichtigte. Doch der schlug dem Detektiv schließlich kurz und heftig an die Schläfe, sodass Marius für einen Augenblick benommen zusammensackte. Dann hielt Lenau seinen Kopf mit einer Hand fest und drückte Marius mit der anderen Hand die Krone fest um den Kopf. Die Dornen bohrten sich schmerzhaft in seine Haut, Blut lief ihm die Stirn hinunter, ein roter Film verschleierte seinen Blick. Instinktiv wollte er sich die Dornenkrone vom Kopf reißen, aber als er die Hände hochriss, zogen die Schnüre sie ebenso fest zurück. Kurz sackte er vor Schmerzen zusammen. Lenau betrachtete ihn interessiert.

»Ich denke, wir werden das Spiel hier noch ein wenig fortsetzen. Mittelalterliche Malerei ist doch eine einzigartige Inspirationsquelle, findest du nicht?«

»Warum erschießt du mich nicht einfach?«

»Weil das langweilig wäre. Außerdem weiß ich schon, wie das geht, und man will sich ja weiterentwickeln. Und wie ich schon sagte: Ich hätte da noch ein paar Fragen.« Lenau nahm die Dornenkrone bei diesen Worten in beide Hände, Marius hoffte kurz, dass Lenau sie ihm abnehmen wollte. Aber es wirkte eher, als wolle er sie neu justieren. Doch er tat weder das eine noch das andere. Stattdessen presste er sie Marius nur noch fester auf den Kopf. Der Detektiv schrie auf. »Wo zum Teufel ist mein Bild?«, schrie Lenau gegen Marius' Schmerzenslaute an. Marius brauchte einige Sekunden, um den Schmerz und die Frage zu verarbeiten.

»Dein Bild?«

»Lochners Kreuzigung, ihr habt sie doch, du und dein ach so cleverer Boss.«

»Ich weiß nicht, wovon du redest. Wir haben das Bild nicht. Wir suchen danach.«

»So. Wieso war es dann verschwunden, kurz nachdem mich dein Chef besucht hat?«

»Es war verschwunden?«

»Ja, verdammt noch mal«, brüllte Lenau und drückte erneut auf die Krone.

»Davon hatte ich keine Ahnung. Ich weiß nicht, wo Brock das Bild haben könnte.«

»Dann solltest du darüber einmal sehr gründlich nachdenken.« Lenau ging zurück zu der Maschine und nahm einen langen, dicken Eisennagel und einen schweren Hammer in die Hand. »Hand oder Fuß, was meinst du? Hm, ich sollte vielleicht mit dem Fuß anfangen. Oder doch die Hand?«

Erneut schüttelte sich Marius in Panik, er versuchte die Hände hochzureißen, den Kopf wegzudrehen, aber alles, was er tat, löste nur neue Schmerzen aus.

»Still, Schmerzensmann, still.« Mit einem Mal wusste Marius, welches Schicksal ihn erwartete. Er erinnerte sich an den Bergwerksstollen und die lähmenden Schmerzen, die er dort erlitten hatte. Ein Teil von ihm wollte zurück in diese Lähmung verfallen. Lenaus beruhigende Stimme tat ein Übriges.

»Wieso hast du mich im Stollen nicht schon getötet?«, fragte Marius.

»Im Stollen? In welchem Stollen?«

Überrascht blickte Marius Lenau an. War er es nicht gewesen, der ihn im Bergischen in einem Stollen verprügelt und in der Dunkelheit zurückgelassen hatte? Wer sonst? Wenn er geglaubt hatte, dass er das Rätsel gelöst hatte, dann hatte er sich offensichtlich getäuscht. »Und die alten Männer? Heilburg und Ring?«

»Nie gehört. Wer soll das sein?« Lenau spielte mit Hammer und Nagel herum, aber er ließ Marius noch eine Atempause. Vielleicht war er auch kurz irritiert über Marius' Fragen. Der Detektiv überlegte, ob Lenau ihn anlog.

»Aber Christian Alberti und Julia Stolz, das waren doch Sie!«

Lenau lächelte stolz, bevor er antwortete. »Ja, und weißt du, was das Beste war? Es fiel mir leicht. So einfach. Es gehört nicht viel dazu, einen Menschen zu töten oder auch zwei. Wenn man es nur will und vernünftig dabei denkt.«

Marius dachte an den Stollen zurück und daran, dass es ihm unmöglich gewesen war, den Angreifer auch nur zu schlagen. Die Frage, ob es vernünftig gewesen war, Gunter Brock mitten in Köln an ein Kreuz zu nageln, behielt er für sich. Unnötig, Lenau noch weiter zu reizen, außerdem setzte er auf eine andere Karte. Immerhin wusste er nun, dass Lenau ihn nicht belog.

»Es gibt noch jemanden, der das Bild sucht!«

»Wenn er es sucht, dann hat er es genauso wenig wie ich«, antwortete Lenau unbeeindruckt. »Was uns wieder zu unserem Ausgangsgedanken zurückbringt. Wo ist die Kreuzigung?« Mit einem beherzten Schlag versuchte Lenau, Marius den Nagel in die rechte Hand zu hämmern. Aber Marius riss die Hand in einem schlichten Reflex zur Seite, sodass der Nagel an der Seite abrutschte und nur einen tiefen blutenden Riss zurückließ. »Halt still, verdammt noch mal!«

»Warum diese ganze Inszenierung? Hier und bei Brock?« Lenau hielt kurz inne.

»Du bist doch vom Fach, oder?« Marius blickte seinen Peiniger fragend an. »Wenn man merkt, dass man etwas kann, etwas richtig gut kann, dann will man sich doch verbessern. Man stellt sich eine neue, schwierigere Aufgabe. Das habe ich schon immer so gemacht. Nur so macht man Karriere. Und die Kreuzigung lag ja quasi auf der Hand.« Bei dem Wort Hand zuckte Marius leicht zusammen, aber Lenau entging das zum Glück. Es schien fast, als wäre er froh, endlich jemanden zu haben, dem er von seinem Werk erzählen konnte. Marius wusste, dass er leben würde, so lange er Publikum war.

»Aber die Kreuzigung Brocks gab einen deutlichen Hinweis auf das Bild!«

Lenaus Mundwinkel zuckte kurz. »Ich wusste ja nicht, dass du um das Bild so viel Aufheben machen würdest, und außerdem: Niemand glaubt dir.«

»Wenn ich genauso bizarr sterbe wie Brock, vielleicht schon.«

»Dann sucht die Polizei einen wahnsinnigen Serienkiller, keinen kühl kalkulierenden Kunstdieb, und niemand kommt auf die Idee, Alberti und Stolz mit dieser Geschichte in Verbindung zu bringen. Nur ist das die einzige Verbindung zwischen mir und euch. Vor allem aber: Wer sagt, dass man dich findet? Die Idee, dass der Kompagnon des Gekreuzigten kurz nach dessen Ermordung und kurz nachdem er von der Polizei gesucht wurde, spurlos verschwindet, passt mir viel besser in den Kram. Dann suchen sie dich die nächsten

Jahre als Mörder, Alberti ermordet Stolz, du ermordest deinen Chef und ich bleibe unbehelligt.«

»Nur finden Sie das Bild nie, wenn ich tot bin.« Lenau dachte einen Moment nach. Marius vermutete, dass es um mehr ging als nur um das Bild. »Sie haben es bereits verkauft. Aber nicht geliefert.«

»Du solltest dir nicht meinen Kopf zerbrechen, Sandmann.« Lenau griff nach Marius' Händen, packte sie, legte sein Knie auf die Handgelenke, sodass Marius die eigenen Hände nicht mehr bewegen konnte, und setzte den Nagel ein zweites Mal an.

37

Im Polizeipräsidium liefen mittlerweile, ausgelöst vor allem durch die Berichterstattung der Medien, dutzende Hinweise auf Marius Sandmanns Aufenthaltsort ein. Manche hatten ihn am Flughafen gesehen, andere beim Waldspaziergang mit seinem Hund, ein anderer Anrufer schwor Stein und Bein, Marius habe ihn mit einer Waffe im Grüngürtel bedroht.

Wie erwartet taugten die wenigsten Hinweise etwas, wie Paula Wagner und Hannes Bergkamp rasch feststellten. Nachgehen musste man dennoch den meisten von ihnen. Als eine ältere Dame Paula Wagner erklärte, Marius Sandmann könne unmöglich ein Mörder sein, denn er lebe seit drei Monaten in ihrem Schlafzimmerschrank, raufte sich die Kommissarin das erste Mal die Haare.

Staatsanwalt Stein hingegen sah sich weniger Hinweisen, sondern vor allem Fragen ausgesetzt. Dass Marius Sandmann scheinbar wie vom Erdboden verschluckt war, war nicht nur ein gefundenes Fressen für die Presse, es warf auch zahlreiche Fragen auf und ließ die Fahndungsarbeit der Polizei in keinem guten Licht erscheinen.

Immerhin, so der Tenor der aufdringlicheren Presseleute, habe die Polizei ja genug Zeit gehabt, den Detektiv in Gewahrsam zu nehmen. Als durchsickerte, dass sie mit Sandmann bereits gesprochen hatten, fürchtete Stein die Berichterstattung, die er selber forciert hatte, könne eskalieren.

»Proaktives Handeln ist gefragt«, erklärte er Wagner und Bergkamp, nachdem er diese in sein Büro zitiert hatte. Paula Wagner vermied es, allzu offensichtlich mit den Augen zu rollen.

»Das heißt?« Ihre Frage klang genervter, als sie das beabsichtigt hatte. Aber nachdem sie im Verlauf des Tages ungefähr 83 Anrufe angenommen hatte, von denen sie die Frau, die Marius Sandmann in ihrem Schlafzimmerschrank versteckt hielt, letztlich noch am unterhaltsamsten fand, war sie nun einmal genervt. Noch genervter als sonst. Stein entging ihre Gereiztheit nicht und sie wusste, dass er sie für unangemessen hielt.

»Das heißt, wir geben eine Pressekonferenz und sie werden den Journalisten mitteilen, dass wir zahlreiche Hinweise auf den Aufenthaltsort des Verdächtigen erhalten haben, die wir aktuell auswerten.«

»Wobei immer noch die Frage wäre, ob Sandmann verdächtig ist oder nicht. Ich würde gerne noch ein paar Hinweisen nachgehen. Wenn er uns die Wahrheit gesagt hat, und das hat er offensichtlich, dann schwebt er möglicherweise selber in Lebensgefahr.« Stein verlor die Fassung.

»Sie werden verdammt noch mal in dieser Pressekonferenz auftreten und sich danach einzig und allein um den Aufenthaltsort unseres Hauptverdächtigen kümmern. Glauben Sie, wir haben die Zeit, uns in Nebensächlichkeiten zu verirren? Wenn uns dieser Mensch tatsächlich die Wahrheit gesagt haben sollte, kann er das ja wiederholen, wenn wir ihn haben. Dann werden wir schon sehen, ob seine Geschichte etwas taugt oder nicht. Haben wir uns verstanden, Frau Kommissarin?«

Für einen kurzen Moment dachte Paula Wagner daran, den Briefbeschwerer vom Schreibtisch zu nehmen und ihn Staatsanwalt Stein über den Kopf zu ziehen. Stattdessen nickte sie nur.

»Ich habe Sie nicht gehört, Frau Kommissarin! Haben wir uns verstanden, habe ich Sie gefragt, Herrgottnochmal, wer hat Sie eigentlich in den Polizeidienst gelassen?«

Vielleicht doch den Briefbeschwerer? Aber Paula Wagner flüsterte ein leises »Ja, wir haben uns verstanden.« Ihr Blick bestätigte diesen Satz aufs Zornigste.

Nach der Pressekonferenz saß sie zusammen mit Hannes Bergkamp in einem unauffälligen Ford Mondeo vor der Wohnung des Detektivs. Auch wenn sie fror, innerlich kochte sie immer noch. Bergkamp schien die Situation entschärfen zu wollen.

»Sieh es doch einmal so. Wenn er unschuldig ist, können wir das mit ihm klären, und wenn er in Gefahr ist, ist er bei uns am sichersten.«

»Halt die Klappe!« Paula Wagner zog die Jacke enger und verkroch sich mit ihrer Wut tief im Fahrersitz des Vectra.

Marius Sandmann spürte die kalte Spitze des Nagels auf seinem Handrücken und verkrampfte. Er wusste, dass die Schmerzen furchtbar würden. Aber wenn er sich einfach fallen ließ, dann würde es vielleicht schon nicht so schlimm werden. Einfach aufgeben und warten, bis die unvermeidlich kommende Ohnmacht ihn von den Schmerzen erlösen würde. Warum sollte er diesen Prozess aufhalten? Und wie? Je weniger er sich gegen das Unvermeidliche sträubte, umso schneller war es vorbei.

Er versuchte, tief und langsam zu atmen, doch die Ruhe, die er sich dadurch erhoffte, stellte sich nicht ein. Die Schmerzen, die die Dornenkrone rund um seinen Kopf verursachte, und die blutende Hand machten ihn wahnsinnig. Natürlich wollte er, dass das alles bald zu Ende war. Marius erinnerte sich an das Bild, den Schmerzensmann Carlo Crivellis, Jesus mit den Wundmalen an den Händen und dem Lanzeneinstich auf der rechten Brust. Aus den Augenwinkeln sah er die Lanze auf dem Podest der verrosteten Maschine liegen. Doch Crivellis Gemälde beherrschte seine Gedanken. Den Trog, den Kasten, in dem Christus auf diesem Gemälde stand, hatte er beim ersten Ansehen gar nicht verstanden. Es brauchte ein paar Augenblicke des Zuschauens, ehe er den Trog als steinernen Sarkophag erkannte. Christus, der den Tod besiegt hatte, stehend im Grab. Aber er hatte sich schon einmal als Christus im Grab gesehen. War er ähnlich verrückt wie Boris Lenau? Oder wurde man einfach so, wenn man zuviel mittelalterliche Gewaltfantasien gesehen hatte, gegen die die meisten heutigen Videospiele lammfromm aussahen?

»Bereit, Schmerzensmann?« Lenau hob den Hammer. Marius' Augen folgten der Bewegung. Doch sein Körper spannte sich an. Seine Oberarme sammelten ihre Kraft, und als der Hammer den höchsten Punkt erreicht hatte, riss er die Arme mit einem Schrei in die Höhe, Lenaus Knie verlor den Halt, dann geriet der ganze Mann ins Wanken, das alles in Zeitlupe, so kam es Marius vor, und der Schlag mit dem Hammer ging fehl. Marius packte den schweren Nagel mit beiden Händen und rammte ihn dem nach vorne torkelnden Lenau mit all seiner Kraft in den Bauch. Die Spitze durchstieß den schwarzen Overall, Stoff faserte an den Seiten auf und verfärbte sich kaum einen Moment später dunkelrot. Lenaus Augen sahen Marius verständnislos an. Seine Hände packten den Nagel, als er zurücktaumelte, aber er zitterte bereits zu stark, um ihn herausziehen zu können. Wenige Schritte von Marius entfernt, sackte er auf den Boden und blieb zuckend liegen.

Marius versuchte, sich die Schlinge vom Hals zu reißen, doch es gelang ihm nicht. Auch wenn er seinen Widersacher besiegt hatte, frei war er noch lange nicht. Verzweifelt rüttelte er an dem Holz hinter ihm, jedoch zog sich die Schlinge dadurch nur fester um seinen Hals. Wütend trat er mit dem Fuß gegen den Balken und fühlte eine leichte Bewegung. Mit seinem ganzen Körper warf er sich nun gegen das Holz hinter ihm, Splitter bohrten sich in seinen nackten Rücken, aber er ignorierte den Schmerz. Er wollte nur noch diesen verdammten Holzstamm aus seiner Verankerung holen, mit welchen Mitteln auch immer.

Wieder und immer wieder trat er gegen das Holz, stieß mit dem Körper dagegen, und schließlich löste sich das Holz mit einem ächzenden Klirren aus seiner Verankerung. Marius warf sich gefesselt und immer noch an das Kreuz gebunden über den Rand der Betonwanne und fiel mit den Knien voran auf den harten Boden.

Lenau zitterte nach wie vor, doch Marius beachtete ihn nicht weiter. Raus, nur raus, wollte er. Langsam richtete er sich auf, versuchte sich von dem Kreuz zu befreien, aber es gelang ihm nicht. So torkelte er bis auf einen Lendenschurz und eine Dornenkrone nackt und an ein Kreuz gefesselt zu einer Tür, die sich zuvor hinter seinem Rücken befunden hatte. Die Tür freilich war abgeschlossen. Lenau war auf Nummer sicher gegangen. Marius musste zurück und durchsuchte mit den an das Kreuz gefesselten Händen mühsam die Taschen des immer noch zuckenden Mörders, das schmale Kreuz immer noch auf seinem Rücken. Lenau versuchte sich auf den Rücken zu drehen, aber verriet Marius auf diese Weise nur, in welcher Tasche sich der Schlüssel befand. Marius nestelte ihn aus der Brusttasche, stand auf und torkelte, von den Schmerzen geschwächt und unter dem Gewicht des Holzes gebeugt, zur Tür, schloss sie auf und fand sich auf einem verlassenen Fabrikhof wieder. Auch dieser war durch ein Tor versperrt, aber auch dafür fand Marius den Schlüssel, schob das schwere Schiebetor mit der Schulter auf und stürzte hinaus auf die Straße.

Um die Stimmung zu heben, hatte sich Hannes Bergkamp auf den Weg zum Kiosk gemacht und ihnen beiden einen Kaffee geholt. Der Pappbecher wärmte Paula Wagners Hände, gesprochen hatten die beiden dennoch nicht. Stattdessen lauschten sie gelangweilt den Routinemeldungen im Polizeifunk.

›Grüner Weg, ein offensichtlich verwirrter Mann auf der Straße.‹ Nichts Besonderes. Routine. Vielleicht etwas zu früh am Tag für alkoholbedingte Aussetzer, aber mittlerweile hatten sich die meisten Polizisten an solche Meldungen auch am Nachmittag gewöhnt. Paula Wagner und Hannes Bergkamp hörten nur mit einem Ohr hin.

»Vielleicht sollten wir das Radio anmachen?«, schlug Bergkamp vor, dem die Stille zwischen ihnen zunehmend auf die Nerven ging.

»Mach, was du willst.« Paula Wagner nahm einen Schluck von ihrem Kaffee. Sie war unentschlossen, ob sie ihn trinken oder die wärmende Flüssigkeit so lange wie möglich im Becher behalten sollte, um die Hände gegen die Kälte zu schützen. Hannes Bergkamp beugte sich nach vorn, um das Radio an und den Polizeifunk abzuschalten. Paula Wagner beobachtete eine Mutter mit einem Kinderwagen. Die Frau hatte ungefähr ihr Alter und neben dem Kinderwagen lief ein schreiendes älteres Kind am Arm der Mutter. Mit halbem Ohr hörte Paula Wagner weiter den Stimmen im Polizeifunk zu.

›Das hier ist wirklich bizarr. Wir brauchen schleunigst einen Krankenwagen. Der Mann ist verletzt. Und er hat eine Art Kreuz auf dem Rücken.‹

›Eine Tätowierung?‹

›Nein, ein echtes Holzkreuz.‹

Bevor Hannes Bergkamp protestieren konnte, hatte Paula Wagner den Kaffeebecher zwischen die Zähne geklemmt, den Wagen gestartet und war mit quietschenden Reifen aus der Parklücke herausgeschossen.

Wenige Minuten später trafen sie am Grünen Weg ein. Ein Krankenwagen und zwei Polizeiwagen parkten auf der Straße. Paula Wagner sah außerdem Staatsanwalt Steins Cayenne. Ein Holzkreuz, etwa zwei Meter hoch und mit einem schmalen Querbalken, lehnte an einem der beiden Polizeiwagen. Die Kommissarin eilte aber zunächst zu dem

Krankenwagen, an dessen Tür Staatsanwalt Stein erregt mit einem Sanitäter diskutierte.

»Dieser Mann wird polizeilich gesucht und ich habe einen Haftbefehl gegen ihn«, brüllte Stein dem jungen Rettungssanitäter ins Ohr.

»Dieser Mann ist schwer verletzt, ganz offensichtlich Opfer einer Straftat und braucht zunächst einmal unsere Hilfe. Schicken Sie uns einen ihrer Wachhunde mit, wenn Sie unbedingt wollen, aber lassen Sie uns verdammt noch mal unsere Arbeit machen.«

»Solange ich nicht weiß, ob der Verdächtige nicht nur simuliert, kann ich mich darauf nicht einlassen. Ich will mir selbst ein Bild machen.« Während Staatsanwalt Stein versuchte, den Sanitäter zur Seite zu schieben, packte ihn Paula Wagner und zerrte ihn von der Tür des Krankenwagens weg.

»Sie sind ein Idiot, Stein, und Sie machen jetzt Platz.« Wutentbrannt schaute der Staatsanwalt die Kommissarin an, sagte aber nichts. Stattdessen wandte er sich um und ging zu den Streifenbeamten hinüber, die um das Kreuz versammelt waren.

»Was stehen Sie hier herum? Haben Sie nichts zu tun?«, raunzte er die Männer an. Paula Wagner unterhielt sich kurz mit dem Sanitäter, dann gestattete er ihr einen kurzen Blick auf Marius Sandmann, der mit starrem Blick auf der Trage im Wagen lag. Ein zweiter Sanitäter saß neben ihm und reinigte die Wunden des Detektivs. Gelegentlich zuckte Marius Sandmann zusammen, ansonsten zeigte er keinerlei Reaktion.

»Wie geht es ihm?«

»Der Schock ist das Schlimmste. Die Wunden sind schmerzhaft, aber er wird überleben.«

»Kümmern Sie sich um ihn.« Sie stieg wieder aus dem Wagen, drehte sich jedoch in der Tür noch einmal um. »Auch wenn Staatsanwalt Stein ein Idiot ist, sorgen Sie dafür, dass dieser Mann Ihnen nicht abhanden kommt.«

Entschlossen folgte sie Stein nun zu den Streifenbeamten. Auch Bergkamp war mittlerweile dort angekommen und unterhielt sich leise mit dem Staatsanwalt. Paula Wagner beachtete die beiden nicht weiter und wandte sich an die Besatzung der Wagen.

»Wissen Sie, wo er hergekommen ist?«

»Nicht sicher, aber vermutlich dort drüben heraus. Das Tor ist normalerweise zugesperrt, sagen die Nachbarn. Außerdem haben wir dort Blutflecken gefunden.«

»Haben Sie sich dort umgeschaut?«

»Nein, bisher noch nicht. Wir hatten Anweisung, vorrangig auf den Mann aufzupassen.«

»Anweisung von wem?« Der Polizist blickte nur kurz zu Stein hinüber. Paula Wagner seufzte innerlich, dann stieß sie Bergkamp an und nickte zwei der Streifenbeamten zu. »Wir schauen uns jetzt einmal da drinnen um.«

Staatsanwalt Stein schwieg.

38

Der Sanitätswagen brachte Marius in die Universitätsklinik in Lindenthal. Aus einem Zimmer im achten Stock hatte er einen prächtigen Blick über die nordwestlichen Stadtteile, aber war zu erschöpft, ihn auch nur zu beachten. Am nächsten Tag kam Paula Wagner, stellte eine Reihe von Fragen, die Marius trotz seines Zustandes, so gut es ging, beantwortete. Wagner erzählte ihm, dass die Beweise in der Halle und in Lenaus Haus ausreichten, um Lenau als Mörder von Alberti, Stolz und auch von Brock zu überführen. Überlebt hätte er Marius' Angriff, wenn die Polizisten rechtzeitig nach ihm gesucht hätten.

»Das mag böse klingen, aber mir ist es ganz recht. Somit ist der Staatsanwalt mehr damit beschäftigt, sich zu rechtfertigen, und lässt mich in Ruhe meine Arbeit machen.«

»Sie haben ihm ziemlich ans Bein gepinkelt, oder?«

»Dabei mag ich Sie noch nicht mal.«

»Ich Sie auch nicht.«

Nachdem das geklärt war, erzählte Marius von den Todesfällen Ring und Heilburg. Paula Wagner machte ihm keine großen Hoffnungen, dass sie dort noch etwas ermitteln konnten. Es sei denn, sie bekäme irgendwoher ein Geständnis. »Gehen Sie davon aus, dass er sie einfach erstickt hat. Zumindest würde ich das so machen. Wenn es irgendwo Spuren gab, sind die mittlerweile versaut.«

»Das gefällt mir nicht.«

»Mir auch nicht. Wir werden uns diesen Merheimer jedenfalls einmal anschauen, und vielleicht kriegen wir auch seinen Boss wegen irgendetwas dran. Aber solange beide dicht halten, werden wir kaum etwas unternehmen können. Gehen Sie also mal davon aus, dass Sie ab jetzt ein paar mächtige Feinde haben.«

»Und wenig Hilfe.«

Paula Wagner stand auf und zuckte mit den Achseln. »Ach übrigens: Das Bild haben wir nicht gefunden. Streng genommen haben wir also faktische Beweise für die Morde, aber kein Motiv, und Lenau kann uns ja nichts mehr sagen.«

Marius schwieg dieses Mal. Nachdem Paula Wagner gegangen war, kam eine Schwester, um ihm die Verbände zu wechseln. Kurze Zeit später schlief er ein.

Erst zwei Tage danach verließ er das erste Mal wieder das Krankenhaus. Allerdings nur, um in den irritierend warmen Strahlen der Novembersonne einen kleinen Spaziergang über das Krankenhausgelände zu machen. Er hatte die letzten Stunden versucht, nicht an den Fall zu denken. Öfter als ihm lieb war, dachte er an Friederike Brock, die ihn nicht besucht hatte. Doch sein erster Anruf galt einer anderen Frau, und sie nahm nach dem ersten Klingeln hab.

»Heiliger Jesus Christus, der Detektiv mit der Dornenkrone! Gibst du mir ein Exklusivinterview?«

»Danke, Verena, es geht mir gut.«

»Oh, seit wann so sensibel? Du warst doch früher nicht so. Also was ist jetzt mit meinem Interview? Ich bring dich in unserer Sendung ganz groß raus.«

»Nimm's mir nicht übel, mein Bedarf an Öffentlichkeit ist für den Augenblick gedeckt. Aber du könntest mir ein paar Fragen beantworten.«

»Quid pro quo, Marius, das weißt du doch.«

»Es tut mir leid, im Moment habe ich dir nichts anzubieten.« Das Schweigen am anderen Ende der Leitung ließ Marius schon befürchten, seine Gesprächspartnerin hätte aufgelegt.

»Was willst du wissen?«

»Vor allem, woher du deine Informationen hast, Alba N. Vettore!«

»Ein hübscher Name, nicht wahr?«

»Du warst schon immer verliebt in Anagramme.«

»Die lassen einen nicht sitzen.« Marius seufzte und musste an Lutz Heilburg in Fischelbach denken. Manche Geschichten endeten wirklich nie.

»Also: Wer hat dir und der Polizei den Stadtrat geliefert?«

»Geheim. Aber der Tipp ging exklusiv an mich.«

»Und du hast ihn an die Polizei weitergegeben?« Marius war fassungslos. Er hatte vielleicht keine wirklich gute Meinung von Verena Talbot, aber das hätte er ihr nicht zugetraut.

»Gib zu, dass die Story so viel besser ist. Von den Bildern ganz zu schweigen.«

Marius holte tief Luft. »Aber wer hat ihn verraten?«

»Kann ich nicht sagen«. Verena kicherte in ihr Telefon.

»Eine Familiengeschichte nehme ich an?«, setzte Marius nach.

»So würde das Stadtrat Hochkirchen sehen, ja. Ob die Familie aber etwas von dieser kleinen Indiskretion haben wird, ist zweifelhaft. Schließlich fällt das bisschen Rumhuren mit illegalen Nutten gar nicht so auf, wenn es Gerüchte über Bilderraub und sogar Mord gibt. Vielleicht kannst du mir da etwas drüber erzählen?« Marius beendete das Gespräch ohne eine Antwort und setzte seinen kleinen Spaziergang fort.

Er erinnerte sich an früher, als das Gelände der Universitätsklinik, vom Kunsthistorischen Institut nur fünf Minuten Fußweg entfernt, noch eine Ansammlung älterer und neuerer Gebäude in einer Art weiträumigen Park gewesen war. Heutzutage aber schien alles zugebaut zu sein. Neue Gebäude, denen man ihre Planung am Computer ansah, drängten sich auf dem Gelände. Marius musste ein Stück weit gehen, ehe er etwas Grün fand.

Als er im hinteren Bereich der Klinik einen Parkweg entlanggging, kam ein schwarzer Leichenwagen aus einer Tiefgarage gefahren. Der Detektiv konnte einen hölzernen Sarg darin erkennen. In dem Fiesta hinter dem Leichenwagen saß eine blonde, verweinte Frau. Marius hatte ihr Bild auf Boris Lenaus Schreibtisch gesehen. Neben den Porträts zweier Kinder.

Am Nachmittag verließ er das Krankenhaus gegen den Willen eines jungen Arztes in Marius' Alter. Er musste raus. Selbst wenn er Merheimer und Hochkirchen der Polizei überließ: Ein Rätsel musste noch gelöst werden.

Mit der heilen linken Hand klopfte er eine Stunde später die Holzvertäfelung in Brocks Büro ab und fand einen Hohlraum unter einem der beiden Fenster. Früher musste hier einmal ein Heizkörper gestanden haben, aber den gab es schon lange nicht mehr. Marius löste die Verkleidung und nahm einen unscheinbaren Umschlag aus Packpapier heraus. Er legte das Päckchen auf Brocks Tisch und setzte sich auf den Schreibtischstuhl seines toten Chefs. Vorsichtig wickelte er das Papier ab, ebenso das darunter liegende Handtuch, das er bereits seit Tagen im Bad vermisste und das den Schatz so gut es ging schützen sollte. Danach betrachtete er mit einer Mischung aus Verwunderung über Brock, Faszination über das Alter und den Wert des Bildes und analytischer Begeisterung des früheren Kunstwissenschaftlers in aller Ruhe die lang vermisste Kreuzigung von Stephan Lochner.

Während Marius Sandmann überlegte, was er mit dem wertvollen Gemälde nun anfangen sollte, wartete Paula Wagner an ihrem Schreibtisch im Polizeipräsidium und blickte ungeduldig auf die Tür des Verhörraums. Dort drinnen saß ihr Chef, Stein hatte sie in ihrem letzten Gespräch noch einmal daran erinnert, dass Bergkamp der Chef sei, und von ihr einen ausführlichen Bericht über ihre Ermittlungen verlangt, den sie nun ungeduldig und missmutig schrieb. Gegenüber ihres »Chefs« saß dieser Merheimer und Paula Wagner hatte schon bei ihrer ersten Begegnung bezweifelt, dass Bergkamp irgendetwas aus diesem Kerl herausholen würde.

Mit einem undurchdringlichen Gesicht kam Bergkamp aus dem Verhörraum und ging, ohne sie eines Blickes zu würdigen, zum Kaffeeautomaten, just in dem Moment, als Stein das Büro betrat. Sie überlegte, was sie tun sollte. Am liebsten wäre sie aufgestanden und gegangen. Dass sie hier saß und tippte, war ungerecht, Stein wusste das, Bergkamp wusste das und sie wusste das am allermeisten. Sie vertippte sich und fluchte. Ohne das Dokument zu sichern, stand sie auf, um sich einen Kaffee zu holen. Die beiden Männer am Automaten ignorierten sie, was ihre Laune keinesfalls besserte. Dennoch riss sie sich zusammen.

»Und? Wie läuft es da drinnen?«

»Er schweigt.«

»Das heißt?«

»Das heißt, dass er nichts sagt, Frau Kommissarin. Was sonst?«, erwiderte Stein. Paula Wagner warf ihm einen zornigen Blick zu.

»Lassen Sie mich mit ihm reden.« Ohne eine Antwort abzuwarten, drehte sie sich auf dem Absatz um und marschierte in Verhörraum 3. Stein wollte ihr nach, um sie abzuhalten, aber Bergkamp hielt ihn zurück.

»Lassen Sie sie. Sie hat uns schon einmal den Arsch gerettet und eine Ermittlung erfolgreich abgeschlossen.« Widerwillig gab Stein nach. Gemeinsam warteten die beiden Männer und blickten, schweigend nebeneinander stehend, auf die Tür von Verhörraum 3. Gelegentlich kamen Kollegen vorbei, grüßten und musterten die beiden Wartenden fragend. Aber keiner sagte etwas. 20 Minuten später öffnete sich die Tür, und Paula Wagner kam heraus. Mit beschwingtem Schritt ging sie auf die beiden Männer zu und schenkte ihnen ein freundliches Lächeln.

»Gehen wir und lassen die Großkopferten hochgehen!«

»Was tun wir?«, fragte ein verständnisloser Staatsanwalt.

Bergkamp schaute ihn kurz an. »Wir nehmen feine Pinkel fest«, sagte er, dann folgte er Paula Wagner, die ohne eine Antwort abzuwarten losgegangen war. Leise trällerte sie ein Lied.

Stein platzte vor Neugier. »Was haben Sie herausgefunden?«

»Das können Sie alles auf dem Band der Vernehmung hören, Herr Staatsanwalt. Genug um Alexander Hochkirchen und seinen Vater ins Gefängnis zu schicken.« Paula Wagner hüpfte förmlich die Treppen zur Tiefgarage hinunter. Bergkamp sah ihr staunend nach. Diese Frau war gar nicht so übel, dachte er, und als sie auf der Treppe eine Ecke voraus kurz zu ihm hochsah, konnte sie seine Gedanken in seinen Augen lesen. Sie lächelte in sich hinein. Aber jetzt hatte sie für Hannes Bergkamp keine Zeit. Sie musste einen Großkopferten hochnehmen. Fröhlich pfeifend betrat sie als Erste der drei die Tiefgarage.

Nachdem Marius zu einer Entscheidung gekommen war, packte er das Bild wieder zusammen und setzte sich in die nächste U-Bahn stadteinwärts, das Päckchen auf einem Sitz neben sich. Als er das Wallraf-Richartz-Museum betrat, sah er im Buchladen im Foyer Friederike mit einem elegant gekleideten Mann. Sie sah ihn, er nickte ihr zu. Dann ging er zu der Frau an der Kasse.

»Ich würde gerne zu Direktor Malven.«

»Der ist heute nicht im Haus.« Er reichte der verdutzten Frau das Päckchen über den Tresen.

»Geben Sie ihm das von mir. Die Rechnung liegt drin.« Er wandte sich schon um, dann überwog jedoch die Sorge um das Kunstwerk. »Und seien Sie vorsichtig damit.« Die Frau, die das Päckchen gerade hinter sich ablegen wollte, hielt kurz inne und legte es vorsichtiger als geplant auf ein Regalbrett.

»Das ist Thomas, das ist Marius.« Friederike Brock hatte sich für einen förmlichen Umgang mit der Situation entschieden. Sie hätte auch verschwinden können, dachte Marius, aber so war es auch gut. Er schüttelte dem Mann im Anzug die Hand.

»Und was machen Sie so?«

»Ich bin Privatdetektiv. Und Sie?«

»Ich arbeite in der Firma meines Vaters. Unternehmensberatung.« Marius zuckte kurz zusammen und schaute sich den Mann genauer an. Auch wenn er ihn noch nie zuvor gesehen hatte, konnte er das Gesicht nur zu gut einordnen. Thomas Hochkirchen sah seinem Onkel Walter ähnlicher als seinem Vater. Fast hätte er laut gelacht. Geld und Kunst schienen immer wieder zueinander zu finden. Dann schaute er zu Friederike.

»Ich will die Detektei.«

Ein selten freundliches Lächeln huschte über das Gesicht der Malerin. »Die Detektei kannst du haben.«

Marius nickte und ging hinaus.

EPILOG

Nachdenklich und respektvoll betrachtete Marius Sandmann das Firmenschild seines toten Chefs. Er saß davor auf dem Boden, vor sich ein neues Schild, ein paar Schrauben und eine Bohrmaschine. Doch er zögerte, mit der Arbeit zu beginnen. Dies war das Größte, was er bisher begonnen hatte, und auch wenn er Friederike gegenüber so forsch aufgetreten war, sicher war er sich seiner Entscheidung noch nicht. Aber jetzt musste er sie fällen. Er hatte lange genug gezögert, und es war nicht nur so, dass ihm Alternativen fehlten. Er wollte diese Arbeit machen. Genau diese Arbeit. Er erhob sich vom Boden, nahm sein Werkzeug und schraubte ein neues Firmenschild neben die Eingangstür: Marius Sandmann, Privatdetektiv.

ENDE

Weitere Krimis finden Sie auf den folgenden Seiten und im Internet: www.gmeiner-verlag.de

SONJA ULLRICH

Teppichporsche

321 Seiten, Paperback.
ISBN 978-3-8392-1093-2.

FESTGEBISSEN Esther Roloff ist der jüngste Spross einer traditionellen Bergarbeiterfamilie sowie Versicherungsdetektivin auf Probe bei Tozduman Securities, einer dubiosen Detektivklitsche in Wattenscheid. Als sie einer Haftpflichtsache nachgehen soll – ein Terrier mit nur einem Zahn soll ein Wasserbett zerbissen und einen Wasserschaden verursacht haben –, stößt sie auf Blutreste in den Parkettfugen des »Tatorts« und wittert den ganz großen Mordfall. Als Esther auch noch erfährt, dass der Ehemann der Geschädigten vor wenigen Tagen das Weite gesucht hat, ist ihr Ehrgeiz endgültig geweckt …

KLAUS ERFMEYER

Endstadium

273 Seiten, Paperback.
ISBN 978-3-89977-1080-2.

TODESKAMPF Der Dortmunder Unternehmer Justus Rosell ist unheilbar an Krebs erkrankt. Für seinen bevorstehenden Tod macht er den Internisten Jens Hobbeling verantwortlich, der es versäumt haben soll, die tückische Krankheit rechtzeitig erkannt und damit jede Chance auf Heilung verspielt zu haben. Nachdem Rosell seinen Vorwurf gegen den Arzt in einem von großem Medieninteresse begleiteten Prozess nicht beweisen konnte, zieht er sich im Endstadium der Krankheit in sein Domizil auf der Ferieninsel Gran Canaria zurück. Gleichzeitig beauftragt er Rechtsanwalt Stephan Knobel, ein letztes Mal gegen Hobbeling aktiv zu werden …

GMEINER

Wir machen's spannend

KURT LEHMKUHL

Dreiländermord

267 Seiten, Paperback.
ISBN 978-3-8392-1095-6.

GNADENLOSE JAGD Der Journalist Thomas Geffert aus Düren wird tot am Soldatenfriedhof im Hürtgenwald aufgefunden. Die Ermittlungen der Polizei lassen keine Zweifel an einem Selbstmord zu. Doch da ist sich Günther Böhnke, pensionierter Leiter der Aachener Mordkommission und auf Bitten seines ehemaligen Kollegen Küpper mit dem Fall befasst, nicht so sicher. Was hatte der Tote, der in einer Reihe mysteriöser Todesfälle im deutsch-belgisch-niederländischen Dreiländereck recherchiert hatte, herausgefunden?

Ehe sich Böhnke versieht, steckt er mitten in einem Strudel aus ungeklärten Morden, vermeintlichen Unfällen und fingierten Selbstmorden. Seine Ermittlungen führen ihn bis nach Fuerteventura, wo er die schwerste Entscheidung seines Lebens treffen muss …

MATTHIAS P. GIBERT

Schmuddelkinder

372 Seiten, Paperback.
ISBN 978-3-8392-1084-0.

GESTOHLENE KINDHEIT Baunatal, Nordhessen. Der pensionierte Erzieher Dieter Bauer wird durch einen Schlag auf den siebten Halswirbel getötet. Am Abend des nächsten Tages wird Ruth Liebusch tot aufgefunden – ebenfalls eine ehemalige Erzieherin, ebenfalls getötet durch einen Schlag auf den siebten Halswirbel. Und es gibt noch eine Gemeinsamkeit zwischen den Opfern: Beide waren in den 70er Jahren im Karlshof tätig, einem berühmt-berüchtigten Jugendheim südlich von Kassel.

Kommissar Paul Lenz vermutet einen Serienkiller. Was ihn jedoch verwirrt: Die Morde haben beinahe zur gleichen Zeit, räumlich weit voneinander entfernt stattgefunden …

GMEINER

Wir machen's spannend